BvT

Februar 1947. Judith, die das KZ in Dachau überlebt hat, ist nach Palästina gekommen, um ihren Onkel in Jerusalem zu suchen, denn in Deutschland hat sie keine Verwandten mehr. Als sie erfährt, dass ihr Onkel tot ist, versucht sie, sich das Leben zu nehmen. Im Krankenhaus wird sie durch eine Bluttransfusion von der arabischen Lernschwester Hana gerettet. Die beiden eint von nun an eine tiefe Verbundenheit. Hana ist ihrem Nachbarn Joussef versprochen, doch sie liebt einen jüdischen Arzt. Joussef, zutiefst in seiner Ehre verletzt, schließt sich den Männern des Muftis an, deren Ziel es ist, die Juden ins Meer zu treiben. Die politische Lage spitzt sich zu. Als die UNO den Teilungsplan annimmt, explodiert die Gewalt, und das Vertrauen zwischen Judith und Hana wird auf eine harte Probe gestellt. Ein Roman über eine große Freundschaft zwischen zwei ungleichen Frauen, mitten in den politischen Wirren vor der Staatsgründung Israels.

Werner Sonne, 1947 in Rheinland-Pfalz geboren, arbeitet seit vierzig Jahren als Journalist für die ARD, davon lange Zeit als Auslands- und Hauptstadtkorrespondent. Seit 2004 leitet er das Hauptstadtstudio des ARD-Morgenmagazins. Er ist Koautor u. a. von *Es war einmal in Deutschland* (1998) und *Tödliche Ehre* (2001).

Werner Sonne

Wenn ich dich vergesse, Jerusalem

Roman

Berliner Taschenbuch Verlag

September 2009
BvT Berliner Taschenbuch Verlags GmbH, Berlin

Bloomsbury Berlin
Umschlaggestaltung: Rothfos & Gabler, Hamburg,
unter Verwendung eines Bildes von © Glow Images/Getty Images
Druck und Bindung: CPI – Clausen & Bosse, Leck
Printed in Germany
ISBN 978-3-8333-0611-2

www.berlinverlage.de

15. FEBRUAR 1947

Irgendwo da draußen müssen sie sein, dachte sie. Wenn sie uns entdecken, ist es aus.

Der Wind hatte aufgefrischt, und der Regen peitschte ihr ins Gesicht, trieb in immer dichteren Schauern über sie hinweg, lief an ihren Beinen herunter, vermengte sich mit dem Meerwasser, das an der Reling nach ihren Füßen griff. Die Februarnacht war mondlos, der Sturm kam aus Nordwest und ließ die Temperaturen innerhalb weniger Stunden weiter fallen.

Judith Wertheimer beobachtete den Kapitän, der, seine dunkelblaue, speckige Mütze in den Nacken geschoben, auf der offenen Brücke stand und mit seinem schweren Fernglas den Horizont absuchte, wieder und wieder. Die scharfen Gesichtszüge des Zyprioten, umrahmt von einem stoppeligen grauen Bart, wirkten ungerührt. Nur gelegentlich bewegte sich sein Unterkiefer, mahlend, die Anspannung verratend.

Auch sie starrte nun in die Dunkelheit, in Richtung Westen, über die weißen Wellenkämme hinweg, in die dunkelgrauen Wolkenberge hinein, die das aufgepeitschte Mittelmeer zu berühren schienen. Der Gedanke raste erneut durch ihren Kopf. Wenn sie uns erwischen, dann ist es vorbei. Was dann?, dachte sie. Wieder Stacheldraht, wieder Baracken, wieder ein Lager? Sie würde es nicht ertragen können, nicht noch einmal.

Judith zog den alten grauen Wollmantel enger um sich, der einmal einen Wehrmachtssoldaten gewärmt hatte. Eine deutsche Hausfrau hatte ihn umgearbeitet, er hatte mehrfach den Besitzer gewechselt, bis eine rundliche Rot-Kreuz-Schwester ihn kurz vor der Abfahrt aus einem großen Haufen mit abgetragener Kleidung gezogen und Judith in die Hand gedrückt hatte. Sie tastete nervös in der rechten Manteltasche nach der Postkarte mit seiner krakeligen Schrift, mit seinem Namen und der Adresse, beruhigte sich, als sie sie zwischen ihren Fingern spürte, und ließ sie dort stecken, jetzt besorgt, dass die Karte nass werden könnte.

Du musst leben. Komm, hatte er geschrieben, in altdeutscher Schrift, *komm zu mir, nach Jerusalem. Dein Onkel Albert*. Eine einfache Botschaft: Du musst leben. Oben links in der Ecke, ganz klein hingequetscht, die Adresse. *Albert Wertheimer, Ben-Yehuda-Straße 112, Jerusalem, Palästina.*

Wie alt musste er jetzt sein – vierundsechzig, fünfundsechzig? Fünfundsechzig, ja, sie war sich sicher. Dr. Albert Wertheimer, der Bruder ihres Vaters, Rechtsanwalt und Notar, damals.

Einen Moment lang war sie abgelenkt, bemerkte die heftige Welle erst, als sie, von rechts vorn kommend, höher als die anderen, schon gegen die Bugwand knallte. Das Schiff schien einen Moment zu schlingern, bäumte sich dann auf, stieg hoch, klatschte zurück, ein Knirschen ging durch den alten Rumpf. Die Welle riss das vordere Rettungsboot aus seiner Verankerung, das über die linke Bordwand kippte, dort einige Sekunden baumelte, gegen den Rumpf krachte, bis auch die hintere Kette, die das Boot noch hielt, zerriss, und es in die Wasserberge fiel, kieloben, davontrieb.

Aus der Luke, die unter das Deck führte, kam ein vielstimmiger Schrei, dann das durchdringende Weinen eines Kindes, dann nichts mehr. Stille. Judith brauchte einen Augenblick, um zu begreifen, was geschehen war. Der Motor, der das stampfende Schiff mühsam vorangetrieben hatte, hatte ausgesetzt, zum zweiten Mal seit ihrer Abreise aus Zypern. Beim ersten Mal hatte es fast drei Stunden gedauert, bis der Diesel repariert war und wieder ansprang – wertvolle Zeit, die jetzt bis zum Ufer fehlte.

Sie wusste, die Zeit drängte. Sie mussten ankommen, bevor es hell wurde, sonst war die Gefahr groß, dass man sie noch am Ufer abfangen würde. Unwillkürlich ging ihr Blick zum Kapitän. Er hatte das Fernglas abgesetzt, die Mütze nach vorn gerückt und stieg nun eilig die kurze Leiter von der Brücke herunter und verschwand, begleitet von einem jungen Mann der Besatzung, unter Deck.

Die *Morning Cloud* schlingerte jetzt unkontrolliert, ein Spielball der Wellen. An der Luke erschien eine alte Frau, sie stolperte die wenigen Schritte über Deck, klammerte sich an der Reling fest und übergab sich. Judith erkannte sie und ging zu ihr hinüber, hielt sie an der Schulter. Es war Esther, die kleine Polin, die in dem britischen Internierungslager auf Zypern in der Baracke neben ihr gelebt hatte. Sie war erst siebenundfünfzig, wirkte aber, den schmalen Rücken gebeugt, von der Zwangsarbeit in Hitlers Deutschland ausgelaugt, viel älter. Sie sah Judith mit aufgerissenen Augen an, die Angst irrlichterte in ihnen. Wieder übergab sie sich.

Aus dem Inneren des Schiffes drang ein dumpfes Brummen, erst stotternd, dann immer regelmäßiger. Durch den Rumpf ging ein sanftes Zittern, als der Diesel wieder auf Touren kam. Der Kapitän bestieg die Brücke und begann erneut, den Horizont abzusuchen. Die *Morning Cloud* drehte den Bug langsam zurück Richtung Osten.

Judith hatte Esther am Arm gepackt und hielt sie fest.

»Ruhig, ruhig, nur noch wenige Stunden, dann haben wir es geschafft«, hörte sie sich gegen den Wind rufen, unsicher, ob sie wirklich meinte, was sie sagte.

Esther schloss die Augen und nickte, unterdrückte mühsam den Brechreiz. Judith führte sie aus dem Regen heraus, der noch stärker geworden zu sein schien, zurück zur Luke, zurück zu den fast zweihundertfünfzig Menschen, die unter Deck zusammengepfercht waren, ausgeliefert dem Gestank von Erbrochenem, seekrank fast alle, erschöpft.

Doch die meisten zogen es vor, unter Deck zu bleiben; alles war besser, als sich dem Tosen des Sturms auszusetzen. Judith schaute sich um, blickte die Reling entlang, die aus einem dicken, mehrfach geflickten Tau bestand. Dann sah sie ihn, hinten am Ende des Schiffes. Ein Mann in einer schwarzen Lederjacke, dunkle Hose, Stiefel.

Sie strengte die Augen an, versuchte, durch den Regen hindurch weitere Einzelheiten auszumachen. Ein rotes Glimmen flackerte in Gesichtshöhe auf, eine Zigarette offenbar. Er federte leicht in den Beinen, das Auf und Ab der Wellen ausgleichend. Judith durchzuckte es: Sie hatte ihn gesehen, als sie an Bord gingen, kurz nur, zusammen mit Ari, dem Mann von der Haganah. Sie erinnerte sich an sein auffallend pechschwarzes Haar, an den ebenso schwarzen Schnurrbart. Etwa fünfunddreißig, schlank, helle Hautfarbe, unter anderen Umständen hätte man seine Erscheinung als sportlich bezeichnet, eine Beschreibung, die Judith jetzt unpassend erschien. Mehr noch als sein Haar waren ihr seine Augen aufgefallen, blau, sehr blau. Und irgendetwas an diesen Augen hatte sie irritiert, ja zutiefst verunsichert.

Ihr Blick heftete sich erneut auf die Figur in der Dunkelheit, etwa zehn Meter von ihr entfernt, die dort dem Regen trotzte und rauchte. Sie holte tief Atem, konzentrierte sich. Konnte diese Augen nicht richtig zuordnen. Doch mehr und mehr war sie sicher, dass sie sie schon einmal gesehen hatte.

Sie schaute wieder nach vorn, den Bug entlang. Noch immer peitschte der Wind die Wellen, aber die Regenwand war einen Moment durchlässiger geworden. Sie glaubte, ahnte mehr, hoffte, weit vor sich einige helle Punkte zu erkennen. Lichter, dachte sie, nicht auf dem Wasser – Lichter am Ufer, die Lichter von Tel Aviv.

»Sie kommen.«

Uri Rabinowitsch presste sich das Fernglas noch fester an die Augen.

»Sie kommen«, sagte er noch einmal, dringlicher jetzt.

Er wartete einen Moment, wollte sich sicher sein. Dann, die Hand immer noch fest am Fernglas, rief er:

»Sie sind es. Gebt das Zeichen!«

Daniel Wyzanski sprang auf und richtete den Scheinwerfer aufs Meer. Dreimal lang, zweimal kurz, dreimal lang. Uri hielt einen Moment den Atem an. Was, wenn er sich geirrt hatte? Was, wenn die *Morning Cloud* abgefangen worden war, wie die vielen anderen Schiffe vor ihr? Die Sekunden verstrichen, fühlten sich an wie Minuten. Nervös blickte er auf die Uhr. Halb sechs, sie waren spät, viel zu spät. Bald würde es hell sein.

»Noch einmal«, rief er Daniel zu.

Daniel ließ den Scheinwerfer aufblitzen. Uri starrte durch das Fernglas. Immer noch nichts. »Verdammt«, murmelte er. Doch dann sah er es, das Aufblitzen des Scheinwerfers auf der anderen Seite, dreimal lang, zweimal kurz, dreimal lang. Er ließ das Fernglas sinken.

»Schnell«, schrie er gegen den Wind. »Macht die Boote klar.«

Die fünf jungen Männer der Haganah sprangen hinter der Düne auf und begannen, hinunter zum Strand zu laufen, wo die Schlauchboote lagen. Nur zwei der fünf Boote hatten einen Motor, die anderen mussten gerudert werden, etwa dreihundert Meter weit hinaus in die Wellen, die hier in Ufernähe flacher waren als draußen auf dem Mittelmeer, aber immer noch gefährlich hoch.

Die *Morning Cloud* hielt auf das Ufer zu, nun klar zu identifizieren. Endlich kam Uri mit den anderen am Strand an, der Atem kurz nach dem schnellen Lauf. Als er in das Schlauchboot springen wollte, passierte es.

Über der *Morning Cloud* ging ein gleißendes Licht auf, stieg hoch in den Himmel, beleuchtete das alte Schiff. Das Licht einer Leuchtrakete. Uri hob das Fernglas an die Augen. Er suchte nach der Quelle. Dann sah er sie, noch weit weg, weit hinter dem Flüchtlingsschiff, kaum zu erkennen durch den Regen. Aber er wusste, was das bedeutete.

Die Briten waren da, und sie würden schnell näher kommen.

Judith bedeckte sich, vom Licht geblendet, die Augen. Für einen kurzen Moment war sie fasziniert von dem wilden Schauspiel – graue Wellen rollten, brachen sich, darauf das tanzende Schiff, der Regen nun gleißend, das weiße Licht reflektierend, Wolkenfetzen jagten über das Wasser. Dann setzte der Schock ein. Ihr Blick bohrte sich in die Dunkelheit, die hinter dem hell beleuchteten Gebiet rund um die *Morning Cloud* Meer und Himmel noch zu vereinigen schien. Und dort sah sie, Teil des Horizonts, den Schatten, der sich kaum von der dunkelgrauen Wand aus Regen und Wolken abhob: der britische Zerstörer.

Instinktiv drehte sie sich um, den Rücken zur Gefahr, so als könnte sie das Schicksal abwenden, indem sie nicht hinschaute. Sie schlug die Hände vors Gesicht, atmete tief. Noch einmal liefen die Ereignisse der letzten achtundvierzig Stunden vor ihr ab: der Ausbruch aus dem Lager auf Zypern, von der Haganah organisiert, die Lastwagen, die sie zur wartenden *Morning Cloud* brachten, die Angst vor den britischen Verfolgern, die hastenden Menschen, die sich über den schmalen Steg drängten, das enge, überladene Schiff.

Es war klar, was passieren würde, wenn die Briten sie schnappten. Esther, die kleine Polin, hatte es schon durchgemacht. Sie würden sie zurückbringen, in ihre Lager auf Zypern, in denen sich dreißigtausend Juden drängten, Überlebende des Holocaust, die alle ein Ziel hatten, ein Ziel, das die Briten ihnen verwehrten: Palästina.

Um sie herum herrschte plötzlich hektisches Treiben. Die drei Haganah-Männer hatten die menschliche Fracht aus dem

Schiffsbauch nach oben geholt. Verängstigte Gestalten, unsicher auf den Beinen, die Kinder hielten sich an den Hosenbeinen der Großen fest, klammerten sich weinend an ihre Mütter.

»Werft die Leitern aus«, rief Ari.

Ein paar Männer hievten die Strickleitern über die Reling. Während sie ins Wasser klatschten, ging ein harter Ruck durch das Schiff. Die *Morning Cloud* war auf eine Sandbank aufgesetzt. Alle Blicke richteten sich auf den Kapitän, der versuchte, das Schiff im Rückwärtsgang wieder frei zu bekommen. Vergeblich – die *Morning Cloud* saß fest. Hektisch machte sich die Besatzung an dem verbliebenen Rettungsboot zu schaffen und ließ es hinunter auf die unruhigen Wellen. Dann begannen sie, Rettungswesten zu verteilen, und schnell wurde offensichtlich, dass sie bei weitem nicht für alle reichten: fünfzig Stück für zweihundertfünfzig Passagiere.

»Gebt sie den Kindern, beeilt euch«, schrie Ari.

Judith sah, wie Esther ihre Rettungsweste einem kleinen Mädchen überstreifte.

»Schneller, schneller«, hörte sie Ari bellen.

Judith packte das Mädchen und schob es in die Nähe der Strickleitern. Das Kind zögerte.

»Wo ist deine Mutter?«

Es zuckte die Schultern und sah sie verängstigt an.

»Macht schon, macht endlich«, brüllte Ari.

»Geh du mit der Kleinen«, sagte Judith zu Esther. »Ich komme gleich nach.«

Die Polin reichte dem Kind die Hand, half ihm, über die Reling zu klettern, stieg dann selbst widerstrebend hinüber.

»Ich … ich kann nicht schwimmen«, flüsterte sie.

»Keine Angst, du schaffst es«, versuchte Judith, sie zu beruhigen.

Sie sah, wie die Polin, sich mühsam an den Seilen festklammernd, die Treppe hinunterstieg. Judith folgte ihr, den Wellen entgegen. Sie erkannte unter sich ein graues Schlauchboot, von dem aus zwei Männer ihre Arme den Schiffbrüchigen entgegenstreckten. Etwa fünf waren schon an Bord. Einer griff nach dem Mädchen, das jetzt verzweifelt nach seiner Mutter schrie, zog es rasch zu sich herüber und reichte es einer der Frauen.

Als Nächstes Esther. Sie klammerte sich an die Strickleiter, unfähig, sich zu bewegen, starr vor Angst. Eine Hand streckte sich nach ihr aus, versuchte sie zu fassen, doch der Sturm hatte noch an Kraft gewonnen, und die *Morning Cloud* schwankte auf der Sandbank wild hin und her. Esther hing mit beiden Händen festgeklammert an den Seilen, das Gesicht zur Bordwand. Endlich packte sie der Mann am rechten Bein, doch sie trat panisch um sich, strampelte, wollte nicht loslassen. Dann, plötzlich, ließ sie los, unfähig, sich seinem Zug weiter zu widersetzen. Sie kippte kopfüber hinunter. Ihr Bein entglitt seinen Händen.

Judith sah sie in den Wellen verschwinden. Sie schrie nicht, sie überlegte nicht. Sie ließ sich, mit den Füßen voran, senkrecht in die Tiefe fallen, dorthin, wo sie Esther zuletzt gesehen hatte. Der Schock der Kälte traf sie erst, als sie prustend auftauchte. Sie strampelte mit den Beinen, versuchte mit rudernden Armen, sich über Wasser zu halten. Hektisch ging ihr Blick hin und her, auf der Suche nach Esther. Einen Moment glaubte sie, ihren Kopf in einem Wellenkamm zu erkennen. Sofort begann sie, sich kraulend in diese Richtung zu bewegen, mehr wie ein Hund denn ein sportlicher Schwimmer, zum Scheitern verdammt von Anbeginn, in ihrem schweren Mantel, das Wasser eiskalt.

»Esther«, schrie sie gegen den Wind. »Esther!«

Ihre Kräfte erlahmten schnell, aber noch war es ihr nicht bewusst. Immer noch schlugen ihre Arme das Wasser, ohne auch nur einen Meter weiterzukommen. Dann wurden ihre Bewegungen langsamer. Als die nächste Welle über sie hinwegging, schluckte sie große Mengen Wasser, würgte es dann wieder hustend heraus.

»Esther«, röchelte sie.

Plötzlich spürte sie einen harten Griff im Nacken, ein Arm legte sich von hinten um ihren Oberkörper. Instinktiv schlug sie um sich, versuchte sich zu befreien.

»Hör auf«, hörte sie eine männliche Stimme. »Hör auf, du kannst nichts mehr für sie tun.«

Aber sie wehrte sich weiter, heftiger jetzt. Der Mann verstärkte seinen Griff um ihren Oberkörper.

»Halt durch, das Boot kommt«, schrie er.

»Esther«, murmelte sie. Dann sah sie gleich über sich die graue Gummiwulst des Schlauchboots. Arme streckten sich ihr entgegen, darüber ein Gesicht, umrahmt von tiefschwarzem, beinahe gelacktem Haar. Blaue, sehr blaue Augen. Mehrere Hände griffen nach ihrem Mantel, zogen an ihr. Der Mann im Wasser, der sie immer noch von hinten hielt, lockerte nun seinen Griff und schob sie den Händen entgegen. Langsam, wie in Zeitlupe, gelang es ihnen, Judith an Bord zu ziehen. Esther, dachte sie noch. Die deutschen Arbeitslager hatte sie überlebt, die Todesmärsche, die Zeit der Ungewissheit nach dem Krieg, die Lager der Briten auf Zypern, und jetzt war sie tot. Ertrunken, nur wenige hundert Meter vor dem Strand von Tel Aviv. Dann verließ Judith das Bewusstsein.

Als sie wieder zu sich kam, lag sie auf einer Wolldecke in den Sanddünen. Das nächtliche Schwarz war dem Grau der Morgendämmerung gewichen. Es hatte aufgehört zu regnen. Mehrere Lastwagen standen mit laufendem Motor am Strand, auf ihren Ladeflächen drängten sich Menschen, die Gesichter müde und ausgelaugt. Mütter pressten ihre Kinder an sich.

Ein Gesicht beugte sich über sie, sie erkannte so etwas wie ein Lächeln. Es gehörte zu einem Mann Mitte zwanzig, kurzes dunkelbraunes Haar, dunkle, entschlossene Augen, ein eher weicher Mund, der nicht zu ihnen zu passen schien.

»Wie geht es dir?«, fragte er.

Sie setzte sich auf. Eine einfache Frage, auf die sie keine Antwort wusste. Wie es ihr ging? Automatisch sagte sie:

»Danke, gut.«

Der Mann lächelte immer noch. Er streckte die Hand aus. »Wir sind uns bereits im Wasser begegnet. Uri«, sagte er, »Uri Rabinowitsch.«

Ebenso automatisch nahm sie die Hand, schüttelte sie leicht mit der Rechten.

»Judith Wertheimer.« Erst jetzt bemerkte sie, dass sie unter der Wolldecke nur einen Slip trug, ihre nassen Kleider lagen neben ihr. Schlagartig wurde ihr klar, wie albern diese förmliche Vorstellung war, unter diesen Umständen, und wurde rot. Doch Uri hatte bereits den Blick abgewandt und winkte eine junge Frau heran.

»Das ist Yael«, sagte er, »sie wird sich um dich kümmern.«

Yael lächelte sie unbefangen an. Sie war in Judiths Alter, hatte dunkelblondes Haar, trug eine kurze Khakihose und einen dunklen Wollpullover. Sie wirkte athletisch, beinahe burschikos. Aus einem Papiersack holte sie Kleider hervor, eine Khakihose, ein Khakihemd und einen Pullover, der ihrem glich.

»Zieh das an, das ist die Kibbuzuniform«, sagte sie, als sie Judiths Blick bemerkte.

Sie sammelte Judiths nasse Kleider ein und wollte sie in den Papiersack stecken, als Judith sie stoppte. Sie griff nach dem Mantel, der einmal einem Wehrmachtssoldaten gehört hatte. Eilig wühlte sie in der rechten Tasche, zog die Postkarte heraus, jetzt mehr ein nasser Fetzen, die Schrift leicht verwischt. Sorgfältig glättete sie das Papier. Auf der Vorderseite war das Bild noch zu erkennen. Ein Foto von der Klagemauer, darüber der Felsendom.

Uri hatte ihr zugesehen und sich dabei eine Zigarette angezündet. Er bot Judith und Yael die Packung an. Yael nahm eine heraus, ließ sich von Uri Feuer geben. Judith schüttelte den Kopf.

Aus der Ferne war plötzlich das Heulen von Sirenen zu hören. Uris Gesichtszüge verhärteten sich.

»Verdammt, die Briten«, stieß er hervor. »Auf dem Zerstörer müssen sie sie über Funk informiert haben.«

Er warf seine Zigarette in den Sand und winkte in Richtung der Lastwagen.

»Schnell, schnell, fahrt los!«

Yael zog Judith am Arm zum hintersten Wagen. Kaum waren sie auf der Ladefläche, drückte der Fahrer schon aufs Gaspedal. Judith sah, wie Uri auf einen dunklen Personenwagen zurannte. Schemenhaft erkannte sie eine Figur auf dem hinteren Sitz. Ein Mann mit schwarzem Haar und einem auffallenden Schnurrbart. Uri schlug die Tür zu. Der Wagen fuhr davon.

17. FEBRUAR 1947

Das Pochen an der Tür riss ihn aus dem Schlaf. Er hörte eine Frau leise seinen Namen rufen.

»Uri, Uri, mach auf.«

Er zog das Bettlaken an sich, so dass Yaels Körper plötzlich nackt und bloß dalag. Sie murrte im Schlaf. Schnell zog er eine Wolldecke über sie, dann wickelte er sich das Bettlaken um die Hüfte, holte seinen Revolver unter dem Kissen hervor und lief zur Tür. Nur wenige kannten seine Adresse in Tel Aviv. Mit der linken Hand drehte er den Schlüssel um und öffnete die Tür einen Spalt.

Vor ihm stand eine füllige Frau Ende zwanzig, bei der man nicht sicher sein konnte, ob blond ihre natürliche Haarfarbe war. Ihr geschwungener Mund war auffallend rot geschminkt, ihre Bluse einen Knopf zu weit geöffnet, einen üppigen Busen offenbarend. Uri ließ den Revolver sinken. Er öffnete die Tür etwas weiter. Sie brachte ihr Gesicht dicht vor seines.

»Die Briten«, flüsterte Hilda, »sie wollen heute in die Wäscherei.«

Sie ließ ihren Blick über seine Schulter ins Zimmer wandern.

»Entschuldigung, ich sehe, du hast Besuch.«

Uri drehte sich rasch um und sah, dass Yael doch wach geworden war. Er wandte sich wieder der Frau vor der Tür zu, leiser diesmal.

»Danke, Hilda, du hast uns sehr geholfen, wie immer.«

Er drückte die Tür zu und begann, seine Kleider zu suchen. Schnell stieg er in ein paar Hosen und streifte ein Hemd über. Dann setzte er sich seine Kappe auf, eine Art Schiebermütze.

Yael beobachtete ihn schweigend. Sie war am vergangenen Abend mit einem Lastwagen voller Gemüse für den Markt in Tel Aviv aus Yardenim gekommen. Jetzt saß sie, die Beine hochgezogen, die Arme darüber verschränkt, auf dem Bett und schaute ihn an. Uri ließ den Blick zur Tür wandern.

»Hilda, sie arbeitet für uns.«

Yael sah ihn weiter schweigend an. Uri fühlte sich unbehaglich, und er wusste, dass sie genau das beabsichtigte. Er griff zu dem Stuhl, auf dem ihre Kleider lagen, und warf sie ihr zu.

»Hier, zieh dich an, beeil dich, ich muss sie warnen.«

Yael zog sich wortlos an.

»Gehn wir«, sagte sie schließlich.

Gemeinsam stiegen sie in den alten Ford. Uri lenkte ihn Richtung Norden. Yael schaute aus dem Fenster, leicht von ihm abgewandt. Sie würde sich wieder beruhigen, dachte er.

»Wie geht es der jungen Frau, die wir aus dem Wasser geholt haben?«, fragte er, um abzulenken. »Wie hieß sie noch?«

Yael schaute weiter aus dem Fenster.

»Judith, Judith Wertheimer«, sagte sie endlich.

»Und? Hat sie sich eingelebt?«

»Nicht wirklich. Sie hat ziemlich viel durchgemacht, erst das KZ, dann das Lager in Zypern und dann das kalte Bad bei der Ankunft, das verkrafte erst mal«, sagte Yael.

»Gleich sind wir da.« Uri bog von der Straße ab.

Am Stadtrand von Tel Aviv, im Kibbuz Maagan Michael, lag das flache Gebäude einer Wäscherei. Ein Lastwagen lud Uniformen und Hemden ab.

»Britische Kleider.« Uri grinste. »Wir waschen sie hier für ihre Truppen. Ein gutes Geschäft.«

Eine Weile stand er mit Yael auf der Straße und beobachtete den Verkehr. Es war nichts Auffälliges zu bemerken. Schließlich ging er hinein und winkte Yael, ihm zu folgen.

In der Wäscherei waren ein paar junge Mädchen gerade dabei, Uniformen zu bügeln. Er ging an ihnen vorbei durch das große

Gebäude. In einem Hinterzimmer blieb er vor einer Klapptür stehen, die in den Boden eingelassen war. Er klopfte dreimal mit dem Fuß, wartete dann einen Moment und klopfte erneut. Die Klapptür wurde von innen aufgestoßen. Uri bat Yael, ihm voran die Treppe hinabzusteigen. Sie führte in einen Keller. Nackte Glühbirnen hingen von der Decke und beleuchteten eine Werkstatt, in der etwa ein Dutzend Männer und Frauen an roh gezimmerten, mit grauen Kartons beladenen Tischen saßen. In einer Ecke befand sich eine Drehmaschine, dazu Fräsen und andere Werkzeugmaschinen.

»Sieh mal hier.« Uri holte aus dem Karton eine Handvoll schmaler Metallhülsen und hielt sie Yael hin. »Für Lippenstifte, direkt aus Großbritannien importiert, Originalware.«

Er griff in einen anderen Karton. »Und das hier machen wir daraus.«

Aus den Lippenstifthülsen waren großkalibrige Patronen geworden.

»Wir stellen hier auch Handgranaten her, kleine Minen, Sprengstoff, was man so braucht. Ich hoffe, ich kann bald eine Lieferung nach Yardenim arrangieren.« Er klang stolz.

In der Nähe der Treppe entstand plötzlich Unruhe. Eine junge Frau, die Yael eben noch beim Bügeln gesehen hatte, rannte auf Uri zu und flüsterte ihm aufgeregt etwas zu.

»Alles raus hier«, rief er. »Schnell!«

Sofort hasteten alle die Treppe hoch. Oben wuchteten die Männer einen schweren Schrank auf die Klappe im Fußboden.

»Geht spazieren, bis sie wieder weg sind«, sagte Uri. Und zu den Mädchen an den Bügelbrettern gewandt:

»Ihr kriegt gleich Besuch. Die Briten kommen. Macht eure Arbeit, lasst euch nicht beeindrucken.«

Er zog Yael zu seinem Ford und ließ sie einsteigen.

»Bestimmt wollen sie nur ihre Wäsche abholen, aber ich denke, es ist besser, wenn sie uns hier nicht sehen.« Er zündete sich eine Zigarette an. »Übrigens, wegen Hilda. Die meisten ihrer Kunden sind Briten. Sie ist eine unserer erfolgreichsten Agentinnen.«

Er beugte sich zu Yael hinüber und küsste sie. Sie erwiderte seinen Kuss und schlang ihm die Arme um den Hals.

»Lass uns zu deinem Zimmer fahren. Ich habe noch eine Stunde, bevor der Lastwagen zurück in den Kibbuz startet …«

Sie legte eine Hand auf sein Knie und ließ sie aufwärts gleiten.

»Damit du mich nicht vergisst.«

Er umfasste das Lenkrad mit beiden Händen und gab Gas.

19. FEBRUAR 1947

Der Bus der National Bus Company hielt ruckartig vor dem Haus des Mukthars, einem stattlichen Gebäude in der Mitte von Deir Jassin. Hana Khalidy stieg ein. Noch eine gute halbe Stunde, dann würde sie ihn sehen. Sie konnte es nicht erwarten.

Ob er sie überhaupt zur Kenntnis nehmen würde heute Morgen, über das rein Dienstliche hinaus? Der Gedanke verursachte ihr ein Kribbeln in der Bauchgegend. *Butterflies*, hatte Schwester Sarah das Gefühl einmal genannt, und Hana hatte im Wörterbuch nachgeschaut: *butterflies*, Schmetterlinge.

Deir Jassin, ein Dorf mit bescheidenem Wohlstand, lag nur wenige Kilometer nordwestlich von Jerusalem. Viele der Bewohner des arabischen Siebenhundert-Seelen-Dorfes arbeiteten in der Stadt, die Beziehungen zu den Juden waren freundlich.

Der Bus hatte nach wenigen hundert Metern das Dorf hinter sich gelassen. Bald war die Straße erreicht, die Jerusalem mit der Küste verband. Noch fünfundzwanzig Minuten, dachte sie, immer noch so viele Minuten. Ob sie ihn zuerst grüßen sollte? War das angemessen? Oder würde das zu aufdringlich wirken? Schließlich war er einer ihrer Vorgesetzten.

Hana hielt ihre Handtasche fest umklammert. Jeden Morgen ließ sie diesen Blick auf sich wirken, Jerusalem vor sich, während das Dorf hinter ihr verschwand. Sie schaute nicht zurück. Obwohl sie es sich nicht eingestehen wollte, wurde ihr jeden Morgen klarer, wo ihre Zukunft war: vor ihr, in dieser großen Stadt, nicht in diesem Dorf, nicht in Deir Jassin.

Hana hatte noch die Worte ihrer Mutter im Ohr. *Hana, es ist Zeit.* In den letzten Wochen hatte sie das immer öfter gehört, immer drängender. Mit dreiundzwanzig Jahren war sie eigentlich schon zu alt für das traditionelle Leben in ihrem Heimatdorf. Sie war noch unverheiratet, während zwei ihrer jüngeren Schwestern von der Familie längst an junge Männer aus der Dorfgemeinschaft vergeben worden waren und bereits Kinder bekommen hatten. Ihre beiden Brüder waren ebenfalls verheiratet. Und auch sie war schon lange dem Sohn eines Nachbarn versprochen, Jousseff Hamoud, der von seinem Vater eine große Bäckerei erben würde. Er war bereits fünfundzwanzig, und gelegentlich wurde er von den anderen im Dorf gehänselt, weil er immer noch Junggeselle war. Wieder und wieder war es ihr gelungen, ihn zu vertrösten, doch sie wusste, dass dies nicht mehr lange so weitergehen konnte.

Dabei wollte sie vor allem eines: ihre Ausbildung als Krankenschwester beenden. Dann würde man weitersehen. Aber gerade das, das wusste sie genau, stachelte seinen Unmut an. Jousseff konnte es nicht ertragen, dass Hana sich in einem Beruf ausbilden ließ, in dem sie jeden Tag Umgang mit anderen Männern hatte, die noch dazu keine Araber waren, sondern aus Städten kamen wie Wilna, Krakau, Berlin, London oder New York, Juden aus Europa und Amerika.

Aus Amerika, dachte sie, aus New York. Wie wohl die Frauen in New York aussahen, die Frauen, die er kannte? Ob es viele gewesen waren? Sie sah an sich herab. Bestimmt konnte sie mit diesen Frauen nicht mithalten, eine Araberin, eine Lernschwester. Was sollte er an ihr finden, ausgerechnet an ihr?

Es ist Zeit, Hana, hörte sie wieder ihre Mutter sagen, Zeit für die Hochzeit mit Jousseff. Nur ihr Vater, ausgerechnet er, stand ihr zur Seite. Er war ein angesehener Mann in Deir Jassin, wohlhabend; ihm gehörten einige Wohnungen in Jerusalem, die er zum Teil auch an Juden vermietet hatte. Hana war seine Lieblingstocher, ihr konnte er nichts abschlagen. Insgeheim, das wusste sie, war er stolz auf sie, auf ihre Kontakte mit Menschen aus aller Welt.

Die Fahrt dauerte nicht lange. Am Busbahnhof im Westen

Jerusalems, an der Straße nach Tel Aviv, stieg Hana in einen anderen Bus der Hamekasher-Linie um, der sie auf den Mount Scopus bringen würde. Ein arabischer Zeitungsverkäufer verkündete lauthals die Schlagzeilen des Tages. Hana kaufte ein Exemplar der *Palestine Post*, der englischsprachigen Zeitung im britischen Mandatsgebiet.

Asher Leibowitz war ein junger Mann, der lieber in seinem Kibbuz ein schnelles Pferd geritten hätte, als diesen alten Bus zu fahren, aber das war nun einmal sein gegenwärtiger Job. Solange er an seinem freien Wochenende mit den Kameraden von der Palmach trainieren konnte, vor allem den Umgang mit Handgranaten, war ihm alles recht.

»*Boker Tov*, Hana«, grinste er Hana entgegen. »Die in London meinen es jetzt wohl langsam ernst. Wird auch Zeit.«

Hana sah sich vorsichtig um: Die Gesichter der übrigen arabischen Fahrgäste wirkten gleichgültig. Dann antwortete sie leise auf Hebräisch: »*Boker Tov.*«

Hana ließ die Zeitung sinken. Im britischen Unterhaus hatte Außenminister Bevin bekannt gegeben, dass die Regierung Ihrer Majestät den Vereinten Nationen die Lösung des Palästina-Problems zuschieben wollte. Welche Folgen das wohl haben würde? Schwer zu sagen. Ihr Blick ging aus dem Fenster, sie studierte die Werbetafeln an den Geschäften, die, je nach Stadtteil, arabische, hebräische und englische Schriftzüge trugen. Zufrieden stellte sie fest, dass sie alle verstehen konnte. Sie hatte hart daran gearbeitet, neben ihrer Muttersprache auch Hebräisch und Englisch zu beherrschen, und im Krankenhaus hatte sie auch die Grundzüge des Jiddisch erlernt.

Die Briten, Jousseff, die Mutter, ihr Beruf, alles drehte sich in ihrem Kopf. Und dann dachte sie, schon wieder, den Gedanken, den sie nicht denken wollte und doch immer wieder denken musste: David. David Cohen.

Das Blut stieg ihr ins Gesicht, eine Hitzewallung, und sie versuchte, sich in die *Palestine Post* zu vertiefen, in den Bericht über Bevins Rede in London. Doch die Zeilen schienen vor ihren Augen zu verschwimmen. Nur noch wenige Minuten, dann würde sie ihn sehen.

Der Bus kam vor dem massigen Gebäude des Hadassah-Krankenhauses zum Stehen, dem modernsten Hospital in Palästina. Es lag hoch oben auf dem Mount Scopus, im Osten Jerusalems, mitten im arabischen Gebiet.

Hana stieg aus und genoss für ein paar Minuten die Aussicht, die sie jeden Morgen aufs Neue faszinierte. Zu ihren Füßen lag Jerusalem. Über den zinnengekrönten Mauern der Altstadt ragte der Tempelberg heraus, den die Araber Haram esh-Sharif nannten und die Juden Har Habayit. In der Morgensonne glänzte die Goldkuppel der Moschee über dem Felsen, auf dem Abraham Gott seinen Sohn opfern wollte. Von hier war der Prophet Mohammed der Überlieferung nach auf seinem Pferd in Begleitung des Erzengels Gabriel in den Himmel aufgestiegen. Es war nach Mekka und Medina die wichtigste Stätte des Islam, erbaut von den Muslims ausgerechnet da, wo einst der Tempel der Juden gestanden hatte. Die römischen Legionäre hatten bei seiner Zerstörung im Jahre 70 nur Ruinen und die Fundamente übriggelassen, die jetzt die Klagemauer bildeten. Auf den Hügeln dahinter lagen die neueren Teile der Stadt, die drei Religionen für sich in Anspruch nahmen. Sie kniff die Augen zusammen und versuchte, das Gebäude des King-David-Hotels zu identifizieren, das Hauptquartier der Briten, dessen Südflügel die Irgun im Juli des vergangenen Jahres in die Luft gesprengt hatte. Gleich dahinter erkannte sie den markanten Turm des YMCA-Hauses. Hana umklammerte fest das kalte Metall des Geländers, vor dem sie stand. Die Briten, das war seit heute klar, wollten die Verantwortung für diese Stadt nicht mehr. Sie waren es leid – die ständigen Angriffe, die Gewalt von beiden Seiten, die Unmöglichkeit, eine für alle befriedigende politische Lösung zu finden –, sie wollten ihre Jungs nach Hause holen. Hana wusste, was alle in Palästina wussten. Wenn die Briten gingen, dann hieß das: noch mehr Gewalt.

Hinter Hana bremste ein weiterer voll besetzter Bus. Krankenschwestern, Ärzte, Patienten und Besucher des Hadassah-Krankenhauses stiegen aus. Ein Mann, der seinen weißen Arztkittel über dem Arm trug, Ende zwanzig, schlank, dunkelhaarig, ging an Hana vorbei, blieb dann kurz stehen, als er sie erkannte.

»Guten Morgen, Hana, wie geht's?«

Sie drehte sich ruckartig um, als sie seine Stimme hörte. Das Blut schoss ihr ins Gesicht.

»Mir? Oh, eh … danke«, stotterte sie. Dann fing sie sich: »Danke gut, Dr. Cohen.«

Er lächelte ihr kurz zu, dann wandte er sich ab und verschwand mit den übrigen Ankömmlingen im Eingang des Krankenhauses. Sie nahm ihre Tasche auf, die sie vor das Geländer gestellt hatte, und ging ihm raschen Schrittes nach. Nur mühsam konnte sie sich daran hindern, der Gruppe hinterherzurennen.

20. FEBRUAR 1947

Die Nacht war mondlos und kalt. Die Tages- und Nachttemperaturen schwankten stark in diesen Februartagen in Galiläa. Judith warf sich im Halbschlaf hin und her. Der Husten hatte zugenommen.

Yael war aufgestanden, durch den unruhigen Schlaf ihrer Zimmergenossin geweckt, und zündete eine Kerze an. Sie fühlte Judiths Puls.

»Bist du wirklich sicher, dass du fahren willst?«, fragte sie besorgt. »Ich denke, du hast immer noch Fieber.«

Judith hustete wieder, ein tiefes, keuchendes Husten. Aber sie nickte. Yael hielt ihre Hand.

»Hör zu, bleib hier, bis du wieder ganz auf den Beinen bist. Sei vernünftig.«

Aber Judith wollte ihn endlich sehen. Zum ersten Mal seit Dachau sollte sie jemanden sehen, der noch zu ihrer Familie gehörte. Der Vater hatte nach der Pogromnacht, als ihn SA-Schergen zusammengeschlagen hatten, noch achtundvierzig Stunden gelebt, dann war er an den Folgen des Schädelbasisbruchs gestorben. Ihre zwei Brüder, Josef und Hermann, waren als Kinder nach England geschickt worden, im letzten Transport, den die Nazis noch zugelassen hatten. Ihre Spuren hatte sie verloren. Sie war bei der Mutter geblieben, bis sie nach Theresienstadt kam, und von dort 1944 nach Auschwitz.

Jetzt wollte sie wenigstens einen Teil ihrer Familie treffen. Obwohl sie ihren Onkel seit der Kindheit nicht gesehen hatte und sich kaum noch an ihn erinnern konnte. Er war, damals schon über fünfzig, 1935 nach Palästina ausgewandert, nachdem man ihm die Berufsausübung als Richter in Berlin untersagt hatte.

Anfangs hatten die Wertheimers noch geglaubt, Onkel Albert sei ein etwas naiver Idealist, ein unverbesserlicher Zionist, der übereilt das Land verlassen hatte, denn die Nazis, so glaubte die Familie wie so viele Juden in Berlin, würden bald wieder von der politischen Bühne verschwinden. Oder sie würden sich mäßigen, wenn erst einmal die Olympischen Spiele erfolgreich verlaufen waren. Doch jetzt war er der Einzige, der noch erreichbar war, ein Stück Identität, ein Stück Familie, ein Stück ihrer selbst.

Judith schlug die Decke zurück. Langsam richtete sie sich auf.

»Es wird schon gehen. In Dachau haben wir schon Schlimmeres überlebt«, sagte sie, halb zu sich selbst.

Yael schüttelte den Kopf.

»Du musst hier nicht den Helden spielen. Ruh dich besser aus. Was machen schon ein paar Tage?«

Sie versuchte, Judith wieder sanft auf die Kissen des schmalen Bettes zurückzudrücken. Da zersplitterte die Fensterscheibe mit einem Knall. Eine Kugel schlug in die Holzwand auf der anderen Zimmerseite ein und blieb dort stecken. Yael ließ sich unwillkürlich auf den Boden fallen. Sie riss Judith am Arm nach unten, vom Bett herunter, zog sie unter den Tisch.

»Schnell, in Deckung«, zischte sie und richtete sich nur noch einmal kurz auf, um die Kerze auszublasen.

Endlose Minuten lang warteten sie darauf, ob der Schütze draußen erneut auf das Fenster zielen würde. Judith versuchte, einen Hustenanfall zu unterdrücken, der Oberkörper tat ihr vor Anspannung weh. Plötzlich sprang Yael auf, hastete hinüber zu ihrem Bett und schlug die Matratze zurück. Darunter lag ein alter Karabiner, den sie mit geübtem Griff durchlud. Dann schlug sie mit dem Gewehrlauf die gezackten Reste der zerborstenen

Fensterscheibe heraus und kauerte sich unter das Fenstersims, den Karabiner im Anschlag.

Draußen war das Geräusch von schnellen Tritten zu hören, eine Männerstimme rief auf Hebräisch: »Verteilt euch, los, los.«

Schüsse fielen, erst einzelne aus Karabinern, dann das Tackern einer Maschinenpistole. Judith lag noch immer unter dem Tisch. Sie beobachtete, wie Yael über den Lauf ihres Gewehrs hinweg in die Dunkelheit starrte. Langsam krümmte sich ihr Finger um den Abzug, dann zog sie durch. Ein Schrei gellte durch die Nacht, ging in ein Wimmern über, das einige Augenblicke anhielt, schließlich verstummte.

»Ich denke, ich habe ihn erwischt«, stellte Yael nüchtern fest, während sie wieder durchlud.

Judith hatte sich die Hände auf die Ohren gedrückt, die Ellenbogen abgewinkelt, so als könnte sie den Kampflärm ausblenden. Sie merkte, wie sie zitterte, immer heftiger. Kalter Schweiß trat ihr auf die Stirn. Draußen war es nun wieder ruhig, bis auf die Geräusche der Männer von der Palmach, die mit Öllaternen die Felder nach weiteren Angreifern absuchten. Aber das Schießen in ihrem Kopf ging weiter. Dauersalven aus Maschinengewehren, am Rand des Lagers, dort, wo die SS die russischen Kriegsgefangenen abschlachtete. Ein tiefes Röcheln drang aus ihrer Brust, entlud sich in einem heftigen, krampfartigen Husten.

Judith bemerkte erst nach einer Weile, dass Yael ihr die Hand auf den Kopf gelegt hatte und sie beruhigend streichelte.

»Komm«, sagte sie leise, »ich helf dir, leg dich wieder hin. Es ist vorbei.«

Judith wachte davon auf, dass Yael vor ihr stand, in der Hand ein Tablett mit einer Tasse Tee und einem Teller mit Rührei und Brot, garniert mit einigen Gurkenscheiben.

»Frühstück«, sagte sie. Judith setzte sich ruckartig auf.

»Wie spät ist es?«

Yael schaute auf den alten Wecker auf ihrem Nachttisch.

»Kurz nach acht«, sagte sie. »Du willst doch nicht etwa fahren ... Nach dieser Nacht?«

Judith nickte heftig.

»Hier nimm, iss was. Der Bus fährt erst um neun.« Sie setzte das Tablett energisch auf Judiths Schoß ab.

»Bitte«, drängte sie.

Judith begann mechanisch zu essen.

»Sie haben ihn gefunden. Es war Mohammed«, sagte Yael. »Als Kind habe ich manchmal mit ihm gespielt, ein Junge aus dem Nachbardorf. Er war damals schon ein Hitzkopf. Jetzt sind sie alle von den Männern des Muftis aufgehetzt, die durch die Dörfer gehen und gegen uns Stimmung machen. Es war der dritte Angriff in diesem Monat auf unseren Kibbuz.«

Judith schaute auf. »Und wie geht es ihm?«

Yael sah sie irritiert an.

»Wie es ihm geht? Er ist tot, ich habe ihn erschossen.«

Judith stellte ruckartig den Teller auf das Tablett zurück. Ungeduldig blickte Yael sie an.

»Nun iss endlich, du musst. Komm schon.«

Judith schüttelte den Kopf. »Ich kann nicht.«

Yael zuckte die Schultern. Judith war bereits aufgestanden und streifte sich das Kleid über, das sie auf dem Schiff getragen hatte. Jetzt zwängte sie sich in die alten flachen Lederschuhe, die sie aus Deutschland mitgebracht hatte, und griff nach dem grauen Mantel. Mit einem Kamm fuhr sie rasch über ihr langes schwarzes Haar. Dann nahm sie die zerknitterte Postkarte mit dem Bild des Tempelberges vom Nachttisch und steckte sie in die Manteltasche.

»Also gut, ich bringe dich zum Bus«, sagte Yael resigniert.

»Wie geht es Uri?«, fragte Judith.

»Ich habe seit Tagen nichts von ihm gehört«, sagte sie leise, so als könnten andere mithören. »Er ist jetzt fast ständig unterwegs. Hier im Kibbuz ist er nur noch selten.«

Hinter ihr stieg ein junger Mann ein, Anfang zwanzig, schmal, das Haar so kurz geschoren, dass sein Hinterkopf deutlich hervortrat. Sie hatte ihn in den fünf Tagen, die sie in Yardenim verbracht hatte, nur einmal kurz gesehen, im Essenszelt des Kibbuz. Sie setzte sich in die hintere Reihe, ganz in die Ecke, und lehnte den Kopf gegen die Fensterscheibe. Aus dem Augenwinkel sah sie, dass der Kibbuznik am anderen Ende der Sitzreihe Platz nahm.

Der Bus gewann an Fahrt. Sie sah die Felder des Kibbuz vorbeigleiten. An diesem Morgen waren die jungen Siedler dabei, mit Schaufeln einen langen Abwassergraben auszuheben. Am Rand standen zwei Männer mit schussbereiten Sten-Maschinenpistolen, den Blick in Richtung auf das arabische Dorf gerichtet, das knapp einen Kilometer entfernt lag.

Judith war eingeschlafen. Das ärgerliche Brummen des Dieselmotors weckte sie, als der Fahrer ständig die Gänge wechselte, um die Steigung zu bewältigen. Rechts und links der engen Straße stiegen die Hügel steil an.

»Bab el-Wad«, sagte der junge Kibbuznik, der inzwischen zu ihr hinübergerückt war. Er bemerkte ihren fragenden Blick.

»Die Araber nennen diese Stelle Bab el-Wad; hier ist die Schlucht besonders eng. Gelegentlich sitzen sie da oben und schießen auf die Straße herunter. Würde ich an ihrer Stelle auch so machen. Hier kann man wirklich kaum entkommen.«

Er zog sein Hemd hoch und zeigte ihr die Pistole, die in seinem Hosenbund steckte.

»Keine Angst, wir können uns wehren.«

Der Bus kroch die Steigung so langsam hoch, dass Judith genauso gut hätte nebenhergehen können. Ihr brach der Schweiß aus.

»Wir werden es den Arabern zeigen. Die einzige Sprache, die sie verstehen, ist Gewalt«, meldete sich der junge Mann wieder. Ihr fiel auf, wie seine lebendigen, dunklen Augen ständig hin und her gingen, beinahe hektisch.

»Abraham Horowitz«, sagte er und reichte Judith die Hand. Judith schüttelte sie zögernd. Er hielt ihre Hand einen kurzen Moment fest.

»Du glühst ja ganz schön. Fieber?« Judith zog ihre Hand zurück.

»Ist nicht so schlimm«, sagte sie. Horowitz schien nicht überzeugt.

Ein Panzerspähwagen kam ihnen entgegen. An der Spitze der wippenden Funkantenne wehte die britische Fahne. Die Soldaten mit ihren roten Baretts winkten ihnen lässig zu.

»Die verdammten Briten«, murmelte Horowitz und reckte die Faust. »Zweimal am Tag schicken sie ihre Spähwagen die Straße von Jerusalem nach Tel Aviv runter. Damit ist der Fall für sie erledigt. Offiziell können sie sagen: Die Straße ist frei. Alles andere interessiert sie nicht. Und natürlich halten sich die Araber zurück, wenn die Briten kommen.«

Nur langsam überholte der Bus einen Eselkarren, der mit Säcken schwer beladen war.

»Da, schau sie dir doch an, diese Araber«, sagte Horowitz verächtlich. »Eseltreiber und Fellachen, ein primitives Volk. Sie sitzen auf unserem Land, seit Jahrhunderten. Auf unserem Land. Es gehört uns, hörst du?, uns, immer schon.«

Er brütete vor sich hin. Judith versuchte, sich noch tiefer in ihre Ecke zu verkriechen. Sie fror, spürte, wie der Schüttelfrost einsetzte, der seit Tagen immer wieder auftrat, die Folge ihres Sprungs in das kalte Mittelmeer.

»Du hast ja letzte Nacht erlebt, wie sie immer frecher werden. Aber sei dir sicher: wir werden es ihnen zeigen.«

Je höher der Bus die Berge Judäas erklomm, umso kälter wurde es. Judith erinnerte sich, dass Jerusalem gut siebenhundert Meter höher als Tel Aviv lag. Sie zog den Mantel enger.

»Es kann kein friedliches Nebeneinander geben«, begann Horowitz wieder. »Entweder die oder wir.«

Hoch über der Straße waren auf dem Bergkamm in der Ferne die Schemen von Häusern auszumachen, die wie Zacken in den jetzt blauen Himmel ragten.

»Da vorne« – Horowitz zeigte mit der Hand in Richtung Osten –, »da vorne, siehst du? Das ist es. Das ist Jerusalem.«

Judith klingelte ein zweites Mal. Dann ein drittes. Sie holte die alte Postkarte mit seiner Adresse hervor und verglich sie erneut mit der Hausnummer. Ben-Yehuda-Straße 112. Wieder drückte sie auf den Klingelknopf. Es stand ja sein Name an der Tür. *Dr. Albert Wertheimer, Rechtsanwalt.* Sie musste hier richtig sein. Eine Frau mit zwei kleinen Kindern an der Hand, über dem Arm einen Einkaufskorb, kam auf sie zu. Sie schien Judiths ratloses Gesicht zu bemerken.

»Kann ich helfen?«

»Ich möchte zu Dr. Wertheimer«, sagte Judith. »Er scheint nicht zu Hause zu sein.«

Die Frau zuckte zusammen, fing sich aber schnell wieder. »Kennen Sie ihn näher?«, fragte sie vorsichtig und kramte in ihrem Korb nach dem Schlüssel.

»Ich bin Judith Wertheimer. Albert ist mein Onkel.«

Die Frau steckte den Schlüssel in das Schloss.

»Bitte« – sie öffnete die Tür –, »kommen Sie doch kurz zu mir herein. Ich war seine Nachbarin.«

Judith brauchte einen Moment, um zu reagieren.

»*War?*«, fragte sie. »Ist er weggezogen?«

Die Frau stieß die Tür weit auf, ließ die Kinder hindurch und zeigte auf Judith.

»Eh … nein. Ach, bitte, gehen wir erst mal hinein.«

Sie gingen gemeinsam die Treppe hinauf in den zweiten Stock. Unterwegs hielt Judith zweimal an und hustete schwer. Die Frau sah sie besorgt an.

»Ist Ihnen nicht gut?«

Judith riss sich zusammen. »Doch, doch, es geht schon.«

Die Wohnung wirkte unaufgeräumt, eine Wohnung, in der eine Familie mit zwei kleinen Kindern lebte. Judith fiel auf, dass neben einigen Spielsachen viele Bücher und Zeitungen herumlagen.

»Entschuldigen Sie die Unordnung«, sagte die Frau etwas verlegen. Sie wies auf das Sofa.

»Bitte, setzen Sie sich doch. Wenn es Ihnen recht ist, mache ich uns schnell einen Tee.«

Sie verschwand in der Küche, ohne eine Antwort abzuwarten. Die beiden Kinder näherten sich Judith, schüchtern, aber neugierig.

»Wie heißt du?«, wandte sich Judith an das Mädchen, das etwa sechs Jahre alt sein mochte.

»Ayelith.«

Strahlend reichte sie Judith ihre alte Puppe, die ziemlich mitgenommen aussah. Judith streichelte der Puppe über ihr struppiges Haar, was Ayelith offensichtlich gefiel. Sie gluckste.

»Und das ist Shimon.« Sie zeigte auf ihren Bruder, der ein wenig größer war als sie.

Die Mutter kam zurück, eine Kanne Tee und zwei Tassen in der Hand.

»Ich sehe, ihr habt euch schon angefreundet«, sagte sie. »Übrigens, ich bin Tamar Schiff.«

Sie setzte die Kanne auf den kleinen Tisch vor dem Sofa und begann, Tee einzuschenken.

»Kinder«, sagte sie in energischem Tonfall, »geht mal nach nebenan, bitte.«

Die beiden schauten sich an, fügten sich aber und verschwanden im Nebenzimmer. Tamar drückte leise die Tür hinter ihnen zu.

»Zucker?«, fragte sie zögernd.

Sie wartete, bis Judith ihren Tee umgerührt und einen Schluck getrunken hatte. Dann setzte sie sich gerade auf und räusperte sich.

»Also, was Ihren Onkel angeht ...«

Sie führte die Tasse an den Mund, setzte sie wieder ab.

»Es ist so. Er war schon eine Weile krank, ziemlich schwach, würde ich sagen. Kein Wunder, nach den zwei Herzinfarkten.« Wieder machte sie eine Pause. »Und dann kam dieser junge britische Offizier, das war vor ungefähr zwei Wochen. Er stand plötzlich vor der Tür, genau wie Sie heute, und ich wollte gerade gehen, ich wollte die Kinder abholen, da habe ich das mitbekommen, im Treppenhaus. Ihr Onkel schien ziemlich fassungslos. Ich weiß nicht, um was es ging, aber er schien sehr, sehr überrascht. Dann sind sie nach oben gegangen, in seine Wohnung.«

Sie nahm einen Schluck Tee.

»Später, als ich wieder zu Hause war, wollte ich nach ihm sehen. Wissen Sie, wir haben uns immer um den alten Herrn gekümmert, er hatte ja sonst niemanden. Er war praktisch so etwas wie ein Familienmitglied. Er hat oft den Kindern bei den Schularbeiten geholfen. Jedenfalls, ich ging zu ihm rauf. Als er auf mein Klopfen nicht antwortete, bin ich zu ihm rein.«

Sie schaute an Judith vorbei, auf einen imaginären Punkt an der Wand.

»Da lag er in seinem Sessel ... Er war tot.«

Judith setzte ruckartig die Teetasse ab.

»Tot?«

Tamar nickte hilflos.

»Ja, es war, das hat der Arzt hinterher festgestellt, das Herz. Sein dritter Herzinfarkt, diesmal hat er ihn nicht überlebt. Möglicherweise hat er sich zu sehr aufgeregt.«

Judith atmete schwer. »Und der Engländer?«, fragte sie nach einer Weile.

»Der war verschwunden.« Tamar legte Judith eine Hand auf den Arm.

»Es tut mir leid. Sehr leid.«

Eine Weile war es still im Zimmer. Mit zittriger Stimme fragte Judith schließlich:

»Dieser Engländer … Was wollte er eigentlich?«

»Tut mir leid, ich weiß es nicht. Merkwürdig war nur, dass beide Deutsch gesprochen haben – soweit ich das feststellen konnte, sprach der Engländer völlig fließend.«

Judith nahm einen Schluck Tee.

»Wissen Sie, wie er heißt?«

Tamar überlegte.

»Ich bin nicht ganz sicher, aber ich glaube, er hat sich als Goldsmith vorgestellt, Oberleutnant Josef Goldsmith. Jüdischer Name, würde ich sagen.«

Judith versuchte sich an diesen Namen zu erinnern, ihm irgendeine Bedeutung zu geben, aber ihr fiel nichts ein.

Der Husten überkam sie wieder, tief aus den kranken Lungen, er schüttelte ihren vom Fieber geschwächten Körper. Und mit dem Anfall kam schlagartig die Erkenntnis, dass sie nun allein war, ganz allein – auf einem anderen Kontinent, in einem Land namens Palästina, in dem sie in den wenigen Tagen seit ihrer Ankunft kaum mehr als Gewalt und Tod kennengelernt hatte. Anders als in Deutschland, anders als in Dachau, aber eben doch Gewalt und Tod. Sie sank in sich zusammen, die Teetasse glitt ihr aus den Händen.

»Um Gottes willen, was ist mit Ihnen?«, hörte sie wie von Ferne Tamars Stimme.

Sie versuchte sich zu konzentrieren.

»Gibt es irgendjemanden, der sich um Sie kümmern kann?«, fragte Tamar. Judith schüttelte den Kopf.

»Hören Sie, der Mietvertrag Ihres Onkels läuft noch bis Ende des Monats, das ist noch eine Woche. Ich habe die Schlüssel zu seiner Wohnung. Sie können dort bleiben, bis Sie sich erholt haben. Ich werde solange für Sie sorgen. Kommen Sie.«

Sie ergriff Judiths Hände und zog sie sanft hoch. Gemeinsam stiegen sie die Treppe hinauf.

In Albert Wertheimers Wohnung bettete Tamar Judith auf das breite Sofa und hüllte sie in eine Decke.

»Schlafen Sie erst mal, ich schaue später nach Ihnen.«

Die Dunkelheit fiel in diesen Februartagen früh über Jerusalem herein. Tamar nahm den Topf mit der Hühnersuppe vom Ofen.

»Ich bin gleich wieder da, Kinder. Ich bringe ihr nur schnell etwas zu essen«, rief sie Shimon und Ayelith zu, die in einer Ecke des Wohnzimmers spielten.

Sie schloss die Tür zu Albert Wertheimers Wohnung auf.

»Hallo? Ich bin's, Tamar«, rief sie, schaltete in der Diele das Deckenlicht ein, ging dann weiter zum Wohnzimmer, das dunkel war.

»Hallo?«, rief sie noch einmal.

Mit der freien Hand suchte sie an der Wand den Lichtschalter. Die 60-Watt-Birne tauchte den Raum in ein sanftes Licht.

»Oh, mein Gott«, stieß Tamar hervor.

Eilig stellte sie den Suppentopf auf eine Anrichte und lief zum Sofa. Die beige Decke auf Judiths Körper war blutgetränkt, die linke Hand hing herab, berührte den Fußboden. Auf dem Boden lag ein Küchenmesser. Das Blut pulsierte immer noch aus einer Ader. Einen Moment stand Tamar wie erstarrt da. Dann brach es aus ihr heraus. »Hilfe, Hilfe«, schrie sie gellend. Im Treppenhaus waren die Schritte der Kinder zu hören, die wenige Augenblicke später mit verstörten Gesichtern neben ihr standen.

»Nein, Kinder, geht zurück, schnell, lauft in unsere Wohnung.« Tamar schob sie aus der Tür.

Dann rannte sie selbst die Treppe hinunter, in den Gemüseladen im Erdgeschoss.

»Wo ist das Telefon?«, keuchte sie.

Der Verkäufer schaute sie verständnislos an.

»Ich brauche einen Krankenwagen, schnell!«, sagte sie, immer noch atemlos.

»Da, da hinten in der Ecke.«

David Cohen ließ das Schloss seiner abgetragenen Aktentasche einschnappen und begann, seinen weißen Kittel auszuziehen, als das Telefon im Ärztezimmer läutete.

»Ein Notfall«, sagte eine Stimme am anderen Ende der Leitung, »dringend.«

David knöpfte den Arztkittel wieder zu.

»Gut, ich komme.«

Wenige Minuten später stieß er die Tür zur Notaufnahme auf. Der Sanitäter aus dem Krankenwagen beugte sich gerade über die Patientin.

»Starker Blutverlust«, sagte er in Davids Richtung. »Lebt aber noch, ist nur bewusstlos. Hat sich die Pulsadern aufgeschnitten. Aber nicht richtig – so wie die meisten, die sich nicht auskennen, quer über das Gelenk, nicht längs der Ader.«

David beugte sich über sie. »Lassen Sie mich mal sehen.«

Der Sanitäter hatte ihr den Arm abgebunden und die Blutung zum Stillstand gebracht. David fühlte ihren Puls. Sehr schwach, dazu wahrscheinlich Fieber. Er zog sein Stethoskop hervor und horchte ihren Oberkörper ab.

»Hm, das hört sich aber überhaupt nicht gut an«, murmelte er. »Na, dann wollen wir mal, Schwester Sarah«, wandte er sich an die Krankenschwester, die neben ihm auf Anweisungen wartete. »Ziemlich heftiger Fall. Sie braucht dringend eine Bluttransfusion. Dazu müssen wir als Erstes ihre Blutgruppe feststellen. Und dann ein Antibiotikum gegen das Fieber und röntgen, alles so schnell wie möglich – klingt mir ganz nach einer schweren Lungenentzündung.«

Die Schwester nickte.

»Machen wir gleich, Doktor. Hana?«

Hana hatte hinter ihr gestanden und aufmerksam zugehört. Sie holte aus einer Schublade eine Spritze.

»Gut, dann mach mal die Blutabnahme, Hana«, sagte Sarah wohlwollend.

»Ich sehe, ihr habt das hier im Griff. Ruft mich, wenn die Blutgruppe feststeht. Ich bin im Ärztezimmer.«

David wandte sich zur Tür.

»Sieht wieder nach ein paar Überstunden aus, Hana«, sagte er.

Hana schoss das Blut ins Gesicht. »Das ... das macht doch nichts, Herr Doktor.«

Die Tür flog auf. Zwei Sanitäter schoben auf einer fahrbaren Trage einen Mann herein. Das Laken über seinem Körper war blutdurchtränkt.

»Handgranatenattentat. Am Jaffa-Tor, vor der Bushaltestelle. Irgendein Kerl hat die Granate mitten in eine Gruppe von Arabern geworfen. Wahrscheinlich wieder einer von der Irgun. Ein Glatzkopf, so um die zwanzig, ist dann in einem Auto abgehauen. Hat sich in den letzten Tagen schon mehrfach als Schlächter betätigt. Ein Neuer, er soll Horowitz heißen. Von den Verletzten hat es diesen hier am schlimmsten erwischt. Am Bein, sieht ziemlich böse aus. Denke, es wird nicht zu retten sein.«

David zog das Laken weg. Ein zerfetztes Bein, die Knochen schauten heraus.

»Was ist mit den Übrigen?«, fragte er. Der Sanitäter zuckte die Achseln.

»Die haben wir gleich in die Leichenhalle gebracht. Eine Mutter und ihr vierjähriges Kind. Da war nichts mehr zu machen.«

Als Schwester Sarah später am Ärztezimmer anklopfte, wusch sich David gerade die Hände. Sein Kittel war blutverschmiert, er hatte bei der Operation helfen müssen. Der Sanitäter hatte recht behalten, das Bein des jungen Arabers musste amputiert werden. Einen Moment lang wusste Cohen nicht, warum Schwester Sarah vor ihm stand.

Sie schlug die dünne Akte mit den Laborergebnissen auf und machte ein bedeutsames Gesicht. Sie schaute erst zu Dr. Cohen, dann zur Lernschwester Hana, die sie mitgebracht hatte.

»Blutgruppe AB«, sagte sie mit gewichtiger Stimme. »Die Patientin hat die Blutgruppe AB«, wiederholte sie, um das Ergebnis zu unterstreichen.

David nickte.

»Sehr seltene Gruppe, aber gut, dann geben Sie ihr sofort eine Transfusion.«

Schwester Sarah behielt ihr bedeutsames Gesicht bei.

»In der Tat, eine seltene Gruppe. Nur etwa vier Prozent haben sie. Das Problem ist, wir haben keinen Vorrat mehr. Zu viele Verletzte in den letzten Monaten, und die Zahl der Spender geht ständig zurück.«

Cohen nahm ihr das Papier aus der Hand und starrte auf die wenigen Daten aus dem Labor. Er wusste, es gab keinen Aufschub. Die Patientin hatte zu viel Blut verloren. Ohne eine Bluttransfusion waren diese Daten für sie wahrscheinlich das Todesurteil.

»Und, irgendeine Chance?«, fragte er und ärgerte sich sofort über diese überflüssige Bemerkung.

Schwester Sarah hatte ihren bedeutsamen Gesichtsausdruck aufgegeben und blickte zu Boden.

Hana, die sich hinter Sarah gehalten hatte, räusperte sich. David sah sie fragend an.

»Ich …«, hob sie an, »ich habe die Blutgruppe AB.«

»Sie?« Das Staunen in seiner Stimme war unüberhörbar. »Ganz sicher?«

Sie errötete. »Ganz sicher, Herr Doktor. Es steht in meiner Personalakte.«

»Und wären Sie bereit ... Ich meine, könnten Sie sich vorstellen, dass Sie ...?«

Hana nickte.

»Ja, natürlich.«

David legte ihr eine Hand auf die Schulter. »Danke, Hana.« Dann geschäftsmäßig: »Wir sollten uns beeilen, wir dürfen wirklich keine Zeit mehr verlieren.«

Als Judith aufwachte, brauchte sie eine Weile, bis sie ihre Situation erfasste. Sie lag in einem sauberen Bett in einem großen, hellen Raum, in dem fünf weitere Betten standen. In ihrem linken Arm steckte eine Kanüle, die über einen Schlauch zu einer Flasche führte, aus der eine Flüssigkeit tropfte. Ihr linkes Handgelenk war bandagiert. Ihr Bett stand neben einem breiten Fenster. Durch das Fenster sah sie ein Stück blauen Himmel, darunter hellbraune, kahle Hügel mit einigen grünen Flecken. In der Ferne glaubte sie Zelte zu erkennen, vor denen eine Schafherde graste.

Die Tür ging auf, und drei weiß gekleidete Personen, ein Mann und zwei Frauen, steuerten direkt auf ihr Bett zu. Der Mann lächelte.

»Sie sind also aufgewacht«, sagte er.

Judith versuchte ebenfalls zu lächeln.

»Ich bin Dr. Cohen, und das sind Schwester Sarah und Schwester Hana.« Der Arzt zeigte auf die beiden Frauen, die eine Anfang zwanzig, die andere etwa zehn Jahre älter.

Er griff nach ihrer rechten Hand und fühlte den Puls.

»Schon besser«, sagte er. »Noch ein wenig schwach, aber es wird werden. Das Fieber scheint auch schon etwas gesunken zu sein.«

Er nahm sein Stethoskop. »Darf ich mal?« Er öffnete ihr Nachthemd und beugte sich über sie.

»Na ja, das klingt noch nicht so gut, aber kein Wunder.« Dr. Cohen richtete sich wieder auf.

»Sie haben Glück gehabt«, sagte er sachlich. »Trotz allem.«

Er wandte sich an die jüngere Schwester, die ihm Judiths Krankenblatt reichte.

»Sie haben eine schwere Lungenentzündung, erheblichen Blutverlust durch die Schnittverletzung am Arm und natürlich Fieber.« Er reichte die Unterlagen der Schwester zurück.

»Ach, übrigens, das ist Hana Khalidy. Ohne sie wären Sie jetzt wahrscheinlich tot.«

Judith sah sich die junge Frau genauer an.

»Hana hat für Sie Blut gespendet. Mit Ihrer seltenen Blutgruppe war das die einzige Chance.«

Judith war sich nicht sicher, aber ihrem Eindruck nach hatte Hana arabische Gesichtszüge. Der Arzt schien ihre Gedanken zu erraten.

»Das Hadassah-Krankenhaus wird vor allem von Juden aus Amerika unterhalten, aber wir sind eine offene Einrichtung. Wir machen da keinen Unterschied, wir haben hier Patienten aus vielen Ländern, vor allem natürlich aus dem Mittleren Osten, Juden, Araber, Europäer, Amerikaner. Und das gilt auch für das Krankenhauspersonal.«

Er tätschelte Judith kurz die Hand.

»Ich denke, ein paar Tage noch, dann geht alles schon viel besser. Haben Sie Verwandte, Freunde, irgendjemand, den Sie in Jerusalem kennen?«

Judith schüttelte den Kopf. Dr. Cohen schien einen Moment ratlos.

»Was dagegen, wenn Schwester Hana etwas auf Sie aufpasst? Ich meine, wo doch ohnehin ihr Blut in Ihnen fließt?«

Judith lächelte schwach.

»Also gut, ruhen Sie sich erst einmal aus, dann sehen wir weiter.«

Er wandte sich zum Gehen, drehte sich dann aber um, als sei

ihm noch etwas eingefallen, nahm ihre Hand und hielt sie einen Moment fest. Er suchte ihren Blick, sagte dann leise:

»Und keine weiteren Dummheiten, versprochen?«

Er wartete auf ihre Reaktion. Sie schlug die Augen nieder.

»Versprochen?«, drängte er.

»Versprochen«, sagte sie.

Er ließ ihre Hand los und strebte zur Tür, gefolgt von den beiden Schwestern. Judith bemerkte, wie Hana sich noch einmal kurz umdrehte und in ihre Richtung schaute.

»Was ist mit dem jungen Araber, den sie gestern Abend eingeliefert haben?«, fragte Dr. Cohen im Hinausgehen.

Als er die Anhöhe zum Dorf erklomm, war der Bus fast leer. Hana war vor Erschöpfung eingeschlafen. Erst als der Bus vor dem Haus des Mukthars von Deir Jassin zum Stehen kam, wachte sie auf.

Sie fröstelte. Der Tag hatte Jerusalem erste Frühlingstemperaturen beschert, aber die Nächte waren noch kalt. An der Bushaltestelle stand Jousseff, die Hände in den Taschen vergraben.

»Wo bist du gewesen?«, fragte er ohne weitere Begrüßung, als sie ausstieg.

Sie blieb vor ihm stehen.

»Im Krankenhaus«, sagte sie trotzig.

»Im Krankenhaus, bei deinen Ärzten?«

»Im Krankenhaus, bei den Patienten«, antwortete sie.

»Die ganze Nacht?«, giftete er. Sie hielt seinem Blick stand.

»Den ganzen Tag, die ganze Nacht und noch einmal den ganzen Tag, bis heute Abend.«

Seine Augen waren kalt.

»Und? Was machst du da, den ganzen Tag, die ganze Nacht, in dem Juden-Krankenhaus?«

Sie richtete sich auf, drückte den Rücken durch.

»Du kennst doch Ali? Ali Heikal? Etwa so alt wie du? Aus dem Nachbardorf?«

»Ali? Was ist mit ihm?«, fragte er irritiert.

»Sie haben ihn operiert, die halbe Nacht, und ich habe dabei geholfen«, sagte sie. »Er hat ein Bein verloren, aber er lebt.«

Einen Augenblick stand er regungslos da. Dann setzte er wieder an.

»Und warum hat er ein Bein verloren?«

Sie biss sich auf die Lippen. Sie wusste, sie hatte keine Wahl, die Wahrheit würde sich ohnehin bald herumsprechen.

»Ein Attentat, vor der Bushaltestelle.«

»Die Juden! Jeden Tag ein neuer Anschlag. Und du?« Seine Stimme überschlug sich. »Du hilfst ihnen auch noch. Das muss aufhören, hörst du, ich dulde das nicht mehr! Allah soll mich strafen, wenn ich das noch länger hinnehme.«

»Im Krankenhaus helfen sie allen, auch den Arabern«, entgegnete sie.

»Hast du nicht gehört, ich dulde das nicht mehr. Wir heiraten, hörst du, und meine Frau wird nicht in einem Juden-Krankenhaus arbeiten«, schrie er.

Hana senkte den Kopf, einen langen Augenblick. Dann hob sie ihn und schaute Jousseff trotzig ins Gesicht. Ihre Augen funkelten, aber sie blieb stumm. Sie drehte sich um und ging, mit immer schnelleren Schritten. Er nahm einen Stein auf und warf ihn in ihre Richtung. Er verpasste ihren Kopf nur um wenige Zentimeter.

26. FEBRUAR 1947

Uri warf die Zigarette auf den Boden und versuchte, wie schon so oft, den Gedanken an Yael aus dem Kopf zu bekommen. Hätte er sie nicht bitten sollen zu bleiben? Gab es nicht auch hier genügend zu tun? Sie bauten im Norden Galiläas den Kibbuz, und er konnte nicht dabei sein, er konnte sie nicht schützen. Uri wusste, dass es in Yardenim gefährlich war, dass die Syrer über die Grenze hinaus Unruhe stiften wollten. Yael war eine Sabre, sie war im Land geboren, sie würde sich zu wehren wissen, versuchte er sich zu beruhigen. Die Haganah brauchte ihn nun mal hier, in Tel Aviv, er war einer ihrer Kommandeure.

Jetzt musste er sich um den Deutschen kümmern. Er lief die Treppen hoch und klopfte. Als sich die Tür einen Spalt öffnete, blickte er in ein Paar auffallend blaue Augen. Der Mann öffnete und ließ Uri eintreten. Uri sah sofort, dass er eine 08 griffbereit auf dem Nachttisch liegen hatte. Uri streckte die Hand aus.

»Zeig mal her, Adolf«, sagte er auf Deutsch.

Friedrich Paulsen reichte ihm die Pistole. Uri wog sie in der Hand.

»Nicht schlecht. Wie viele Juden hast du damit umgebracht?«, fragte er halb sarkastisch, halb ernst. Der Satz schien einen Moment im Raum zu schweben, unbeantwortet. Paulsen hatte sich mit eingezogenen Schultern auf den Bettrand gesetzt und rührte sich nicht. Er schaute auf seine nackten Füße.

Uri reichte ihm die 08 zurück. Der Deutsche nahm sie zögernd und legte sie wieder auf den Nachttisch.

»O. k., Adolf, mach dich fertig, wir haben noch viel vor.«

»Hör auf, mich Adolf zu nennen. Wie du genau weißt, heiße ich Friedrich, und die meisten nennen mich Fritz.« Er machte eine kurze Pause. »Jedenfalls, wenn sie meine Freunde sein wollen.«

»Also gut, Fritz«, lenkte Uri ein. Er streckte ihm die Hand hin. »Nenn mich Uri.«

Fritz schlug zögernd ein. Dann stand er auf und ging zu dem kleinen Waschtisch.

»Muss mich nur schnell rasieren«, sagte er. Er begann, sein Gesicht einzuseifen. Uri schaute aus dem Fenster.

»Wie lange soll ich die Maskerade noch machen, mit dem schwarzen Bart und den gefärbten Haaren?«, fragte Fritz.

»Wird noch eine Weile dauern«, antwortete Uri. »Wir dürfen kein Risiko eingehen.«

Fritz legte den Rasierer auf den Waschtisch zurück, prüfte, ob die 08 gesichert war, und steckte sie in den Hosenbund. Gemeinsam gingen sie die Treppe hinunter.

Die Straßen von Tel Aviv waren voller Leben. Busse pusteten schwarzen Qualm aus ihren Auspuffrohren, stießen ihre menschliche Fracht aus, nahmen neue auf. Lastwagen fuhren hoch beladen zu den vielen Baustellen, die das Gesicht Tel Avivs beinahe täglich veränderten.

Eine Stadt im Aufbruch, weit entfernt von dem Bild vom malerischen Orient, den die Europäer mit Palästina verbanden. Die meisten Häuser waren weiß gekalkt, die Linien der Fassaden streng und klar, die Straßen breit und gerade.

»Dreitausend«, sagte Uri, fast wie ein Fremdenführer, »dreitausend Gebäude haben sie hier hingestellt – alles im selben Stil, reines Bauhaus. Die konnten sich hier richtig austoben, nachdem Adolf sie in Dessau rausgeschmissen hat.«

Der Sturm war vorübergezogen, der Wind hatte sich gedreht und brachte aus dem Negev warme Frühlingstemperaturen in die Stadt. Kleine weiße Wolken hingen im Westen über dem Meer. Die Straßencafés waren auch an diesem Vormittag voll.

»Setzen wir uns«, lud Uri ein. Eine Kellnerin kam und fragte in holprigem Hebräisch nach ihren Wünschen.

»Kaffee, Weißbrot, Butter und ein paar Spiegeleier«, bestellte Uri auf Deutsch. Die Kellnerin lächelte ihm dankbar zu.

»Gerne, mein Herr«, antwortete sie, ebenfalls auf Deutsch.

»Du wirst hier viele deiner Landsleute treffen, sie nennen sie die ›Jeckes‹«, sagte Uri. »Dreißiger Jahre, meistens. Als Hitler angefangen hat, sie zu vertreiben. Erst aus Deutschland, dann aus Österreich. Am Anfang waren die Nazis froh, dass sie ihre Juden nach Palästina abschieben konnten. Eichmann hat sogar mit den Zionisten zusammengearbeitet. Heute vielleicht unglaublich, aber wahr. Nicht, dass er die Juden gemocht hätte, er wollte nur eins: Weg mit ihnen, so schnell wie möglich. Er war stolz auf jeden, den er Richtung Tel Aviv loswerden konnte. 1941 haben sie dann die Grenzen endgültig dichtgemacht, und dann kam Auschwitz.«

Uri berichtete es ohne erkennbare Gefühle, während er sich mit großem Appetit über die Spiegeleier hermachte. Paulsen sah ihm zu, irritiert, wie nüchtern sein Gegenüber die Geschichte der europäischen Juden zusammenfasste. Am Nebentisch unterhielten sich lebhaft zwei Frauen mittleren Alters auf Polnisch.

»Kann ich mal das Salz haben?«, drehte sich Uri zu ihnen um, nun ebenfalls ins Polnische übergehend.

Eine der Frauen reichte ihm das Salz.

»*Dziękuję bardzo*«, bedankte er sich akzentfrei.

Er schien Paulsens fragenden Blick zu bemerken.

»Lemberg«, sagte er. »Meine Familie kommt aus Lemberg, oder Lwow, ganz wie du willst. Polen, Deutsche, Ukrainer, Juden. Wir waren vielsprachig zu Hause. Ich war vierzehn, als wir gingen, 1936. Meine Eltern waren Zionisten reinsten Wassers, Idealisten, verstehst du? Theodor Herzl kam für sie gleich nach dem lieben Gott, oder vielleicht noch davor. Dass rund um uns herum die meisten brutale Antisemiten waren, hat natürlich dabei geholfen, Eretz Israel für das Paradies schlechthin zu halten. Sie sind gleich in einen Kibbuz, klar, und da sind sie immer noch und träumen ihren sozialistischen Traum. Lemberg ist jetzt auch sozialistisch, Genosse Stalin hat dafür gesorgt.«

Er reichte Fritz seine Packung Zigaretten und zündete sich selbst eine an.

»Wenn sie geblieben wären, wären sie wahrscheinlich auch in Auschwitz durch den Schornstein gegangen. Oder in Sobibor oder Treblinka.«

Er stieß den Rauch durch die Nase aus.

»Und ich auch«, fügte er nüchtern hinzu und blickte dabei in das helle Blau des Himmels über ihm. Er schwieg einen Moment, dann fuhr er fort:

»Jetzt kommen sie von überall aus Europa, aus Ungarn, aus Rumänien, aus Frankreich, aus Holland und natürlich aus Deutschland – soweit die Briten sie lassen, und im Augenblick machen sie nur Schwierigkeiten. Na, du hast es ja selbst miterlebt.«

Wieder sog er an seiner Zigarette.

»Aber wir werden um jeden kämpfen. Wir brauchen hier jeden verdammten Neuankömmling, wenn wir zu unserem eigenen Staat kommen wollen. Jeden.«

Er warf den Zigarettenstummel auf den Boden und trat ihn mit dem Fuß aus.

»Ohne die Zuwanderung werden wir uns nicht gegen die Araber durchsetzen können.«

Zum ersten Mal glaubte Fritz in seiner Stimme so etwas wie Bewegung zu hören.

»Wir müssen dabei an zwei Fronten gleichzeitig kämpfen – gegen die Araber und gegen die Briten. Die haben hier in Palästina allein hunderttausend Mann stationiert. Ziemlich viel für unsere paar tausend Kämpfer. Wir müssen die Briten aus dem Land treiben, und das möglichst bald.«

Uri legte ein paar Scheine auf den Tisch. Sie schlenderten eine

Weile durch die Straßen, bis sie zur Allenby-Straße kamen. An eine Häuserecke gedrückt, stand eine Frau, zu grell geschminkt für einen sonnigen Vormittag, unsicher auf spitzen Schuhen mit hohen Absätzen balancierend. Sie schaute die beiden Männer erwartungsvoll an.

»Hallo, Hilda«, sagte Uri in vertraulichem Tonfall. Und an Fritz gewandt:

»Ob du es glaubst oder nicht, sie kommt wie ich aus Lemberg, selber Stadtteil.« Er tätschelte ihr Hinterteil.

»Hier« – er zeigte auf Fritz – »ein neuer Freund, direkt vom Schiff, gerade angekommen. Hat einigen das Leben gerettet. Tu ihm mal einen Gefallen, *moja kochana*«, schmeichelte er. »Ich glaube, so was Tolles wie dich hat er lange nicht mehr gesehen, ich meine, aus der Nähe.«

Ihre Lippen kräuselten sich zu einem Lächeln. Er setzte schnell hinzu: »Umsonst, verstehst du?«

Sie schien einen Moment zu zögern, fügte sich dann aber.

»Ich hab was bei dir gut«, flüsterte sie.

»Ja, ja, hast du«, sagte er grinsend.

Er nahm Fritz' Hand und legte sie in die von Hilda. Fritz wollte sie überrascht zurückziehen, doch Hilda schloss ihre Hand fest um seine und zog ihn in den Eingang des Gebäudes, vor dem sie standen, stieß die Tür auf und zog ihn eine Treppe hoch, in ein kleines Apartment im zweiten Stock, dessen Fenster mit schwarzen Vorhängen abgedunkelt waren. In der Ecke stand ein breites Bett, darüber ein großer Spiegel. Ohne weitere Umstände begann sie sich auszuziehen. Fritz stand vor ihr, unschlüssig.

»*Co jest?*«, fragte sie.

Er zuckte die Schultern.

»Ich kann dich nicht verstehen«, sagte er auf Deutsch. Sie lächelte.

»Na gut, ich zeig's dir«, antwortete sie, nun ebenfalls auf Deutsch.

Sie öffnete seinen Gürtel und zog seine Hose herunter. Die o8 fiel polternd auf den Boden.

»Was haben wir denn da?«, sagte sie, nur leicht erschrocken.

Mit geübtem Griff zog sie auch seine Unterhose nach unten, nahm sein Glied in die Hände. Sie schien überrascht, lächelte dann aber.

»Das ist ja interessant«, sagte sie, während sie ihn auf das Bett zog. »Das habe ich lange nicht gesehen.«

Zögernd folgte er ihr. Wieder berührte sie sein Glied und betrachtete es neugierig.

»Was«, fragte er und räusperte sich verlegen, »was ist eigentlich so interessant?«

Hilda schaute ihm in die Augen.

»Du kommst aus Deutschland, aber du bist gar keiner von uns. Du bist gar nicht beschnitten.«

»Ich …«, versuchte er zu erklären.

»Jetzt nicht«, sagte sie und zog ihn auf sich. »Reden können wir hinterher.«

1. MÄRZ 1947

Judith starrte an die Decke. Im Bett neben ihr hörte sie das tiefe Atmen der Beduinenfrau, die nach einer Blinddarmoperation ihre Narkose ausschlief. Die drei anderen Betten zum Fenster hin waren leer. Gleich neben der Tür lag eine Frau aus Dresden – Roswitha Goldfarb, um die sechzig, abgemagert, blass, die sich jahrelang in Kellern versteckt hatte, um der Jagd durch die Gestapo zu entgehen, und so die Bombardierung überlebt hatte.

Am 13. Februar 1945 befand sie sich in einem ausgebauten Versteck ganz am Ende eines Kellers, im Stadtzentrum. Alle, die weiter vorn in dem langen Gang Zuflucht gesucht hatten, waren tot, erstickt durch die Gase des Feuersturms. Zum Glück wusste sie, wo der Durchbruch zum Luftschutzraum des nächsten Hauses war. In den Wirren nach der Bombennacht, als die Menschen durch die Straßen Dresdens irrten, hatte niemand auf die Jüdin geachtet, eine von zehntausenden Obdachlosen. Sie hatte sich durchgeschlagen, bis die Russen kamen. Ein jüdischer Offizier der Roten Armee hatte ihr nach der Kapitulation einen Platz in einem Zug nach Berlin besorgt. Und von dort hatte sie es bis nach Palästina geschafft. Jetzt lag sie im Hadassah-Krankenhaus, mit Magenkrebs, unheilbar.

Judith spürte den Verband an ihrem Handgelenk. Sie hatte überlebt. Nur das war sicher. Aber überlebt wozu? Im Arbeitslager in Dachau hatte sie sich immer vorgestellt, wie es sein würde, wenn der Horror vorbei wäre. Mit den anderen Häftlingen hatte sie ein Ziel. Es ging darum, den nächsten Tag zu erreichen, und wieder den nächsten, und wieder den nächsten. Es gab sogar so etwas wie Solidarität, ein Gefühl, im Elend zusammenzugehören. Jetzt lag sie in einem sauberen Bett, aber sie hatte kein Ziel. Den nächsten Tag erreichen, wozu? Sie war allein, allein in einem fremden Land.

Roswitha saß aufrecht in ihrem Bett und las Zeitung. Auf ihrer Nase balancierte sie eine viel zu große Brille. Das Rascheln der Blätter war unnatürlich laut, überlagert nur von dem Aufstöhnen der Beduinenfrau. Gelegentlich schaute sie zu Judith herüber, die Augen in dem eingefallenen Gesicht flink und wach, und winkte ihr zu. Auf ihrem Nachttisch türmten sich die Zeitschriften und Bücher, die sie aus der Bibliothek des Krankenhauses ausgeliehen hatte. Judith hatte den Eindruck, dass Roswitha fast ununterbrochen las.

Die Tür ging schwungvoll auf. Dr. Cohen kam mit schnellen Schritten herein, Schwester Sarah und Hana im Schlepptau. Er baute sich neben Roswitha auf und nahm ihre Hand.

»Schon bei der Morgenlektüre?«, versuchte er einen munteren Ton anzuschlagen. »Die Schwester gibt Ihnen gleich eine Spritze, Sie wissen schon, das wird Sie gut durch den Tag bringen.«

Sie lächelte ihn dankbar an. Die Morphiumspritzen waren das Einzige, was noch half, ihre Schmerzen zu reduzieren.

»Ich habe da übrigens noch ein paar Zeitschriften aus New York«, sagte er. »Können Sie genug Englisch? Wollen Sie sie haben?« Roswitha nickte.

»Gut, gut, Sie sind ein tapferes Mädchen, Hana wird sie gleich bringen.«

Er wandte sich Judith zu.

»Und wie geht es Ihnen heute Morgen? Besser?«

Er wartete ihre Antwort nicht ab, sondern schaute auf die Fieberkurve, die hinter ihrem Bett an der Wand hing. Sie zeigte einen Wert von 37,2° C. Cohen fühlte ihren Puls und horchte dann mit dem Stethoskop ihre Lunge ab.

»Na ja, schon viel, viel besser. Noch ein paar Tage, dann haben wir es geschafft. Heute kommt der Verband ab.« Er nickte Hana zu. »Sie können das nachher gleich mitmachen.«

Schon war er bei der Beduinenfrau. Er prüfte ihren Puls und warf einen Blick auf die Operationswunde.

»Sieht normal aus. Sie wird sicher bald aufwachen. Dann schauen wir noch mal nach ihr.«

Er blickte in die Runde, versuchte ein breites Alles-wird-gut-Ärztelächeln, doch Judith bemerkte die tiefen schwarzen Ringe unter seinen Augen.

»Na dann, bis morgen früh«, sagte er.

Er blieb bei Roswitha stehen und strich ihr beinahe zärtlich übers Haar. »Hana kommt und bringt die Zeitschriften.«

Roswitha hielt einen Moment seine Hand fest. »Ja, Doktor, ich freue mich darauf.«

Nach einer Weile kam Hana mit zwei Ausgaben von *Life* zurück und legte sie auf Roswithas Nachttisch. Hana schüttelte ihre Kissen auf.

»Möchten Sie etwas Tee?« Roswitha war bereits in *Life* vertieft.

»Oh, vielen Dank, im Augenblick nicht«, sagte sie.

Hana drehte sich zu Judith um.

»Darf ich mal Ihren Arm sehen?«

Judith drehte das Handgelenk in ihre Richtung. Hana nahm eine Schere und schnitt das Pflaster durch, das den Verband zusammenhielt. Mit geschickten Händen wickelte sie den Mull ab. Die Wunde quer über das Gelenk war gut verheilt. Einen Moment stutzte sie, schien zu überlegen, ob die Frage angemessen wäre. Dann stellte sie sie doch.

»Die Zahl über Ihrem Handgelenk – was bedeutet das?« Judith zog schnell ihren Arm zurück und versuchte instinktiv, ihn unter der Bettdecke zu verstecken.

»Entschuldigung, ich wollte nicht ... ich meine, ich wollte Ihre Gefühle nicht verletzen«, sagte Hana erschrocken.

Roswitha hatte die Zeitschrift auf der Bettdecke abgelegt und blickte durch ihre große Brille herüber. Hana stand mit hängenden Schultern hilflos da. Judith kam sich ertappt vor, wie ein Kind.

»Nun sagen Sie es ihr doch«, forderte Roswitha sie auf. »Ist doch keine Schande, oder?«

Langsam zog Judith den Arm wieder unter der Bettdecke hervor und streckte Hana das Handgelenk mit der eintätowierten Zahl entgegen.

»Meine Nummer aus dem Konzentrationslager. Alle Häftlinge haben eine bekommen.«

Hana sog die Luft ein.

»Das habe ich nicht gewusst«, sagte sie betreten.

Judith fühlte sich unbehaglich. Was hatte die junge Araberin mit ihrem Schicksal zu tun? Warum sollte sie sich jetzt schlecht fühlen? Hana hatte dazu gewiss keinen Grund. Im Gegenteil. Ihr Blut floss durch Judiths Adern.

Judith rückte unter der Bettdecke ihre Beine zur Seite.

»Bitte, setzen Sie sich doch«, sagte sie, »nur einen Moment.«

Hana setzte sich auf die Bettkante, die Hände über dem Schoß gefaltet.

»Ich weiß, Sie haben mir das Leben gerettet. Es tut mir leid, es kommt ein wenig spät«, sagte Judith. »Danke, Hana.«

Sie legte ihre Hand auf Hanas Hände, die immer noch gefaltet in Hanas Schoß lagen.

Die Lernschwester saß einen Moment ganz still.

»Wie war es dort drüben? Ich meine, in dem Lager?«, fragte sie schließlich.

Judith spürte, wie die Tränen in ihr aufstiegen. Sie schämte sich vor der Araberin, und dennoch fühlte sie sich erleichtert, als die Tränen endlich flossen. Ihr Körper zitterte, einem Beben gleich, sie wollte schreien, wollte es endlich herausschreien, all die Jahre des Schweigens, wollte reagieren auf das Ignorieren, Verdrängen, Taubstellen, aber ihrer Brust entstieg nur ein tiefes Schluchzen.

Hana wusste nicht, was sie tun sollte. Dann, endlich, beugte sie sich zu Judith hinunter und nahm sie in den Arm, drückte sie behutsam an sich. Es dauerte lange, bis Judith sich zu beruhigen begann.

»Es … es tut mir leid«, sagte sie, während sie versuchte, mit dem Handrücken ihre Tränen abzuwischen.

»Es tut mir leid … Ich … ich kann jetzt nicht darüber reden. Vielleicht später.«

Judith lag einen Augenblick still da, erschöpft und doch gelöst. Sie versuchte ein vorsichtiges Lächeln. Hana schien weiter verunsichert.

»Das ist in Ordnung, Miss Wertheimer, ich wollte Ihnen nicht zu nahe treten.«

Judith ergriff spontan ihre Hände.

»Bitte, Hana, bitte nenn mich Judith. Und du bist mir nicht zu nahe getreten. Im Gegenteil, ganz im Gegenteil. Ich bin so froh, dass du gefragt hast. Es ist nur … Ich weiß auch nicht, es kam so überraschend.«

Es klopfte an der Tür. Schwester Sarah steckte den Kopf herein.

»Hana? Dr. Cohen braucht dich dringend.«

Hana stand auf. Judith hielt kurz ihre Hände fest.

»Du weißt gar nicht, wie dankbar ich dir bin«, sagte sie.

Hana strich sich den weißen Schwesternkittel glatt. »Bis bald, Miss Wertheimer.« Sie errötete, korrigierte sich. »Bis bald, Judith.«

Judith legte sich auf das Kissen zurück. Sie atmete tief, wie befreit. Diese junge Araberin hatte etwas in ihr bewirkt, das war ihr klar. Sie wusste nicht genau, was es war, aber eines war sicher: Hana war die Erste, die sie nach ihrer Zeit im Lager gefragt hatte, seit sie nach Palästina gekommen war.

Onkel Albert war tot, ihre letzte Verbindung zu ihrem alten Leben. Aber er hatte ein Grab. Sie würde versuchen, es zu finden. Tamars Worte fielen ihr wieder ein, was sie von seinen letzten Stunden erzählt hatte, der britische Offizier, dessen Erscheinen ihn so aufgeregt hatte, dass er einen tödlichen Herzanfall bekam.

Judith wandte sich an Roswitha.

»Gibt es hier ein Telefon?«

Roswitha legte die Zeitschrift nieder und dachte nach.

»Ich glaube, im Ärztezimmer gibt es eins.«

Judith schlug die Bettdecke zurück und stand auf. Einen Moment lang musste sie sich am Kopfende des Bettes festhalten, ihr war schwindelig. Dann stabilisierte sie sich. Sie ging hinaus auf den Flur und fragte eine Schwester, die ihr einen missbilligenden Blick zuwarf:

»Wo ist das Ärztezimmer?«

Die Schwester nickte mit dem Kopf zum Ende des langen Gangs. Dort hing an einer Tür ein Schild mit einer hebräischen und einer englischen Aufschrift: *Ärztezimmer, Eintritt untersagt.* Sie klopfte und drückte gleichzeitig die Türklinke hinunter. Dr. Cohen, über eine Krankenakte gebeugt, schaute überrascht auf.

»Wen haben wir denn da? Fehlt Ihnen was?«

»Nein, nein«, wehrte sie ab. »Ich muss nur telefonieren. Dringend!«

Cohen legte den Aktendeckel ab. »Darf ich fragen, mit wem?«

Judith holte tief Luft.

»Mit dem britischen Hauptquartier.«

Jonathan Higgins blätterte in der Akte, blieb dann an einer Seite hängen, schaute genauer hin.

»Verdammter Mistkerl«, knurrte er. Es war die dritte Meldung in dieser Woche, und immer wieder deutete sie auf denselben Täter hin. *Horowitz, Abraham*, las er in dem Bericht der britischen Polizei, *Anfang zwanzig, auffallendes Merkmal: Glatzkopf. Brutaler Attentäter. Letzte Tat: Handgranatenan-*

schlag auf einen britischen Jeep, ein Toter, zwei Schwerverletzte. Der Irgun zuzurechnen.

Das Klingeln des Telefons unterbrach seine Gedanken. Er legte die Zigarette in den Aschenbecher und nahm den Hörer ab.

»Büro General McMillan, Sergeant Higgins am Apparat«, meldete er sich. Er hörte eine weibliche Stimme, die Englisch mit starkem Akzent sprach, Deutsch wahrscheinlich.

»Wen wollen Sie sprechen? Oberleutnant Goldsmith?« Er langte nach seiner Zigarette.

»Darf ich fragen, in welcher Angelegenheit?«

Mit halbem Ohr hörte er der Frau zu, die irgendein wirres Zeug erzählte von ihrem verstorbenen Onkel.

»Und was hat Oberleutnant Goldsmith damit zu tun? Ah, Sie wissen es auch nicht genau – habe ich das richtig verstanden?«

Higgins war schlechter Laune. Diese Juden da draußen wurden immer aufdringlicher. Und gefährlicher sowieso. Über seinem Schreibtisch im Vorzimmer des Kommandierenden Generals der britischen Streitkräfte in Palästina liefen die Meldungen von den Attentaten auf die englischen Soldaten. Higgins war seit zwanzig Jahren dabei, Indien, Jemen, dann die Invasion in der Normandie, schließlich Deutschland. Er war bei den Truppen gewesen, die das KZ Bergen-Belsen befreiten. Anfangs hatte er durchaus Mitleid, ja sogar Sympathie für die Opfer der Nazis empfunden. Aber dann hatten sie ihn nach Palästina versetzt.

Er war im King-David-Hotel in Jerusalem gewesen, als die Irgun es in die Luft sprengte. Higgins war mit einer Ohrverletzung davongekommen, über siebzig Menschen starben. Seither hatten die Angriffe der Juden auf das Militär noch zugenommen. Das britische Hauptquartier in Jerusalem glich einer Festung, dicht mit Stacheldrahtreihen umgeben. Sie nannten es Bevingrad, nach dem britischen Außenminister Bevin. Wie bei den meisten Soldaten waren die Sympathien für die Juden bei Higgins verschwunden, restlos.

Und wie die meisten Soldaten wollte Higgins nur noch eines: nach Hause, zu seiner Familie in Lancastershire. Sollten die Juden und die Araber sich doch bekriegen, sollten sie doch das Palästina-Problem unter sich ausmachen. Keiner hatte eine Lösung, weder die in London noch die britische Mandatsregierung. Jetzt sollten die Vereinten Nationen einen Weg finden. Bitte sehr, dachte Higgins, viel Erfolg.

»Jawohl, Oberleutnant Goldsmith arbeitet hier. Aber er ist derzeit nicht im Büro.« Er drückte seine Zigarette im Aschenbecher aus.

»Wann er wiederkommt? Hören Sie, Miss, es steht nicht in meinem Ermessen, fremden Anrufern dienstliche Informationen zu übermitteln.«

Mit einem Seufzer griff er nach einem Stift. »Wie, sagten Sie, war Ihr Name?« Er kritzelte ihn auf ein Stück Papier. *Wertheimer, Judith.* »Ich werde es ihm ausrichten.«

Higgins legte den Hörer auf. Oberleutnant Goldsmith befand sich auf Dienstreise im Hauptquartier in Kairo. Er war erst kürzlich eingetroffen, versetzt von den britischen Besatzungstruppen in Berlin. War er nicht auch Jude? Jedenfalls zählte er zu den wenigen in General McMillans Umgebung, der nicht offen antijüdisch war.

13. MÄRZ 1947

Hana wusste, was kommen würde. Und sie fühlte beinahe Mitleid mit ihrem Vater. Er konnte nicht aus seiner Haut, sosehr er es wollte. Er musste dafür sorgen, dass die Konventionen eingehalten wurden.

Mohammed Khalidy stand am Fenster, die Hände hinter dem Rücken verschränkt, und schaute hinaus. Er war ein stattlicher Mann. Obwohl er die Fünfzig bereits überschritten hatte, war sein Haar noch voll, wenn auch stark ergraut. Er trug wie immer einen westlich geschnittenen Anzug mit Krawatte.

Hana folgte seinem Blick. Draußen wischte Ali mit einem Staubwedel über die Scheiben des neuen Chevrolet, den ihr Vater gerade gekauft hatte. Mohammed Khalidy war ein wohlhabender und gebildeter Mann. Sein Vater war Arzt gewesen, und auch er hatte in Ägypten und in London Medizin studiert; er sprach neben Arabisch auch Hebräisch, Englisch und Französisch. Aber dann war sein Vater gestorben. Er hatte das Medizinstudium nicht zu Ende gebracht. Mit dem Geld, das seine Eltern ihm vererbten, hatte er Wohnungen in Westjerusalem gebaut, Wohnungen, die überwiegend von jüdischen Neueinwanderern angemietet wurden. Hana empfand großen Respekt für ihren Vater.

»Ich verstehe dich, Hana«, sagte er endlich, den Blick immer noch nach draußen gerichtet, »aber du musst auch mich verstehen. Jousseff gehört zu einer der ältesten Familien in Deir Jassin. Sein Vater ist der Cousin deiner Mutter. Ich kann ihm nicht einfach absagen. Du bist ihm versprochen, wir müssen uns daran halten. Unsere Familienehre hängt daran.«

Hana holte tief Luft.

»Du weißt, er passt nicht zu uns, Vater. Du weißt das genauso gut wie ich.« Mohammed Khalidy drehte sich zu ihr um und schaute sie durch seine Nickelbrille aufmerksam an.

»Er wird immer radikaler, er kommt immer stärker unter den Einfluss des Muftis. Und außerdem: Ich liebe ihn nicht.«

Khalidy sah plötzlich müde aus. Jousseff war ohne Zweifel das schwarze Schaf in der Familie. Er hatte die Schule abgebrochen, die Arbeit in der Bäckerei langweilte ihn, und er war ohne beruflichen Ehrgeiz – stattdessen hatte er sich den Anhängern von Haj Amin Husseini angeschlossen. Der einstige Mufti von Jerusalem hatte sich nach seiner Zeit in Berlin, wo er mit den Nazis paktierte, nach Kairo abgesetzt. Er hatte sein Leben dem Kampf gegen die Juden in Palästina gewidmet, und jetzt fand er immer mehr bereitwillige Anhänger, die die Juden zurück ins Meer treiben wollten, vor allem unter den Jungen.

Khalidy ging einen Schritt auf seine Tochter zu.

»Du weißt, ich bin stolz auf dich«, sagte er etwas hilflos. »Ich wollte auch einmal Mediziner werden, und jetzt hilfst wenigstens du den Menschen.«

Hana schwieg. Ihr war bewusst, wie schwierig die Situation ihres Vaters war. Bisher hatte er sie gewähren lassen, aber wie lange konnte er die Heirat noch verhindern? Sie war schon früh arrangiert worden, als beide noch Teenager waren. Doch dann hatte sich herausgestellt, dass Jousseff ein schlimmer Hitzkopf war. Nur wenige in Deir Jassin folgten bisher dem Kreuzzug des Muftis zur Befreiung Palästinas von den jüdischen Einwanderern.

Khalidy war sich mit dem Mukthar einig, dass es wichtig war, die guten Beziehungen zu den Juden in Jerusalem aufrechtzuerhalten. Alle profitierten davon, wenn die Lage ruhig blieb. Die Führung des Dorfes hatte auch Kontakte zur Haganah, man hatte eine Art Stillhalteabkommen ausgehandelt, und bisher funktionierte es.

»Ich werde mit meinem Cousin sprechen«, sagte Khalidy. »Er soll Jousseff mal ins Gebet nehmen.«

Hana stand mit gesenktem Kopf da. »Ich muss gehen, ich habe heute Spätschicht.«

Sie hätte am liebsten hinzugefügt: Ich werde ihn heute sehen, und wenn Jousseff tausendmal versucht, Druck zu machen, ich liebe ihn nicht. Ich liebe nur David.

Hana hatte einen Strauß Frühlingsblumen besorgt. Sorgfältig arrangierte sie die Blumen in der Vase und trug sie dann hinüber in Judiths Krankenzimmer.

»Für mich?«

Hana nickte.

»Oh, Hana, das ist aber ... Ich weiß gar nicht, was ich sagen soll.«

Hana zupfte verlegen an den Blumen herum.

»Zum Abschied«, sagte sie.

Judith setzte sich ruckartig im Bett auf und stemmte sich hoch, bis sie mit ihren Armen Hanas Hals erreichte. Sie drückte sie so heftig, dass der jungen Araberin fast die Luft wegblieb. Judith weinte.

»Mein Gott, Hana, ich weiß nicht, wie ich dir danken soll. Für alles. Für alles, was du für mich getan hast.«

Hana hatte Mühe, ihre Tränen zu unterdrücken.

»Was wirst du machen?«

»Ich gehe zurück in den Kibbuz, dort sind sie bereit, mich aufzunehmen. Es ist der einzige Ort, wo ich hingehen kann«, antwortete Judith, nachdem sie sich etwas beruhigt hatte. »Und du?«

Hanas Gesicht verfinsterte sich, ihre Stimme klang trotzig.

»Ich? Ich bleibe hier und beende meine Ausbildung als Krankenschwester.«

Judith fühlte sich schwach. Mehrfach blieb sie auf der Treppe stehen, um sich auszuruhen. Mit der einen Hand stützte sie sich an der Wand ab, in der anderen hielt sie Hanas Blumenstrauß. Sie hörte ein Geräusch hinter sich. Shimon kam mit gerötetem Gesicht die Straße hochgerannt, einen Fußball unter dem Arm. Als er bei Judith ankam, schaute er zu ihr auf.

»Ist deine Mutter da?«, fragte Judith.

Shimon nickte, lief vor ihr die restlichen Stufen hinauf und klingelte Sturm. Tamar Schiff öffnete.

»Die Tante ist da, du weißt schon, Judith, die mit dem kranken Arm!«

Tamar trat in den Hausflur hinaus und sah Judith auf der Treppe stehen. Eilig lief sie ihr entgegen und stützte sie.

»Komm, ich helfe dir.«

Sie hakte Judith unter. Gemeinsam gingen sie die letzten Stufen hinauf. In der Wohnung führte Tamar Judith zu einem Sessel.

»Setz dich, ich habe gerade eine Limonade gemacht.«

Wenige Augenblicke später stellte sie ein Glas vor Judith hin, die einen kleinen Schluck nahm.

»Ich wollte mich nur verabschieden und natürlich noch einmal Danke sagen.« Judiths Stimme war schwach.

»Du willst gehen? Du wirst Jerusalem tatsächlich verlassen?«, fragte Tamar.

»Ja, hier habe ich zu viele dunkle Erinnerungen, du weißt schon … Onkel Albert, meine …« – sie suchte nach Worten – »meine Reaktion auf seinen Tod, das Krankenhaus …«

»Bleib doch, wir werden für dich was finden, wir brauchen junge Leute in Jerusalem«, versuchte es Tamar. »Du kannst fürs Erste hier bei uns wohnen, das ist kein Problem, wirklich nicht.«

»Danke, Tamar, ich danke dir sehr, aber ich kann hier nicht leben. Und in dem Kibbuz kann ich mich wenigstens ein bisschen nützlich machen. Ich brauche einfach einen Platz, wo ich hingehöre.«

Ein Stück Heimat, wollte sie sagen, aber sie brachte es nicht über die Lippen. Heimat? Was war Heimat für sie? Deutschland konnte es nicht sein, und hier, in Jerusalem, war das letzte Stück Heimat gestorben, hatte sich aufgelöst, war nicht mehr da.

Judith erhob sich. Tamar sprang auf, um sie zu stützen, aber Judith wehrte ab.

»Es geht schon, danke«, sagte sie. »Ich muss los, mein Bus nach Yardenim geht in einer Viertelstunde.«

Tamar rannte in die Küche. Nach wenigen Augenblicken kam sie mit einem Paket zurück.

»Hier, ein halber Käsekuchen, für unterwegs, das ist alles, was ich auf die Schnelle habe«, sagte sie und drückte ihr ihn in die Hand.

Sie küsste Judith auf die Wange.

»Shimon«, rief sie in Richtung Kinderzimmer. »Sei so gut und bring Judith zum Bus. Und danach bist du gleich wieder hier, hörst du?«

Shimon kam mit dem Fußball unterm Arm aus dem Zimmer.

»Nur eine halbe Stunde, Imma«, bettelte er. »Menachem hat gesagt, ich bin der beste Tormann.«

Tamar streichelte ihm über den Kopf.

»Also gut, eine halbe Stunde.«

Der Bus hielt mit quietschenden Reifen an der Straße zum Kibbuz Yardenim. Judith war die Einzige, die ausstieg. Sie hielt immer noch Hanas Blumenstrauß in der Hand. Yael wartete auf sie.

»Da bist du ja wieder«, sagte sie in freundlichem Ton und gab Judith einen flüchtigen Kuss auf die Wange. »Du machst vielleicht Geschichten.«

Judith ließ die Anspielung unbeantwortet.

»Ja, da bin ich wieder«, sagte sie nur.

Sie schaute sich um. In den wenigen Tagen hatten die Einwohner von Yardenim mit dem Bau von zwei neuen, festen Gebäuden begonnen, die bald einige der Zelte ersetzen sollten. Gerade wurden die Dächer gedeckt. Yael zählte zu den Glücklichen, die schon ein Zimmer in einem der Holzhäuser hatten, wie sie ihr auf dem Weg zu einem Zelt erzählte.

»Tut mir leid, wir müssen dich erst mal hier unterbringen. Später kannst du das Zimmer mit mir teilen, wenn du willst. Aber heute …« Sie lächelte verlegen. »Uri kommt.«

Ein Palmach-Mann ritt auf einem braunen Hengst an ihnen vorbei, die Maschinenpistole im Anschlag.

»Es war ruhig in den letzten Nächten, die Araber haben offenbar ihre Lektion gelernt«, sagte Yael, als sie Judiths fragenden Blick bemerkte. »Aber ich fürchte, es gibt keinen Grund zur Entwarnung. Je stärker der Yishuv wird, desto stärker wird auch der Widerstand.«

Im Zelt angekommen, wies Yael ihr ein freies Bett zu. Judith schaute sich suchend um.

»Gibt es hier irgendwo eine Vase?«

Yael lächelte. »Ich bin gleich wieder da.«

Nach wenigen Augenblicken kam sie mit einem Marmeladeneimer zurück, den sie mit Wasser gefüllt hatte.

»Mehr haben wir leider nicht«, sagte sie. »Du weißt, in einem Kibbuz lebt man bescheiden.«

Judith arrangierte die Blumen sorgfältig und stellte sie neben ihr Bett.

»Ein Abschiedsgeschenk? Von einem netten Arzt?«

»Ja, ein Abschiedsgeschenk«, sagte Judith. »Von Hana, sie ist Araberin.«

Das Feuer loderte hoch in den Nachthimmel, die Hitze strahlte bis zu den Tischen, auf denen die Weinflaschen standen.

»Vom Berg Carmel«, sagte Yael und reichte Judith ein Glas. »*Lechaim.*«

Judith nahm zögernd einen Schluck. Sie war Alkohol nicht

mehr gewohnt. Yael leerte beschwingt ihr Glas. Immer wieder schaute sie auf ihre Armbanduhr.

»Er hat gesagt, er kommt«, giggelte sie. »Und er ist zuverlässig.« Sie füllte erneut ihr Glas.

»Na, komm schon, Judith, sei kein Spielverderber.«

Judith nahm einen weiteren Schluck und musste husten. Yael klopfte ihr auf den Rücken. »Wer feste arbeitet, soll auch feste feiern«, sagte sie. In der Ferne war Motorengeräusch zu hören.

»Das muss er sein«, strahlte Yael.

Wenige Minuten später rollte ein alter Ford vor. Zwei Männer stiegen aus. Yael sprang auf und lief auf den größeren zu, schlang die Arme um ihn und küsste ihn auf den Mund. Uri befreite sich lachend und griff auf den Hintersitz des Fords. Er holte eine Flasche hervor und reichte sie ihr.

»Französischer Champagner«, sagte er. »Ob du es glaubst oder nicht. Aus Tel Aviv.«

Er erwähnte nicht, dass ein Haganah-Mann ihn aus einem britischen Depot gestohlen hatte. Dann griff er noch einmal auf den Sitz und zog eine rote Rose hervor.

»Herzlichen Glückwunsch zum Geburtstag«, rief er so laut, dass es alle hören konnten, und überreichte Yael die Rose. Er küsste sie, umfasste ihre Taille und wirbelte sie herum. Nach drei Umdrehungen setzte er sie wieder ab. Er zeigte auf den Mann, der mit ihm gekommen war.

»Das ist Fritz. Er ist ein Freund.«

Ben Zvi, ein Neueinwanderer aus Rumänien, hatte bereits seine Ziehharmonika hervorgeholt und legte sich jetzt mächtig ins Zeug. Die jungen Kibbuzniks standen auf und fassten sich bei den Händen, in ihrer Mitte Uri und Yael. Langsam, dann immer schneller tanzten sie rund um das Feuer die Hora, in einem Kreis, der sich nach rechts drehte, jeder Tänzer folgte dem Rhythmus, erst drei Schritte in eine Richtung, dann einen Schritt zurück, dabei zuerst den linken, dann den rechten Fuß aufsetzend. Immer schneller und schneller drehte sich der Kreis.

Yael jauchzte. Als sie bemerkte, dass Judith noch am Tisch saß, winkte sie ihr zu.

»Komm schon, komm, mach mit.«

Zögernd erhob sich Judith und reihte sich in den Kreis ein. Der Wein setzte ihr zu, mühsam versuchte sie, Tritt zu fassen. Das Blut stieg ihr in den Kopf, vor ihren Augen verschwammen die Flammen. Hätten die beiden Tänzer rechts und links sie nicht fest bei den Händen gehalten, wäre sie vermutlich umgefallen. So jedoch ließ sie sich treiben, und endlich war sie eins mit dem Rhythmus.

Die Ziehharmonika verstummte, alle waren außer Atem. Judith fand mit Mühe zu ihrem Tisch zurück. Sofort wurden die Rotweingläser neu gefüllt. Sie suchte nach einer Wasserflasche, ließ den Blick über die Tische schweifen. Ganz am Rand saß der Mann, den Uri mitgebracht hatte, abseits von den anderen. Die Flammen loderten auf, als Uri einen neuen Holzscheit hineinwarf, der Feuerschein beleuchtete das Gesicht des Mannes. Ihre Blicke kreuzten sich. Judith erschrak. Sie war sich plötzlich sicher. Diese blauen Augen, sie wusste nun, wo sie sie zum ersten Mal gesehen hatte. Im April 1945, in Dachau.

Judith wälzte sich auf ihrem schmalen Bett hin und her. Gelegentlich wachte sie auf und zog sich die Wolldecke über die Schultern, fiel dann wieder in einen unruhigen Schlaf. Noch immer waren die Nächte im nördlichen Galiläa kühl. Der ungewohnte Wein, der Tanz um das Feuer, die überraschende Erinnerung verwoben sich in ihren Träumen zu einer wilden Mischung aus Realität und Fiktion.

Seine Augen drängten sich in ihr Bewusstsein. Sie waren ihr schon damals aufgefallen, als in Dachau die Tage der Rache angebrochen waren. Er stand mitten in einer Gruppe von GIs, die sich schützend um ihn geschart hatten. Eine Gruppe von Häftlingen hatte sich einige Meter entfernt aufgebaut, einige trugen Waffen. Sie hatten sie den SS-Wachen abgenommen, die Amerikaner hatten weggeschaut. Bei der Übernahme des Lagers hatten die Soldaten den Zug gefunden, voll mit Hunderten von Leichen, Haut und Knochen in gestreifter KZ-Kleidung, Häftlinge, die verhungert waren, an Entkräftung gestorben. Die SS hatte es nicht mehr geschafft, sie zu beseitigen. So waren diese Leichenberge grauenvolles Zeugnis für den Terror, der auch in Dachau gewütet hatte. Die Wochenschau-Bilder gingen um die Welt. Erst jetzt, in diesen Frühlingstagen in Oberbayern, wurde vielen amerikanischen Soldaten klar, was das Naziregime bedeutet hatte, worum es bei diesem Krieg gegangen war, und waren den Deutschen gegenüber voller Zorn, voller Abscheu. Sie ließen es zu, dass die Häftlinge Rache nahmen. An die dreihundert Angehörige der SS-Wachmannschaften schossen sie nieder, ohne dass die US Army eingriff.

Judith erinnerte sich an den Mann in Uniform, ohne Rangabzeichen, aber mit den Runen der SS am Kragenspiegel. Dennoch schützten ihn die GIs vor den Häftlingen, vor ihrer Rachsucht, ihrer wilden, aufgestauten, alles durchdringenden Wut. Sie fuhren ihn in einem Jeep aus dem Lager heraus, in Sicherheit.

Judith zog sich die Wolldecke über den Kopf. Sie versuchte vergeblich, das Bild zu vertreiben. Erst als die Morgendämmerung in das Zelt eindrang, fiel sie zurück in ihren unruhigen Schlaf.

Uri saß am Kopfende des langen Tisches und aß mit Appetit. Yael hatte sich eng an ihn gelehnt und hielt ihre Kaffeetasse fest. Fritz Paulsen hatte sich am anderen Ende des Tisches einen Platz gesucht, alleine. Die Kibbuzniks ließen drei Plätze zwischen sich und dem Fremden frei. Durch den geöffneten Zelteingang drang der intensive Duft der Orangenblüten. Yardenim hatte mit dem Orangenanbau begonnen, jetzt stand alles in voller Blüte. Judith entdeckte die Lücke neben dem Deutschen und setzte sich neben ihn. Sie ergriff die Kaffeekanne und schenkte sich ein.

»Sie auch?«, fragte sie.

Fritz nickte.

Eine Weile saßen sie stumm nebeneinander.

»Ich muss Ihnen danken«, sagte sie.

Fritz reagierte nicht.

»Sie haben mir das Leben gerettet, auf dem Schlauchboot vor der Küste.«

Er lächelte zurückhaltend, antwortete aber nicht. Judith reichte ihm förmlich die Hand.

»Judith Wertheimer, aus Berlin«, sagte sie. »Zuletzt in Dachau.«

Fritz ergriff zögernd ihre Hand, ließ sie aber gleich wieder los.

»Fritz Paulsen«, murmelte er. »Ich komme auch aus Berlin.«

Judith ließ den Kaffee in ihrer Tasse hin und her schwappen, hielt dann plötzlich inne. Sie gab sich einen Ruck.

»Ich habe Sie schon früher gesehen, in Dachau. Sie waren in Uniform. Einer SS-Uniform.«

Fritz setzte seine Tasse ruckartig ab. Judith bemerkte, wie sein erschreckter Blick schnell zu Uri ging, der aber, den Arm um Yaels Taille gelegt, mit seinem Tischnachbarn sprach.

»In Dachau?«, fragte er endlich.

»Ja, in Dachau. Am 28. April 1945, um genau zu sein«, setzte sie nach. »Oder irre ich mich da?«

Fritz senkte den Kopf, schüttelte ihn schließlich.

»Nein, Sie irren sich nicht. Ich habe das Lager überlebt, genau wie Sie.«

Judith setzte sich gerade auf.

»Was heißt, Sie haben das Lager überlebt? Sie waren auf der anderen Seite, bei den Mördern!«

Fritz ergriff ihre Hand. »Nicht hier, gehen wir hinaus, wenn Sie wollen.«

Judith erhob sich zögernd und folgte ihm in Richtung Zeltausgang.

Sie gingen zum Orangenhain hinüber. Judith sog den Duft tief ein. Die Frühlingssonne gewann nun schon an Kraft. Es war ein klarer Morgen, der Himmel in makellosem Hellblau. Über den Feldern kreiste ein Falke auf der Suche nach Beute. Plötzlich stieß er hinab, kam dann schnell wieder hoch, eine Maus in den Krallen. Er drehte ab in Richtung des Araberdorfs, aus dessen Kaminen dünne Rauchsäulen stiegen. Auf dem hölzernen Wachturm am Rand des Kibbuz suchte ein Mann von der Palmach, seinen Karabiner umgehängt, mit dem Fernglas die Umgebung ab. Judith fand, dass er dieses friedliche Bild störte. Einen Moment lang verdrängte sie den Grund für ihren Spaziergang.

»Wenn die Amerikaner einen Tag später gekommen wären, wäre ich tot«, riss Fritz sie unvermittelt aus ihren Gedanken.

»Wie meinen Sie das?« Judith blieb stehen.

»Nach Dachau kamen die Deserteure der SS, um sie dort hinzurichten. Oder was die SS für Deserteure hielt«, sagte Fritz.

»In Dachau? SS-Deserteure?« Sie schaute ihn ungläubig an.

»Ja, es gab sie, auch in der SS. Solche, die nicht mehr an den Führer glaubten, die nicht mehr mitmachen wollten.«

Judith sah es wieder vor sich: Fritz Paulsen von den Amerikanern umgeben, in SS-Uniform, aber ohne Rangabzeichen.

»Ich war einer von ihnen.«

Judith nahm ihren Schritt wieder auf. Fritz folgte ihr.

»Aber Sie waren bei der SS«, beharrte sie.

»Ja. Und zwar freiwillig, das gebe ich zu. Sobald ich alt genug war, gleich nach der Hitlerjugend.«

Der Falke war von seinem Nest zurückgekehrt und kreiste jetzt direkt über ihnen.

»Sie haben gesagt, sie kommen aus Berlin«, fuhr Fritz fort. »Darf ich fragen, in welchem Stadtteil Sie wohnten?«

»In Dahlem, wieso?«

»Waren Sie schon mal im Wedding?«

Judith schüttelte den Kopf.

»Da bin ich aufgewachsen. Hinterhaus, fünfter Stock, Klo im Treppenhaus. Berlins Arbeiterbezirk. Mein Vater kehrte als Krüppel aus dem Ersten Weltkrieg zurück, der linke Arm weggeschossen. Wir waren zu sechst. Am Anfang hatte er noch einen Job, als Nachtwächter. Dann kam die Weltwirtschaftskrise. Er war arbeitslos, jahrelang, wie Millionen andere. Chaos auf den Straßen, Hunger. Wissen Sie, wie es ist, wenn man als Kind ständig Hunger hat? Und dann kam Hitler. Er hat das Chaos beseitigt, fast über Nacht. Auf seine Weise, klar, aber es ging aufwärts. Mein Vater hat sich den Nazis angeschlossen. Begeistert. Und ich bald auch.«

Judith blieb verunsichert stehen.

»Natürlich, er hat die Juden vertrieben, erst aus dem öffentlichen Leben, dann aus Deutschland. Die Juden sind schuld, das hat man uns bei der Hitlerjugend gesagt, sie sind schuld am Niedergang, sie sind die Blutsauger. Wir waren jung, wir haben es geglaubt.« Er lachte hart. »Dann kam der Krieg, große Siege, Deutschland gehört die Welt, von Norwegen bis in die nordafrikanische Wüste, keiner konnte uns aufhalten. Hitler in Wien, in Paris, Führer, befiehl, wir folgen. Und bei der SS hieß es: Unsere Ehre ist die Treue. Jawohl, ich war dabei, ich war einer von ihnen.«

»Aber Sie müssen es doch gesehen haben, die Morde hinter der Front, die Massenerschießungen, die Menschenjagden.«

»Habe ich. Ja, ich habe es gesehen. Am Anfang habe ich gedacht, das muss so sein, das gehört dazu, wenn Krieg ist, Auge um Auge, Zahn um Zahn, das ist der Blutzoll, der gezahlt werden muss, damit Deutschland wieder groß wird. Und dann kamen die Zweifel, nicht nur wegen Stalingrad, die Bombennächte wurden heftiger, mein Vater tot, meine Mutter ein halbes Jahr später auch, britische Bomber, und natürlich die Konzentrationslager, ich war nicht selber da, aber ich habe davon gewusst. Ich kann nichts beschönigen, ich war an zu vielen anderen Sachen beteiligt. Aber irgendwann habe ich gesehen, dass es falsch war. Ich habe versucht zu helfen, wo ich konnte. Vielleicht nicht konsequent genug, vielleicht nicht mutig genug, vielleicht zu spät. Aber eines Tages, als ich ein alte Jüdin entkommen ließ, haben sie mich erwischt. Und dann kam ich nach Dachau, kurz vor Schluss. Ich dachte, jetzt ist es mit mir vorbei. Und ich war erleichtert, trotz allem.«

Judith hatte ihm zugehört, ohne ihn zu unterbrechen, mit einer Mischung aus Faszination und Horror. Plötzlich kam ihr die Idylle des Morgens schal vor, unpassend. Sie wusste nicht, wie sie mit dem Gehörten umgehen sollte, wusste nicht mehr, was richtig, was falsch war.

Sie dachte noch einmal über den Tag in Dachau nach, vergegenwärtigte sich das Bild, als sie diesen Fritz Paulsen zum ersten Mal gesehen hatte. Irgendetwas passte nicht. Sie sah ihn vor sich, seine auffallend blauen Augen, als die Amerikaner ihn in den Jeep setzten. Dann fiel es ihr wieder ein.

»Sie waren damals blond. Ein guter Deutscher, blond und blauäugig, ein Bilderbuch-Nazi. Warum, Herr Paulsen, haben Sie Ihr Haar schwarz gefärbt?«

Er antwortete nicht.

»Und was machen Sie hier in Palästina?«

Wieder ging er nicht auf ihre Frage ein. Aber sie ließ nicht locker.

»Wenn Sie mir nicht antworten – was hindert mich daran, zu den anderen zu gehen und zu sagen: Hier versteckt sich ein ehemaliger SS-Mann, in einem jüdischen Kibbuz in Palästina?«

Fritz sah sie ruhig an.

»Bitte sehr, aber ich denke, dann werden Sie großen Ärger mit Uri bekommen.«

15. MÄRZ 1947

Auf der anderen Seite des Tals, dem Mount Scopus gegenüber, flimmerten die Lichter von Jerusalem unter einem sternenklaren Himmel. In den Gängen des Hadassah-Krankenhauses war nach einem hektischen Tag Ruhe eingekehrt. Nur gelegentlich war das Schlurfen von Füßen in Pantoffeln zu hören, Patienten auf dem Weg zur Toilette.

David Cohen saß an seinem Schreibtisch und rieb sich die Augen. Er klappte die Krankenakte eines komplizierten Falls aus Teheran zu und legte die Beine auf den Tisch. Jetzt, wo das Telefon seit einer Stunde nicht mehr geklingelt hatte, spürte er die Erschöpfung. David griff nach der Kaffeetasse und stellte fest, dass sie leer war. Er nahm eine Zigarettenschachtel aus der Schublade, zog eine Zigarette heraus und spielte mit den Streichhölzern. Du solltest es nicht tun, sagte er sich, jetzt nicht und auch nicht später. Er rauchte zu viel, eine schlechte Angewohnheit aus der Zeit beim Militär. Er legte die Zigarette neben die Akte. Da klopfte es leise an der Tür.

»Herein«, rief er in Richtung Tür. Hanas Kopf erschien.

»Ich wollte nur fragen, ob ich noch irgendetwas tun kann.«

David blickte auf seine Armbanduhr. Kurz nach Mitternacht.

»Nein, danke«, sagte er automatisch. Dann besann er sich.

»Es wäre wunderbar, wenn Sie noch einen Kaffee auftreiben könnten.« Sie zog stumm die Tür hinter sich zu.

David stemmte sich aus seinem Stuhl hoch und ging zum Fenster hinüber. Er hasste sein Selbstmitleid, und doch genoss er es in dieser Minute. *Was zum Teufel tust du hier eigentlich?*

Diese Frage hatte er sich in den letzten Wochen immer wieder gestellt. Er könnte jetzt zu Hause sitzen, in Brooklyn, und darauf warten, die gut eingeführte Praxis seines Vaters im Herzen von Manhattan zu übernehmen. Sein Vater wäre ihm dankbar, sehr dankbar sogar. Seine Mutter bräuchte sich nicht ständig zu sorgen angesichts der immer schlimmer werdenden Nachrichten aus Palästina. Und er selbst? Ja, was wäre mit ihm? Er würde sich wahrscheinlich zu Tode langweilen. Und noch mehr rauchen. Und darauf warten, dass etwas passierte.

Er dachte an Lea. Sie wollte immer alles, und zwar sofort. Sie wollte die Wohnung am Central Park, zwei Kinder, mit mindestens zwei Kindermädchen, sie wollte ein Ferienhaus in Nantucket an der Nordspitze von Long Island, den Winterurlaub in Florida, und sie wollte ihn. Beinahe wäre es so gekommen, aber eben nur beinahe. Sie war eine JAP – das, was die New Yorker Juden selbstironisch eine *Jewish American Princess* nannten –, selbstverliebt, sehr auf ihre eigenen Ziele bedacht.

Wenn David ehrlich war, dann war sie einer der Gründe, warum er sich auf die Stellenausschreibung am Hadassah-Krankenhaus beworben hatte. Sie hatte ihm die Augen dafür geöffnet, wie sein Leben nicht verlaufen sollte. Lea hatte ihm eine Riesenszene gemacht, tief gekränkt. Acht Wochen später hatte sie sich mit einem Banker verlobt.

Die letzten Monate des Krieges hatte er als junger Truppenarzt im Pazifik verbracht, wo noch gekämpft wurde, als in Europa die Waffen schon seit Wochen schwiegen, und er hatte gesehen, was die erste Atombombe in Hiroshima mit den Menschen machte. So hatte er anfangs die Filme nicht gesehen, die die Wochenschau zeigte, von der Befreiung von Lagern, deren Namen er nie gehört hatte, Auschwitz, Treblinka, Bergen-Belsen, Dachau. Erst als er kurze Zeit später nach New York zurückkehrte, wurde ihm klar, was in Europa passiert war. Er war nie ein gläubiger Jude gewesen, Religion fand in seiner Familie eigentlich nur an Yom Kippur statt und vielleicht an Chanuka, als Ersatz für das Weihnachtsfest, das die Christen um sie herum feierten. Aber dann begann er sich allmählich für die eigene Geschichte zu interessieren, für seine Wurzeln. Seine Großeltern waren Ende des 19. Jahrhunderts aus der Ukraine eingewandert, er erinnerte sich, dass sie zu Hause noch Jiddisch gesprochen hatten. Immer mehr hatten sich mit dem Ende des Krieges die Nachrichten verdichtet, die das Unvorstellbare belegten: Die Nazis hatten Millionen von europäischen Juden umgebracht. Systematisch. Bei David hatte das bewirkt, sich erstmals als Jude zu empfinden, als Überlebender einer Rasse, die die Nazis zur totalen Vernichtung vorgesehen hatte. Als er in der *New York Times* einen Artikel über das Hadassah-Krankenhaus gelesen hatte, hatte er sich kurz entschlossen beworben. Das war vor einem Jahr gewesen, im Frühjahr 1946.

Das Klopfen an der Tür riss ihn aus seinen Gedanken. Hana kam mit einer Kanne herein.

»Ihr Kaffee, Herr Doktor.«

Er ging zu seinem Schreibtisch zurück und ließ sich von ihr einschenken.

»Bitte, Hana, wollen Sie mir nicht Gesellschaft leisten?«, sagte er und holte eine zweite Tasse aus dem Regal.

Sie zögerte kurz, setzte sich dann aber auf die Vorderkante des Stuhls vor seinem Schreibtisch, ihre Beine eng geschlossen, ihre Haltung aufrecht.

»Gerne, Doktor Cohen.«

»Bitte, seien wir nicht so förmlich«, sagte er. »Bei uns in Amerika nennen wir uns beim Vornamen. David, bitte.«

Sie errötete.

»Gerne, Doktor –« Sie hielt inne. »Gerne, David.«

Unruhig spielte er mit der Zigarette. Es war jetzt bald ein Uhr nachts, und er saß mit dieser Araberin im Ärztezimmer und trank Kaffee. Er war sich nicht sicher, was er von der Situation halten sollte, die er selbst herbeigeführt hatte. Mit einem Ruck griff er nach den Streichhölzern. Zum Teufel mit den guten Vorsätzen. Genüsslich stieß er den Rauch durch die Nase aus.

Hana saß wie festgenagelt auf ihrem Stuhl, die Hände auf

den Beinen. Ihre Beine, so schien es David, waren etwas zu dick, nicht so perfekt wie die von Lea. Insgesamt war sie etwas gedrungener. Eigentlich war Lea mager, dachte er und merkte, wie er Hana innerlich zu verteidigen begann. Auf jeden Fall war ihr Gesicht hübscher, viel hübscher. Ebenmäßig, fein geschnitten, mit leichtem orientalischem Einschlag. Und dieses dichte, schwarze, halblange Haar, das sie unter ihrem weißen Schwesternkäppi hochgesteckt trug …

Sein Blick ging zu ihren Beinen zurück. Er bemerkte, dass ihn diese Beine erregten. Er sog erneut an seiner Zigarette. Wie lange hatte sie schon hier mit ihm zusammengearbeitet? Warum fiel ihm jetzt erst auf, wie hübsch sie war?

Verdammt. Er rauchte seine Zigarette bis zum Filter und beherrschte sich gerade noch, eine neue anzuzünden. Ihm fiel auf, dass er die ganze Zeit geschwiegen hatte. Hana schaute ihn unverwandt an.

»Entschuldigung, ich war in Gedanken«, sagte er.

Sie lächelte höflich. Nichts in ihrem Gesicht verriet ihre Gefühle.

Er stand auf, ging um den Schreibtisch herum und nahm ihre Hand, zog sie mit sich zum Fenster. Die Sichel eines zunehmenden Mondes hing über der Stadt und spiegelte sich im Gold des Felsendoms.

»Jerusalem«, sagte er. »Alles Verrückte.« Hana schwieg, aber er spürte ihre Nähe.

»So verrückt wie ich«, fuhr er fort.

Er stand jetzt hinter ihr und löste die Klammer, die ihr Käppi hielt. Ihr Haar fiel herunter. Er streichelte vorsichtig darüber. Sie ließ es geschehen, ohne sich zu rühren. Seine Hände berührten ihren Nacken, massierten ihn leicht, glitten weiter nach unten und umfassten von hinten ihre Schulter. Er zögerte. Da drehte sie sich ruckartig um, schlang ihre Arme um seinen Hals und küsste ihn leidenschaftlich auf den Mund.

3. APRIL 1947

Das Lehrbuch war schon ziemlich zerfleddert. Judith hielt es auf den Knien. Sie saß auf einem Stein neben der Weide, die mit Steinen und wilden Frühlingsblumen übersät war. »*Boker Tov*«, buchstabierte sie. Dann sagte sie es sich mehrmals laut vor.

»*Boker Tov*, guten Morgen.« Sie glitt mit dem Finger die Vokabelliste weiter hinunter.

»*Leila Tov*, gute Nacht. *Mazel Tov*, alles Gute.«

Ein Schaf stupste mit der Schnauze gegen ihr Bein. Sie schaute auf und ließ den Blick über die Herde gleiten. Die etwa vierzig Schafe grasten ruhig, Lämmer suchten nach den Milchzitzen ihrer Mütter, ein Bild fast biblischer Friedfertigkeit. Judith wandte sich wieder ihrem Lehrbuch zu.

Von Yardenim her übertönte das Hämmern der Kibbuzniks, die das Dach des neuen Holzhauses zusammennagelten, das Blöken der Schafe. Das Dorf wuchs mit großer Geschwindigkeit. Judith hatte sich daran gewöhnt, auf die kleine Herde aufzupassen. Am Anfang hatte sie dagegen protestiert, aber sie musste einsehen, dass sie sonst im Kibbuz wenig beitragen konnte. Kenntnisse in Landwirtschaft gingen ihr völlig ab, und für die schwere Feldarbeit, die zum Alltag auch der Frauen gehörte, war sie noch zu schwach. Yael hatte sie zu trösten versucht.

»Wir wollen eine große Herde heranzüchten, und du kannst dabei helfen«, hatte sie argumentiert. »Jeder muss hier das tun, was er am besten kann.«

An diesem Morgen hatte Yael ihr sogar einen Kaffee auf die Weide gebracht. Sie strahlte. Uri war spät in der Nacht gekommen, für einen kurzen Besuch. Er hatte, unter einer Decke versteckt, drei Gewehre mitgebracht und eine Kiste Munition, dazu einige selbst gefertigte Handgranaten.

Judith nutzte die Zeit bei der Herde, um ihr miserables Hebräisch aufzubessern. Yardenim war ein babylonisches Dorf – Jiddisch, Polnisch, Russisch, Deutsch. Hebräisch sollte die gemeinsame Sprache werden, aber viele der Neueinwanderer taten sich schwer damit, sich an die Sprache ihrer Vorväter zu gewöhnen.

Das Hämmern verstummte, die Arbeiter stiegen vom Dach und legten eine Frühstückspause ein. Judith sah einen Falken über ihrer Herde kreisen. Die Spatzen flogen aufgeregt hin und her, ihr nervöses Gezwitscher mischte sich mit dem Blöken der Schafe.

Plötzlich war das Brummen eines Motors vom Weg her zu hören, der zum Kibbuz führte. Ein dunkelgrüner Jeep näherte sich dem Dorf mit großer Geschwindigkeit, eine lange Staubfahne hinter sich herziehend. Am Steuer saß ein Mann in Uniform.

Von ihrem Stein aus konnte Judith beobachten, wie die Kibbuzniks aufsprangen und den Jeep umringten, der in der Mitte des Dorfes zum Stehen gekommen war. Sie sah sie gestikulieren und schließlich in ihre Richtung zeigen. Der Uniformierte kam auf sie zu. Er trug eine Sonnenbrille, deren Gläser mit Staub bedeckt waren. Auf dem Kopf hatte er ein rotes Barett, darunter dunkles, kurzes Haar. Seine Khakiuniform war gebügelt, seine Stiefel sauber, der dunkle Schnurrbart akkurat. Ganz britischer Offizier, dachte Judith. Der Brite blieb vor ihr stehen und starrte sie an, die Augen von der Sonnenbrille verdeckt. Er nahm sie langsam ab, dann sein Barett.

»Bist du's wirklich, Judith?«, sagte er auf Deutsch.

Sie ließ ihr Buch fallen. Ihre Augen weiteten sich, die linke Hand legte sich unwillkürlich vor ihren Mund, der sich wie zum Schrei geöffnet hatte. Aber sie brachte keinen Ton hervor.

Einen Moment standen sie beide starr voreinander, unfähig,

es wirklich zu begreifen. Judith spürte, wie ihr die Tränen in die Augen schossen.

»Oh, mein Gott.« Sie fiel dem Briten weinend um den Hals.

»Josef, Josef«, flüsterte sie.

Er hielt sie fest. Endlich löste Judith sich von ihm und trat einen Schritt zurück, um ihn anzuschauen, um sicherzugehen, dass es kein Irrtum war. Er lächelte, dasselbe jungenhafte Lächeln wie damals. Kein Zweifel, er war es, trotz der britischen Uniform, ihr Bruder Josef.

Josef nahm ihre Hand, setzte sich auf den Stein und zog sie neben sich. Er hob das Buch auf, klopfte den Staub ab und legte es auf ihren Schoß.

»*Mazel Tov.*« Er lächelte.

»*Mazel Tov*«, antwortete sie leise.

»Es hat ein paar Tage gebraucht, bis ich dich gefunden habe, ich hatte ja nur den Zettel mit deinem Namen, von deinem Anruf«, begann er. »Ich war noch mal bei Tamar Schiff und wollte mich nach Onkel Albert erkundigen. Da habe ich erst erfahren, dass er gleich nach meinem Besuch gestorben ist. Dann habe ich von deinem Auftauchen bei ihr gehört, von deinem Aufenthalt im Hadassah-Krankenhaus. Dort wusste man, dass du zu diesem Kibbuz gefahren bist. Na ja, und hier bin ich.«

»Aber die Uniform, der andere Name – Goldsmith? Ich hätte nie vermutet, dass du es bist«, wandte sie ein.

»Als ich nach England kam, habe ich zuerst mit den anderen Kindern zusammengewohnt, in einer Art Lager. Dann lebte ich bei einem Farmer und schließlich bei einer jüdischen Familie, den Goldsmiths, die haben mich adoptiert, daher der neue Name.«

Er drehte sein rotes Barett in den Händen hin und her.

»Sobald ich alt genug war, habe ich mich zum Militär gemeldet, gegen die Deutschen. Ich war überall dabei, in der Normandie, in Bergen-Belsen, in Berlin. Dort habe ich nach unserer Familie gesucht – aber niemanden mehr gefunden. Dann habe ich mich nach Palästina versetzen lassen.«

Er grinste, zeigte sein typisches Lausbubengesicht. Es versetzte ihr einen freudigen Stich.

»*Well*, da bin ich.«

Judith hielt immer noch seine Hand fest.

»So hat uns Onkel Albert doch noch zusammengebracht«, sagte sie leise. Er nickte.

»Wie geht es mit dir weiter? Kann ich helfen?«, fragte er nach einer Weile. Sein Blick ging hinüber zu dem arabischen Dorf. »Verdammt gefährlich hier. Wie ich die Lage einschätze, wird es in nächster Zukunft auch nicht besser werden. Mach dir da keine Illusionen. Die Araber sind zwar noch ziemlich unorganisiert, im Gegensatz zu den Juden, aber sie wollen es nicht hinnehmen, dass immer mehr Juden ins Land kommen.«

Er machte eine Pause.

»Und die Briten auch nicht.«

Judith schwieg.

»Man kann es den Arabern nicht mal verübeln«, fuhr er fort. »Ich meine, sie leben hier seit Jahrhunderten, auf diesem Land, und jetzt kommen die Juden und sagen: Das ist unsere Heimat, so steht es in der Bibel, also macht Platz für uns.«

Judith ließ seine Hand los und strich verlegen über das Hebräischbuch. Über ihnen, zwischen dem Kibbuz und dem arabischen Dorf, kreiste wieder der Falke.

»Ich bleibe hier«, sagte sie nach einer Weile zögernd. »Ich habe doch keinen anderen Platz, wo ich hingehen kann. Und außerdem …«

Sie ließ den Satz unbeendet. Sie wusste selbst nicht, wie er weitergehen sollte. War das der Grund, warum sie hier war? Weil sie nicht wusste, wohin sie sonst gehen sollte? Sie war hier zufällig gelandet, es war gewiss nicht ihr Ziel gewesen, irgendwo in Galiläa als Hirtin auf eine Schafherde aufzupassen, schon gar nicht in der Nähe von Arabern, die sich gegen die Landnahme der Juden wehrten. Aber Onkel Albert war tot, und so war sie hierher zurückgekehrt. Josef schaute auf die Uhr.

»*Sorry*, es ist schon spät, ich muss nach Jerusalem zurück.«

Er stand auf und zog sie hoch. Sie umarmten sich.

»Versprich mir, dass du gut auf dich aufpasst«, sagte er zärtlich, »und überleg es dir, überleg es dir gut. Ich kann dir helfen, ich kann dich hier rausholen, das ist nichts für dich. Ich kann dich nach England bringen, irgendwas wird mir schon einfallen. Du musst wissen, die britische Regierung hat die Vereinten Nationen gestern informiert, dass London das Mandat über Palästina tatsächlich aufgeben will. Nicht jetzt sofort, aber sobald eine Lösung gefunden ist.«

Judith begleitete ihn zu seinem Jeep. Sie bemerkte, wie die Kibbuzniks ihre Schritte verfolgten, wie sich alle Köpfe in Richtung des britischen Offiziers an ihrer Seite drehten, der sie nun küsste und den Motor anließ.

»Bitte, komm mich in Jerusalem besuchen. Und noch mal: Überleg es dir gut.« Er ließ den Motor aufheulen. »Bevor es zu spät ist.«

Der Jeep setzte sich in Bewegung. Sie winkte hinter ihm her. Erst nach einer Weile bemerkte sie, dass Uri neben ihr stand, den Arm um Yael gelegt.

»Dein Bruder ist also bei den Briten«, sagte er kühl.

Judith verstand nicht sofort.

»Das ist genau das, was wir hier brauchen, ein britischer Offizier, der sich für unseren Kibbuz interessiert. Als wenn wir nicht genügend Probleme hätten«, fuhr er fort.

Judith war schockiert, einen Moment lang sprachlos. Dann fasste sie sich wieder.

»Ja, die Briten haben ihn aufgenommen, als die Nazis ihn vertrieben haben, sie haben ihm eine Heimat gegeben. Er hat mit ihnen gegen die Deutschen gekämpft. Und Bergen-Belsen befreit.«

Yael starrte auf ihre Füße, als Uri fortfuhr:

»Er ist ein britischer Offizier. Und die Briten sind viel schlimmer als die Araber. Die Araber fürchten um ihr Land, sie bekämpfen uns, und viele hassen uns. Aber die Briten, die spielen ihre Spielchen mit uns. Erst versprechen sie uns in der Balfour-Deklaration großzügig eine Heimstatt, dann machen sie einen Rückzieher. Und jetzt, jetzt geht es ihnen doch nur um ihre Position im Mittleren Osten, um das Öl im Irak, in Saudi-Arabien, um den Suezkanal, um ihr Imperium. Die Juden stören sie dabei, sie sind ihnen lästig.«

Er redete sich in Fahrt.

»Als Rommel kurz vor dem Suezkanal stand, da durften wir plötzlich ihre Uniform tragen, da haben sie schnell die Jewish Brigade gebildet. Und weißt du was? Mich haben sie zum Offizier gemacht, genau wie deinen Bruder. Jawohl, auch ich habe ihre Uniform getragen. Ich war mit ihnen in Ägypten, in Italien, dann in Wien, und kurz sogar in Deutschland. Aber kaum war der Krieg zu Ende, da hatten wir ausgedient, da haben sie sich wieder den Arabern zugewandt. Jetzt bekämpfen sie uns, behindern, schikanieren uns, hofieren die Araber, wo sie nur können. Und die meisten von ihnen sind schlimmere Antisemiten als die Nazis.«

Verächtlich spuckte er auf den Boden.

»Aber wir werden das nicht akzeptieren. Wenn sie Druck machen, dann machen wir Gegendruck; wenn sie unsere Leute beschießen, dann schießen wir zurück. Und das wirkt: Jetzt suchen sie einen Ausweg, wie sie das Palästina-Problem loswerden können. Bitte sehr, wir helfen ihnen gerne dabei.«

Judith wandte sich ab und ging langsam zu der Weide zurück, auf der die Schafherde friedlich graste, setzte sich wieder auf den Stein. Sie schlug die Hände vors Gesicht. Ihr Körper begann zu zittern, immer stärker, bis ein Schluchzen aus ihr herausbrach. Erst nach einer Weile bemerkte sie die Hand auf ihrer Schulter. Es war Yael.

»Tut mir leid. Dein Bruder kann ja nichts dafür, aber die Briten machen uns das Leben wirklich verdammt schwer.« Sie zog ihre Hand zurück. »Bleib am besten bei der Herde, bis Uri weg ist. Er wird sich schon wieder beruhigen.«

1. MAI 1947

Der Hanzim hatte nach zwei Tagen endlich nachgelassen, aber er hatte die Temperaturen in Jerusalem hochgetrieben. Eilig rückten die Wirte ihre Stühle nach draußen. In den Straßencafés saßen die Menschen und genossen die Wärme. Für einige Stunden schien die Stadt in Frieden zu leben.

Hana wischte sich den Schweiß von der Stirn und zog sich den Kittel aus, den sie während der zweistündigen Operation getragen hatte. Schwester Sarah legte den Telefonhörer auf die Gabel.

»Doktor Cohen wünscht dich zu sprechen.«

Hastig sprang Hana auf, fing sich dann und versuchte, sich ruhig und gelassen zu geben. Ob sie etwas gemerkt hatte?, fragte sie sich, wieder einmal. Zu oft hatte Dr. Cohen in den letzten Wochen angerufen, zu oft hatte er Schwester Sarah gefragt, ob die Lernschwester ihm bei einer wichtigen Aufgabe helfen könne.

Jetzt stand sie vor dem Ärztezimmer und holte tief Luft. Sie spürte, wie ihr Herz pochte, nicht nur wegen der schnellen Schritte den langen Gang hinunter. Einen Moment lang hielt sie inne, versuchte sich zu beruhigen, dann klopfte sie an die Tür.

Sie wartete, bis sie ein energisches »Herein« hörte, schaute noch einmal nach rechts und links den Gang hinunter, öffnete schnell die Tür und schloss sie eilig hinter sich. David sprang von seinem Stuhl hinter dem Schreibtisch auf, der wie immer mit Krankenakten überladen war, griff mit einer Hand nach ihrer Schulter und drehte mit der anderen hinter ihr den Türschlüssel um. Dann küsste er sie auf den Mund und drückte sie fest an sich.

»Darauf habe ich schon den ganzen Morgen gewartet«, sagte er, als er sie endlich losließ, und lächelte schelmisch. Er fingerte an den Knöpfen ihrer weißen Schwesternbluse, bis sie seine Hand nahm.

»Bitte, nicht hier«, flüsterte sie leise. Er versuchte es noch einmal, aber sie blieb hart. »Nein, bitte nicht.«

David lächelte.

»Brav, Schwester Hana, sehr brav.« Er ließ die Hände sinken. Dann jedoch küsste er sie wieder. Sie ließ ihn gewähren.

»Wir benehmen uns wie Teenager im College«, sagte er und lächelte erneut. »Das heißt, ich jedenfalls. Du –«

Das Läuten des Telefons unterbrach ihn. Sein Gesicht wurde ernst.

»Ja, ich komme.« Er legte den Hörer hin. »Schon wieder eine Schussverletzung.« Er knöpfte seinen Arztkittel zu und küsste sie flüchtig auf die Stirn.

»Ich habe heute Abend frei. Meinst du, wir könnten ausgehen, vielleicht ins Kino?«

Hana schoss das Blut ins Gesicht. Einen kurzen Moment überlegte sie. Es war unmöglich, eigentlich. Sie konnte nicht schon wieder so spät nach Hause kommen. Völlig unmöglich, die Situation war jetzt schon schlimm genug. Sie hatte alle Ausreden erschöpft und doch wieder und wieder neue erfunden, um Jousseff hinzuhalten. Auch ihre Mutter war nicht mehr bereit, ihre ständigen Ausflüchte zu akzeptieren. Sie schluckte. Dann hörte sie sich sagen:

»Ja, gerne, David, sehr gerne.«

Der Constable zeigte das Foto herum. Es war eine schlechte Aufnahme, unscharf, aber man konnte ihn deutlich erkennen: Er war jung und hatte einen auffallenden Glatzkopf.

»Horowitz«, sagte der Constable, »Abraham Horowitz, schon mal gesehen?« Die Frau schüttelte den Kopf. Der Constable wandte sich an einen anderen Passanten, doch auch der zuckte nur die Schultern.

Die Briten hatten die Polizeipräsenz in den Straßen wieder verstärkt, nachdem die Irgun am Mittag Handgranaten auf einen arabischen Verkaufsstand in der Altstadt und auf einen Polizeiposten geworfen hatte. Die Handgranate gegen die Araber, offenbar selbst hergestellt, hatte nicht gezündet, einem britischen Sergeant jedoch war ein Arm abgerissen worden, ein zweiter war leicht verletzt. Mit missmutigen Gesichtern standen die uniformierten Beamten an den Kreuzungen in den jüdischen Vierteln, die Maschinenpistolen im Anschlag. An der Jaffa Road waren mehrere Polizeijeeps vor einem Haus aufgefahren. Auf dem Bürgersteig hatte sich eine Menschentraube gebildet.

»Gehen Sie weiter, nun machen Sie schon, weiter, weiter«, forderte der Constable ärgerlich. Doch die Neugierigen rührten sich nicht. Nach einer Weile kamen fünf Uniformierte aus dem Haus, die zwei junge Männer in Handschellen vor sich herschoben und dann rüde in einen Jeep verfrachteten. Einer der Uniformierten trug einen Karton, aus dem der Lauf einer Bren-Maschinenpistole herausragte. Offenbar waren sie bei der Hausdurchsuchung fündig geworden.

Aus der Menge schrie ein etwa Zwanzigjähriger, dessen Glatzkopf von einer Schiebermütze halb verdeckt wurde:

»Schweine, verdammte Schweine. Haut endlich ab aus Palästina!«

Der Constable erkannte ihn sofort, doch bis er sich durch die Menschenmenge vorgekämpft hatte, war Abraham Horowitz bereits hinter der nächsten Ecke verschwunden.

David, der mit Hana zwischen den Neugierigen gestanden hatte, zog sie am Arm fort.

»Komm, lass uns gehen, der Film beginnt in zehn Minuten.«

Vor dem Zion-Kino stand eine lange Schlange. Der Rundfunk hatte über die neuerlichen Anschläge berichtet, doch die Menschen schienen sich daran gewöhnt zu haben.

Endlich war William Wylers Film *The Best Years of Our Lifes* nach Jerusalem gekommen, der kurz zuvor in Hollywood den Oscar gewonnen hatte, ein Film über das Schicksal dreier amerikanischer Kriegsheimkehrer. David löste zwei Karten für eine der hinteren Reihen. Die Kassiererin warf einen missbilligenden Blick auf Hana, den David zu ignorieren versuchte. Eilig drängte er sich mit ihr durch die Reihen zu zwei leeren Plätzen.

Als das Licht ausging, rückte er an Hana heran und legte einen Arm um sie. Er spürte, wie sie sich an ihn lehnte. Jesus Christ, dachte er, was mache ich hier. Er, der einzige Sohn von Dr. Abraham und Ruth Cohen aus Brooklyn, New York, saß hier mit einer arabischen Lernschwester in einem Kino in Jerusalem, wo es täglich Tote und Verletzte gab, Juden und Araber sich immer öfter an die Gurgel gingen, seit sich abzeichnete, dass die Briten ihr Mandat aufgeben würden. Absurd, dachte er, vollkommen absurd. Aber er genoss es. Er dachte an Lea. Sie hatte im Kino immer auf Distanz gehalten, obwohl sie verdammt gut im Bett war. Sex war für sie eine Sache gewesen, Gefühle eine andere. Ob sie inzwischen ihren Banker geheiratet hatte?

Sex, dachte er leicht resigniert. Der war von Hana nicht so leicht zu bekommen. Er wusste, sie war verlobt – sie hatte ihm anvertraut, dass sie diesen Kerl, diesen Jousseff, nicht wollte, aber noch war die Verlobung nicht gelöst. Und so verhielt sie sich, zumindest was Sex anging. David hatte sie nicht gefragt, aber er war sich ziemlich sicher, dass sie noch Jungfrau war. Mit einem innerlichen Seufzer versuchte er, sich auf das Geschehen auf der Leinwand vor ihm zu konzentrieren. Aber er spürte Hanas Nähe. Sie erregte ihn. Er beugte sich zu ihr hinüber und küsste sie auf den Mund.

Der Abend war trotz der späten Stunde immer noch warm. Nach dem Ende des Films strömten die Menschen in die Cafés.

David nahm Hana bei der Hand und schlenderte mit ihr die King-George-V-Avenue hinauf. Seine kleine Wohnung war nur zwei Straßen entfernt. Er räusperte sich.

»Sollen wir … ich meine, hättest du Lust, sollen wir vielleicht noch zu mir gehen?«, fragte er endlich.

Sie sah ihn ernst an.

»Ich kann nicht.« Sie blickte auf die Armbanduhr. »Ich muss gleich gehen, der letzte Bus fährt in einer Viertelstunde.«

Er begleitete sie zur Haltestelle auf der Jaffa Road. Sie winkte ihm zum Abschied aus dem Busfenster zu.

Ja, sie wollte ihn, dachte sie, als der Bus die Stadtgrenze von Jerusalem hinter sich gelassen hatte; sie wollte ihn nicht nur, weil er es immer wieder versuchte. Sie wollte ihn spüren, ihn endlich spüren, wie eine Frau einen Mann spürte. Sie malte sich oft aus, wie es sein würde. David und sie, sie und David, ein Paar. Aber erst musste sie sich sicher sein, ganz sicher. Sie liebte David, aber liebte er sie ebenfalls?

Und sie wollte, dass die Geschichte mit Jousseff vorher zu einem Ende kam.

Sie war erleichtert, dass Jousseff nicht schon wieder auf der Straße auf sie wartete. Durch das Fenster sah Hana Licht im Wohnzimmer ihres Elternhauses.

Als sie eintrat, saß ihr Vater in dem Sessel am Fenster und rauchte eine Zigarre. Ihre Mutter hatte die Kerzen angezündet und stark gesüßten Tee serviert. Gemeinsam lauschten sie einem Symphonieorchester im Radio, das Tschaikowsky spielte. Das Gesicht ihrer Mutter war faltig, wie man es bei einer Frau Mitte fünfzig erwartete, aber ihr schwarzes Haar zeigte nur wenige graue Strähnen. Sie war eine schöne Frau, das dachte Hana immer wieder, wenn sie sie ansah.

Hana ging auf ihren Vater zu und küsste ihn ehrerbietig auf die Stirn. Ihre Mutter stand auf und schaltete das Radio aus.

»Es ist spät«, sagte ihr Vater.

Hana blieb stumm.

»Jousseff war schon zweimal hier und hat nach dir gefragt«, warf ihre Mutter in vorwurfsvollem Ton ein. »Ich habe ihm gesagt, dass du noch arbeiten musstest. Wie oft soll ich ihm das noch sagen?«

Eine Weile war nur das regelmäßige Ticken der Wanduhr zu hören, deren Pendel hin- und herschwang.

»Du weißt, dass ich ihn nicht heiraten kann«, sagte Hana endlich.

Die Gesichtszüge ihrer Mutter versteinerten. »Wir haben es seiner Familie versprochen, und es gibt keinen anderen Weg.«

Hanas Vater zog heftig an seiner Zigarre, bevor er sie in einem Glasaschenbecher ablegte.

»Ich habe mit deinem Cousin gesprochen«, sagte er zu seiner Frau, ohne sie anzusehen. »Ich bin bereit, ihm eine hohe Summe zu zahlen, um diese Verlobung zu lösen.« Er nahm seine Zigarre wieder auf.

»Und wie hat er das aufgenommen?«, fragte Hanas Mutter.

»Er hat sich Bedenkzeit erbeten«, sagte er, den Blick auf die erloschene Zigarre gerichtet. »Geh ins Bett, Hana.«

Hana verließ das Wohnzimmer. Im Hinausgehen hörte sie ihre Mutter.

»Sie bringt unserer Familie Schande.«

15. JULI 1947

Der Mukthar klatschte in die Hände. Judith schätzte, dass er an die siebzig Jahre alt sein musste. Sein gebräuntes Gesicht war zerfurcht, umrandet von einem grauen dichten Bart. Trotz der Hitze trug er die Kefije, ein viereckiges Baumwolltuch, das von einer Kordel auf dem Kopf zusammengehalten wurde, und einen langen, braunen Burnus.

Ein Vorhang teilte sich, und eine rundliche Frau in einem schwarzen, bodenlangen Kleid kam herein und servierte ihnen Tee. Sie saßen auf dem Boden, auf mehreren übereinandergelegten Teppichen.

Der Mukthar wartete eine Weile, bis alle getrunken hatten, dann sagte er: »Es war wirklich ein fürchterliches Gewitter.« Judith und ihre beiden Begleiter, David und Zvi, nickten. Seit dem nächtlichen Feuerüberfall waren die Beziehungen zwischen dem Kibbuz und dem arabischen Nachbardorf Deir El Nar äußerst gespannt. Doch jetzt hatten sich die Kibbuzniks entschlossen, eine Delegation in das Dorf zu schicken. Fünf Schafe waren in Panik aus der Herde ausgebrochen, als auf ihrer Weide ein Blitz in einen Baum eingeschlagen war. Sie befanden sich jetzt auf einem der Felder der Araber. Judith hatte den Auftrag, sie zurückzuholen.

»Aber der Regen, der mit dem Gewitter kam, ist gut, gut für uns alle«, sagte der Mukthar. Zvi, der Arabisch verstand, übersetzte.

»Ja, so ist es«, pflichtete Judith bei.

»Allah, der Allgütige und Allmächtige, sein Name sei gelobt, will, dass wir zusammenleben«, fuhr der alte Mann fort. »Aber manche sind nicht bereit, Allahs Willen zu folgen.«

Judith verstand. Sie hatte inzwischen gelernt, dass die meisten

Dorfbewohner weiter in Frieden mit ihren jüdischen Nachbarn leben wollten. Sie hatten davon profitiert. Wenn ein Arzt aus Tel Aviv kam, behandelte er auch die Bewohner des Dorfes.

»Es ist viel Hass unter den Menschen«, sagte er. »Sie kommen von weit her.«

Er machte eine Kopfbewegung gen Osten, wo die Golanhöhen lagen, die zu Syrien gehörten. »Sie wollen keinen Frieden.« Wieder klatschte er in die Hände, wieder erschien die Frau und schenkte Tee nach.

Der Mukthar schwieg jetzt. Offensichtlich wollte er zu dem Thema nicht mehr sagen. Judith kam auf die Schafe zu sprechen.

»Wir können Ihnen Orangen anbieten. Fünf Säcke, für jedes Schaf einen.«

»Zehn.«

»Sieben«, warf Judith ein. »Acht«, erwiderte der Mukthar. Sie nickte. »Nun gut, acht.«

Sie erhoben sich und schüttelten die Hände.

»Der alte Gauner«, sagte Zvi grinsend, als sie das Haus verlassen hatten. »Aber wir haben unsere Schafe zurück.«

Unter den misstrauischen Augen der Dorfbewohner gingen sie die ungeteerte Straße hinunter. In der heißen Mittagssonne verdampften die Pfützen, die von dem nächtlichen Gewitterregen übriggeblieben waren. Judith fiel auf, dass die meisten Kinder barfuß waren. Ein Rudel Hunde begleitete sie kläffend, lief vor ihnen her, kam zurück, balgte sich im Staub.

»Der Alte wollte uns warnen«, sagte David nachdenklich. »Warnen vor den Syrern, die die Leute in Galiläa immer mehr gegen uns aufhetzen. Der Mufti ist mit ihnen im Bunde, und der Mukthar kann sich dagegen nicht wehren.«

Judith schreckte schweißgebadet hoch. Wieder hatte sie die Bilder gesehen, die Bilder mit dem Zug der zweitausend Leichen. Dachau, April 1945. Sie wollten nicht verschwinden. Ein paarmal hatte sie versucht, mit Yael darüber zu reden, mit der sie inzwischen in einem Zimmer schlief, es dann aber aufgegeben, als sie merkte, dass Yael nicht richtig zuhörte. Im Kibbuz hatte man andere Sorgen. Woher die Waffen nehmen, um die zunehmenden Angriffe der Araber abzuwehren? Und wie die Waffen vor den Briten verstecken, die regelmäßig stundenlange Razzien veranstalteten? Wie weitere Neueinwanderer unterbringen? Wie die Ernte verkaufen? Würde es in diesem Sommer genügend Wasser geben? Das waren die Probleme, die die jungen Menschen im Kibbuz beschäftigten, nicht die Vergangenheit.

Yael stöhnte neben ihr im Bett auf. Judith zündete die Kerosinlaterne an, ging zu ihr hinüber und legte ihr ein kaltes Tuch auf die Stirn. Die Freundin hatte seit zwei Tagen hohes Fieber; in regelmäßigen Abständen erkrankten Kibbuzniks an Malaria, manchmal war ein Viertel der Bewohner krank. Malaria war eine der Geißeln Palästinas. Judith löste eine Chinin-Tablette in einem Glas Wasser auf und flößte Yael die Medizin ein.

»*Todah*«, sagte Yael dankbar und setzte sich auf.

Judith stopfte ihr ein Kissen in den Rücken, so dass sie es bequemer hatte, und setzte sich auf ihr Bettende.

Die Nacht war drückend heiß. Aus der Ferne war das Bellen der Hunde in dem arabischen Dorf zu hören, kurz darauf das aufgeregte Auf und Ab von spitzen Eselschreien, bis sich die Tiere beruhigten und die Stille der Nacht wieder über dem Tal lag. Im Zimmer war jetzt nur das quälende Summen der Mücken zu vernehmen. Judith sah im Schein der Laterne ihren eigenen Schatten an der Wand.

»Wie war der Mukthar?«, fragte Yael mit müder Stimme.

»Versöhnlich.«

»Ich glaube nicht, dass der Friede lange halten wird«, entgegnete Yael.

Judith legte die Hände in den Schoß.

»Wie lange gibt es das Dorf eigentlich schon?«, fragte sie.

»Das Dorf? Keine Ahnung, immer schon. Unter den Kreuzrittern, unter den Türken, jetzt unter den Briten. Die Araber haben sich halt fügen müssen. Sie leben, gerade mal so. Du hast es ja gesehen, ziemlich ärmlich, fast alle Analphabeten, so war es immer schon, und ich denke, so wird es auch bleiben.«

»Aber ...« Judiths Stimme schwebte für einen Moment im Raum.

»Aber was?«

»Aber es ist doch ihre Heimat, ich meine, sie leben dort seit Jahrhunderten.«

»Na und?«

»Ich meine, jetzt kommen wir, und wir nehmen uns ihr Land. Wir nehmen es ihnen weg.«

Yael drückte den Rücken durch. Sie saß nun ganz aufrecht.

»Sie leben hier, aber die Juden leben hier auch. Seit Jahrtausenden. Seit dem Tempel oder noch länger. Du weißt, wir sind hier im Kibbuz bestimmt nicht religiös. Aber wir wollen nun endlich auch unsere Heimat. Wo wir Juden Juden sein können. Wo wir uns nicht ständig dafür entschuldigen müssen, dass es uns gibt. Wenn die Araber wollen, dann ist Platz genug für uns alle.«

»Und wenn nicht?«, warf Judith ein.

»Dann werden wir unseren Platz verteidigen. Mit allen Mitteln. Wir bauen das Land auf, mit unserer Hände Arbeit, verdammt harter Arbeit, jeden Tag. Und wir haben nicht die Absicht, das alles wieder aufzugeben.«

Eine Weile war in dem Zimmer nur das Surren der Mücken zu hören.

»Aber wie soll das gehen?«, fragte Judith endlich.

»Ganz einfach: Wir wollen einen Staat, unseren Staat, und sie sollen ihren Staat haben.«

Judith war nicht überzeugt.

»Das heißt doch, wenn wir hier in Galiläa bleiben und unsere Siedlungen ausdehnen, wenn das also Teil unseres Staates werden soll …, dann müssen doch die Araber im Nachbardorf verschwinden.«

Yael zuckte die Schultern.

»Sie werden das nicht einfach hinnehmen. Es gibt dafür keine friedliche Lösung. Es wird nur mit Gewalt gehen«, sagte Judith erregt.

Yael schwieg hartnäckig.

»Wir Juden haben in Europa doch gerade erlebt, was Gewalt bedeutet. Man hat uns zu Opfern gemacht. Sollen wir jetzt die Täter sein? Wir dürfen doch jetzt nicht Gewalt an den Arabern verüben! Sind nicht gerade wir verpflichtet, eine friedliche Lösung zu suchen?«, stieß Judith aus.

Yael atmete tief.

»Wir wollen hier siedeln, friedlich, wenn's geht. Aber dazu gehören zwei.« Sie glitt wieder unter die Decke. »Und übrigens, morgen veranstalten die Palmach-Leute ein Schießtraining. Ich glaube, viele hier würden es gut finden, wenn du da mitmachen würdest.« Sie drehte sich zur Wand.

Judith stand auf und löschte die Laterne. Lange lag sie wach in der Dunkelheit und lauschte dem Surren der Mücken.

Das Telefon klingelte ununterbrochen.

»Wie weit sind sie noch, Higgins?«

Oberleutnant Josef Goldsmith sah den Sergeant gespannt an. Higgins hatte eine Karte vor sich liegen, auf die er mit einem Bleistift den Kurs der *Exodus* und der britischen Begleitschiffe eintrug.

»Noch ungefähr fünfzig Meilen von der Küste entfernt, Sir.«

Seit Tagen hatte man im Hauptquartier der britischen Streitkräfte in Jerusalem den Kurs des Schiffes verfolgt, das am 11. Juli in Sète in Frankreich seine Anker unter dem Namen *President Warfield* gelichtet hatte, ein umgebauter Flussdampfer, der früher einmal die Chesapeake-Bucht vor den Toren Washingtons gekreuzt hatte.

»Muss verdammt eng sein auf dem Kahn«, murmelte Higgins. »Ich möchte jedenfalls nicht in ihrer Haut stecken. Aber sie wollen es ja offenbar nicht anders. Sie wollen unbedingt ihre Propagandashow. Unsere Jungs werden ihnen schon noch zeigen, wo's langgeht.«

Unter Führung des leichten Kreuzers *Ajax* verfolgten sechs Zerstörer und zwei Minenleger das Schiff durch das Mittelmeer. Higgins zündete sich eine neue Zigarette an. An Bord waren über viertausendfünfhundert Flüchtlinge aus Europa, darunter viele Überlebende aus den Konzentrationslagern; das hundertachtzehn Meter lange Schiff war damit völlig überladen. Für die Einwanderung in Palästina sollte es das große Symbol werden.

»Wir haben sie oft genug aufgefordert, endlich aufzugeben«, sagte Higgins. »Aber der Kapitän ist stur. Gestern haben sie dem Schiff sogar einen neuen Namen gegeben, die *Exodus*, und auch noch die jüdische Flagge gehisst. Na ja, in der kommenden Nacht werden sie ihre Überraschung erleben.«

Josef hob den Kopf.

»Sie kennen doch die Befehle, Sir«, sagte Higgins. »Die Mandatsregierung will auf keinen Fall, dass diese Juden den Boden Palästinas betreten.«

Er reichte Josef den schriftlichen Befehl.

»Hier, sehen Sie, Sir, klare Anordnungen. Der Deckname heißt ›Operation Oasis‹.«

Josef parkte seinen Jeep an der Kaimauer. Ein Soldat salutierte, als er den Offizier sah.

»Hier entlang, Sir.«

Tausende von Menschen standen am Pier im Hafen von Haifa. Eine lange Reihe britischer Soldaten, ausgestattet mit Holzknüppeln, schirmte den Pier von den Neugierigen ab. Es war schon Nachmittag, und die Sonne hatte ihre größte Hitze erreicht. In der Ferne tauchte der Konvoi auf. Langsam wurde das Schiff in den Hafen geschleppt. Unter der Brücke prangte ein handgemaltes Schild mit der Aufschrift *Haganah Ship Exodus.* Josef sah die Rammspuren an der Bordwand, wo die Zerstörer in der vergangenen Nacht zwanzig Meilen vor der Küste angegriffen hatten. Aus den Funksprüchen der *Ajax* wusste er, dass der Kampf sieben Stunden gedauert hatte, bis die britischen Soldaten die *Exodus* gekapert und den Widerstand der Passagiere mit Gewalt gebrochen hatten. Die verzweifelten Menschen hatten die Briten mit einem Hagel aus Schrauben, Konservendosen, Kartoffeln, Flaschen und Brettern empfangen. Erst als die Briten in die Menge schossen, war der Kampf vorbei. Vier Tote und hundertfünfzig Schwerverletzte waren das Ergebnis.

Ein alter Jude in einem langen, schwarzen Kaftan und mit einem schwarzen Hut über den Schläfenlocken und einem spitzen, weißen Bart stellte sich Josef in den Weg und spuckte vor ihm aus.

»Ihr britischen Schweine«, kreischte er. »Mein Sohn, mein *Menachem*, da oben ist er, und ihr lasst ihn nicht runter.«

Der alte Mann ruderte mit den Armen und zeigte auf die *Ocean Vigour,* die gemeinsam mit den Frachtschiffen *Runnymede Park* und *Empire Rival* im Hafenbecken lag. Soeben hatten fünf britische Soldaten den letzten Passagier, einen jungen Mann, der heftig um sich schlug, von der *Exodus* auf die *Ocean Vigour* getragen. Damit war die Aktion beendet. Die Soldaten hatten die Befehle ausgeführt. Bis auf die Toten und Schwerverletzten waren alle Passagiere umgeladen; an Bord der drei Frachter befanden sich nun viertausendvierhundert Menschen. Die *Exodus* lag verlassen, ein geräumtes Schlachtfeld, die bislang schwerste Niederlage der Haganah.

»Er war in Auschwitz«, jammerte der alte Mann.

Noch einmal spuckte er vor Josef aus. Hilflos stampfte er mit den Füßen auf, begann zu weinen.

»In welches Lager werdet ihr ihn diesmal bringen? Nach Zypern, wie die anderen?«

Josef versuchte sich einen Weg zu seinem Jeep zu bahnen. Er schaute in hasserfüllte Gesichter. Er kannte die Befehle für die »Operation Oasis«. Keiner der Passagiere würde ins benachbarte Zypern kommen, wohin die illegalen Einwanderer normalerweise deportiert wurden. Diesmal wollte die Mandatsregierung ein besonders nachdrückliches Exempel statuieren. Niemand unter den wütenden Juden im Hafen von Haifa wusste es. Aber am nächsten Morgen würden die drei britischen Frachtdampfer unter Militärgeleit auslaufen und die *Exodus*-Passagiere dorthin bringen, wo sie hergekommen waren, nach Europa.

Josef war endlich bei seinem Jeep angekommen. Er startete den Motor und gab Gas. Er nahm die Uferstraße, am Mittelmeer entlang. In seinem Kopf raste ein Film rückwärts, die Stationen seines Lebens, als Soldat, Haifa, Jerusalem, Berlin, Bergen-Belsen, Normandie, London, der Film lief weiter, immer weiter zurück, schneller, schneller, England, Holland, Deutschland, zurück nach Berlin, Bahnhof Zoo, als Flüchtling, als Jude. Der Film hielt an.

Josef schaute an seiner Uniform herab. Er fühlte sich in diesem Khakistoff mit den britischen Orden und ihren Rangabzeichen plötzlich beengt, wie in einer fremden Haut. Er hatte die Uniform viele Jahre mit Stolz getragen; jetzt fühlte er sich wie verkleidet. Sein Fuß suchte nach der Bremse, trat das Pedal durch. Der Jeep kam schleudernd am Straßenrand zum Stehen. Über dem Mittelmeer ging die Sonne unter, tiefrot. Kitsch, dachte er ärgerlich. Er fingerte eine Zigarettenschachtel aus der Brusttasche seines Uniformhemdes, steckte sich eine Dunhill an und inhalierte tief.

Nach einer Weile ging er um den Jeep herum, nahm den Benzinkanister aus der Halterung und füllte den Tank auf. Im letzten Licht der Abenddämmerung warf er einen Blick auf die Landkarte Palästinas und suchte den Punkt im oberen Galiläa.

Moshe Ben Porat sah die Scheinwerfer schon von weitem. Sie bewegten sich durch die Dunkelheit schnell auf Yardenim zu. Es war eine sternklare, aber mondlose Nacht. Moshe, der auf der Spitze des Wachturms stand, presste sich das Fernglas an die Augen. Er war sich unsicher. War es jemand von der Haganah, der so spät noch ankam? Oder war es ein britisches Militärfahrzeug? Er beschloss, kein Risiko einzugehen, zumal er wusste, dass der Haganah-Kommandeur Rabinowitsch die Nacht im Kibbuz verbrachte. Er löste den Alarm aus. Wenige Augenblicke später huschten Gestalten aus den Holzhäusern und Zelten und verteilten sich mit ihren Karabinern an den hölzernen Außenwänden des Kibbuz. Die Scheinwerfer kamen näher.

Moshe hatte sich mit zwei anderen Palmach-Wachen am Eingang des Kibbuz aufgebaut. Bald erkannte er die Konturen eines Jeeps, der direkt auf den Eingang zuhielt. Die Männer versperrten ihm die Zufahrt. Der Jeep kam ruckartig zum Stehen. Moshe leuchtete ihn mit einer Taschenlampe an. Ein britischer Offizier saß am Steuer, Gesicht und Uniform voller Staub. Vom Licht geblendet, hielt er sich eine Hand vor die Augen.

Moshe sah genauer hin. Das Gesicht des Briten kam ihm bekannt vor.

»Goldsmith«, sagte der Brite, »Josef Goldsmith.«

Moshe winkte den anderen zu.

»Lasst ihn durch.«

Josef setzte den Jeep wieder in Bewegung und fuhr bis in die Mitte des Kibbuz, direkt vor die neue Halle, die das Zentrum des Dorfes bildete. Langsam lösten sich Figuren aus den Schatten der Häuser, sammelten sich um den Jeep. Judith hatte sich einen Pullover über ihren Pyjama gezogen und war wie die anderen zu der Gruppe gekommen, die sich um den Militärwagen scharte.

»Josef«, stieß sie aus, als sie den Mann am Steuer erkannte.

Sie fiel ihm um den Hals. Ihr Bruder umarmte sie und hielt sie einen langen Moment fest. Dann stieg er aus. Die anderen starrten ihn an, stumm, misstrauisch. Endlich trat Uri vor.

»Eine ungewöhnliche Stunde für einen Besuch, Mr Goldsmith.«

Josef antwortete nicht. Stattdessen griff er zu dem ledernen Pistolenholster am Gürtel, in dem er seine Dienstwaffe trug. Moshe schob sich hastig neben Uri und hob seine Sten-Maschinenpistole an, damit Josef sie sehen konnte.

Der Brite zog seine Pistole aus dem Holster und nahm sie mit der rechten Hand am Lauf, so dass der Griff in Uris Richtung zeigte. Er hielt sie ihm hin.

»Hier, nehmen Sie«, sagte er. »Ich brauche sie nicht mehr.«

Es dauerte einen Augenblick, bis Uri die Geste begriff. Zögernd nahm er die Pistole entgegen. Josef zog nun auch seine Uniformjacke aus und warf sie in den Jeep.

Die Spannung, die über der Szene lag, entlud sich schlagartig. Die Kibbuzniks, viele noch in Pyjamas und Unterwäsche, klatschten, johlten. Ben Zvi, der Rumäne, war in sein Zelt gerannt und kam mit der Ziehharmonika zurück. Moshe nahm eine Kanne mit Kerosin und goss Brennstoff über den Holzstapel, der vor der Speisehalle lag. Er warf ein brennendes Streichholz darauf. Die Flamme loderte hoch auf. Ben Zvi spielte probeweise die ersten Töne auf der Harmonika. Unwillkürlich nahmen sich die Kibbuzniks bei der Hand und formten einen großen Kreis. Sie ergriffen den zögernden Briten und schoben ihn zwischen sich, so dass er Teil des Kreises wurde. Judith stellte sich neben ihn und hielt seine Hand fest. Der Kreis setzte sich in Bewegung, schneller, immer schneller.

Nach einer halben Stunde erst ließen die Tanzenden mit erhitzten Gesichtern ihre Hände wieder los und setzten sich rund um das Feuer. Judith lief in die Küche und kam mit einem Korb voller Flaschen zurück. Sie verteilte den Wein, dazu einige Gläser. Uri nahm ein Glas, füllte es auf und reichte es Josef.

»*Lehaim*, auf das Leben«, sagte er. »Willkommen zu Hause.«

Nach dem gemeinsamen Frühstück in der großen Halle des Kibbuz nahm Uri Josef am Arm.

»Lass uns ein paar Schritte gehen.« Er führte ihn zu einem der Felder, das dem arabischen Dorf gegenüberlag.

»Es wird nicht mehr lange dauern, bis sie uns angreifen. Und dann müssen wir vorbereitet sein.«

Uri zog aus seiner Jacke Josefs Dienstpistole hervor.

»Hier«, sagte er, »nimm sie zurück.«

Josef schaute ihn irritiert an.

»Es ist ganz einfach: Natürlich freuen wir uns über jeden, der den Weg zu uns findet. Wir brauchen jeden Mann. Wirklich jeden. Aber jeden an seinem Platz. Und uns kann nichts Besseres passieren, als einen Offizier direkt im Hauptquartier der britischen Streitkräfte sitzen zu haben.«

Josef blieb stehen.

»Du meinst, ich soll einfach weitermachen wie bisher? Soll ihre Befehle ausführen, soll weiter Juden verhaften und deportieren lassen? Seit ich gesehen habe, was sie mit den Menschen von der *Exodus* gemacht haben, kann ich das einfach nicht mehr.«

»Nicht einfach weitermachen wie bisher. Ja, du machst weiter, bist ein guter Offizier Ihrer Majestät des Königs. Aber tatsächlich arbeitest du für uns, im Zentrum ihrer Macht.«

Uri zeigte auf die Kibbuzniks, die dabei waren, einen Bewässerungsgraben auszuheben.

»Damit kannst du uns unendlich mehr helfen, als wenn du hier eine Hacke in die Hand nimmst.«

Er führte ihn zurück zum Jeep.

»Was wir brauchen, sind Informationen, Hinweise auf Razzien gegen uns, auf Bewegungen der britischen Streitkräfte, auf Waffendepots und, wenn es so weit ist, auf ihre genauen Abzugspläne. Keiner kann uns das besser besorgen als du.«

Josef zögerte.

»Ich bin nicht gemacht zum Verräter. Und außerdem, ich habe den Briten viel zu verdanken.«

»Was denkst du wohl, was sie von dir halten, wenn du hierbleibst, wenn wir dich ständig vor ihnen verstecken müssen – dich, den Deserteur? Nein, du hast die Linie überschritten. Du bist einer von uns, und du weißt, dass das so ist.«

Uri hielt noch immer die Pistole in der Hand.

»Hier, nun nimm sie schon. Und zieh die Uniform an. Melde dich zum Dienst, sag ihnen, dass du eine Autopanne hattest.«

Josef nahm die Pistole.

»Also gut«, sagte er leise.

1. AUGUST 1947

Bye, bye, David«, sagte Hana und versuchte, amerikanisch zu klingen. David nahm sie fest in den Arm und küsste sie.

»Bye, bye, my darling«, sagte er, als er sie losließ. »Sehen wir uns heute Abend?«

Hana errötete. Natürlich wollte sie ihn heute Abend sehen, heute und jeden Abend. Aber sie wollte noch einmal mit ihren Eltern reden. Einen Moment lang war sie versucht zu sagen: Komm doch einfach mit, soll ich dich nicht meinen Eltern vorstellen? Aber sie wusste, wie unmöglich dieser Gedanke war.

»Tut mir leid, aber heute geht es wirklich nicht.«

Sie stellte sich auf die Zehenspitzen und küsste ihn erneut. Um sie herum strömten die Krankenschwestern und die Ärzte der Tagschicht zu den Bussen, die mit laufenden Motoren warteten. David hielt sie am Arm fest.

»Ich werde dich vermissen, *darling*, sehr«, sagte er lächelnd. »Dann bis morgen.«

»Bis morgen, ich denke an dich.«

Als sie in den Bus einsteigen wollte, spürte sie eine Hand auf ihrem Arm. Ruckartig drehte sie sich um und blickte in das Gesicht ihres Vaters.

Mohammed Khalidy trug trotz der Augusthitze einen Anzug und einen dunklen Filzhut. Von der anderen Seite des Tals war das Glockengeläut der christlichen Kirchen in der Altstadt von Jerusalem zu hören, die zum Abendgebet riefen. Hana bemerkte, dass er müde aussah, angespannt.

»Hallo, Vater«, sagte sie und errötete. Sie küsste ihn respektvoll auf die Wange.

Ihr Vater nahm sie beim Arm und führte sie zu seinem Auto. Er öffnete die hintere Tür und schob sie hinein. Dann setzte er sich neben sie und nickte Ali zu, der am Steuer saß. Ali startete den Motor.

»Wo fahren wir hin?«, fragte Hana, die unruhig auf ihrem Sitz hin und her rutschte.

»In deine neue Wohnung.«

Hana sah ihn ungläubig an. Der Chevrolet fuhr bereits die enge Straße hinunter und überholte in einem gefährlichen Manöver den Bus.

Wenig später hielt der schwere Wagen im Jerusalemer Stadtteil Sheik Jarrah vor einem Haus mit einem Flachdach aus hellem Sandstein, in dem sich sechs Wohnungen befanden. Sheik Jarrah wurde überwiegend von Arabern bewohnt, die zur bürgerlichen Schicht der Stadt gehörten und zumeist in Jerusalem arbeiteten. Ali stieg aus und begann, mehrere große Koffer aus dem Kofferraum zu wuchten. Er öffnete die Haustür und trug die Koffer hinein. Hana saß noch immer mit ihrem Vater im Auto.

»Du weißt, mir gehört dieses Haus. Und ich möchte, dass du hier einziehst. Sofort.«

Hana schluckte. Ihr Vater schien den Arm um sie legen zu wollen, hielt sich dann aber zurück.

»Du willst ihn nicht heiraten, und ich will dich nicht zwingen. Aber du kannst nicht mehr in Deir Jassin leben. Es ist schwer genug für die Familie, vor allem für deine Mutter.«

Er räusperte sich. »Wer war übrigens dieser Mann, den du in aller Öffentlichkeit geküsst hast?«

Sie errötete erneut.

»Ein … Freund.«

»Er sah nicht aus wie ein Araber.«

»Eh … nein. Er ist …« Ein Jude, wollte sie sagen, stoppte sich dann aber. »Er ist Amerikaner.«

»Ein Amerikaner?«

»Ja, ein Amerikaner, einer von den Ärzten.«

Hana wusste, dass dies ein Schock für ihn sein musste.

»Was wirst du Mutter sagen?«

»Nichts«, murmelte er. »Ich habe alles andere mit ihr besprochen, und es war schwer genug für sie, die Lösung der Verlobung mit Jousseff zu akzeptieren.«

»Die Lösung der Verlobung?«, fragte Hana schnell.

»Ja, ich habe seiner Familie eine gewisse Summe gezahlt, und sie war endlich einverstanden.«

Hana fiel ihm spontan um den Hals. Ihr Vater rückte von ihr ab.

»Sei vorsichtig. Hörst du, sei sehr vorsichtig. Du musst es mir versprechen.«

Dann beugte er sich doch zu ihr hinüber und küsste sie auf die Stirn. Sein Hut verrutschte dabei. Er rückte ihn wieder zurecht. Seine Hände zitterten. Hana sah Tränen in seinen Augen.

»Nun geh schon«, sagte er. »Ich komme dich bald besuchen.«

Sie drückte ihn noch einmal fest, dann sprang sie aus dem Auto und rannte ins Haus.

Er trat so heftig gegen die Mülltonne, dass sie mit einem scheppernden Geräusch umfiel. Jousseff zog einen alten Revolver aus der Tasche und schoss so lange in die Luft, bis die Trommel leer war. In den Fenstern von Deir Jassin gingen Lichter an. Jousseff war es egal. Sollten sie doch zu ihm herunterstarren. Sie waren alle feige Verräter – der Mukthar, alle. Sie hatten ihren Frieden mit den Juden gemacht, sie wollten ihre Ruhe, sie glaubten daran, mit den Eindringlingen aus Europa ohne Probleme leben zu können. Sie duckten sich weg. Sie hatten offenbar vergessen, dass sie Araber waren, stolze Nachfahren des Propheten. Was für Narren!

Von allen Seiten hörte er Hunde bellen. Einer hatte damit begonnen, die anderen hatten es aufgegriffen. Jousseff marschierte die Dorfstraße hinunter, begleitet von wütendem Gekläffe, und lief immer weiter, bis er Deir Jassin hinter sich gelassen hatte. Hinter dem Hügel sah er die Lichter von Jerusalem.

Die Nacht war warm und wolkenlos. Die Felsen strahlten immer noch die Sommerhitze aus, die sie am Tag gespeichert hatten. Er suchte sich einen gewaltigen Stein aus und setzte sich darauf. Er starrte in die Dunkelheit, ohne wirklich zu registrieren, was er sah.

Sie hatte Schande über ihn gebracht, das war klar. Alle im Dorf wussten es. Was sollte er nun tun? Sollte er es einfach hinnehmen und darauf vertrauen, dass sie es vergessen würden, irgendwann? Welches Mädchen würde jetzt bereit sein, seine Frau zu werden? Die Frau eines Versagers?

Er wog den Revolver in der Hand. Sollte er Hana abpassen, die Schande mit Blut vergelten? Er ließ den Revolver am Abzug um seinen Finger kreisen. Auf der anderen Seite: Sein Vater hatte das Geld des alten Khalidy angenommen, viel Geld. Durfte er der Entscheidung seines Vaters gegenüber ungehorsam sein?

Viel schlimmer jedoch als das gebrochene Eheversprechen war für ihn die Tatsache, dass sie nun endgültig in die Welt der Juden abgetaucht war. Die Juden! Sie wurden täglich mehr, trotz der Bemühungen der Briten, die Zuwanderung zu stoppen. Überall gründeten sie ihre Wehrdörfer, breiteten sich aus, besetzten altes arabisches Land, spielten sich als die neuen Herren auf. Sie wollten einen eigenen Staat, mit Jerusalem als ihrer Hauptstadt. Jerusalem, die drittheiligste Stadt der Moslems! El Kuds! Was für ein Irrsinn. Allah konnte das nicht zulassen, niemals!

Trotz der Dunkelheit erkannte er die Straße, die sich durch die Berge nach Jerusalem hochwand. Er wusste, was alle wussten: Es war die Lebenslinie für die Stadt, über sie lief der Nachschub von der Küste. Und sie war nur schwer zu verteidigen. Deshalb schossen die Araber immer wieder von den Hügeln auf die jüdischen Versorgungskonvois. In der Ferne erkannte Jousseff ein kleines Licht, das langsam näher kam. Das Licht eines Autos, das sich die Anhöhe hochschob.

Jousseff klappte die Trommel seines Revolvers auf und ließ die leeren Patronenhülsen herausfallen. Eilig suchte er in seinen Taschen nach Patronen. Er fand nur noch zwei, füllte damit schnell die Trommel und ließ sie wieder einrasten.

Er kannte das Gelände. Der Mondschein wies ihm den Weg hinunter zur Straße. Jousseff rannte, sprang, fiel hin, raffte sich wieder auf. Der Wagen kam näher. Schließlich fand er einen Platz hinter einem Felsen, etwa zwanzig Meter oberhalb der Straße, die hier für einige hundert Meter etwas weniger steil anstieg.

Er war erhitzt, angespannt. Er hob den rechten Arm und spürte, wie schwer der alte Revolver war. Seine Hand zitterte leicht. Er nahm die linke Hand zu Hilfe, um sie abzustützen. Als der Wagen direkt unter ihm war, drückte er ab. Die erste Kugel verfehlte ihr Ziel um wenige Zentimeter, prallte an einem Felsen auf der anderen Straßenseite ab und landete als Querschläger im Schotter neben der Fahrbahn. Jousseff feuerte noch einmal. Er hörte das Splittern von Glas, sah, wie der Wagen schlenkerte, dann mit aufheulendem Motor davonraste. Noch einmal drückte er ab, doch der Schlaghammer des Revolvers schlug ins Leere.

Josef Goldsmith trat heftig auf das Gaspedal. Langsam, viel zu langsam nahm der Rover Fahrt auf. Die hintere rechte Scheibe war zersplittert. Der britische Kommandeur in Jaffa hatte ihn gewarnt, nachts nach Jerusalem zurückzufahren. Zu unsicher in diesen Monaten. Aber Josef hatte darauf bestanden, denn General McMillan hatte seine Offiziere zu einer wichtigen Besprechung am nächsten Morgen eingeladen. Es ging um eine groß angelegte Operation gegen die jüdischen Verteidigungsorganisationen, vor allem gegen die Irgun, aber auch gegen die Palmach. Josef wollte sie auf keinen Fall verpassen. Die Haganah wartete auf seinen geheimen Bericht. Er hatte sie in der letzten Zeit regelmäßig beliefert. So hatte er sie meist warnen können, wenn die Briten wieder einmal losschlugen.

Er blickte neben sich auf den Sergeant. Jonathan Higgins hielt seine Dienstpistole in der Hand und schaute nach hinten, von wo die Schüsse gekommen waren.

»Sind Sie okay, Sergeant?«

»Fuckin' Arabs«, fluchte Higgins, »nur die Juden sind noch schlimmer.«

Josef schaute zu ihm hinüber. Der Sergeant fing seinen kritischen Blick auf.

»Eh … sorry, Sir, ich meine … Natürlich gibt es auch freundliche Juden, also, Sie verstehen, was ich meine …«

Josef zog es vor zu schweigen und konzentrierte sich auf die Fahrbahn. Higgins steckte sich eine Zigarette an. Die Glut beleuchtete sein kantiges Gesicht. Mehr zu sich selbst sagte er:

»Alle meschugge hier, wird Zeit, dass wir endlich aus diesem gottverdammten Land abhauen.«

29. NOVEMBER 1947

Sie standen auf der Straße, vor dem Sandsteingebäude, in dem ihre Wohnung lag. Hanna küsste David auf den Mund. Er nahm sie in den Arm, drückte sie fest.

Es war fast zur Routine geworden. Aber sie war für David Cohen aufregender denn je. Seit Hana in die eigene Wohnung gezogen war, spielten sie ein Spiel. Ein Spiel, dessen Regeln sie vorgab, immer noch. Es war das Wir-sind-nicht-verheiratet-Spiel. Und David, zu seiner eigenen Überraschung, hatte es bis jetzt akzeptiert, wenn auch manchmal nur widerwillig.

Hier, auf der Straße, so besagten die Regeln, endeten ihre gemeinsamen Abende. Hana wollte es so – jedenfalls war es das, was sie stets sagte: »Du musst jetzt gehen.«

Und er hatte sich bisher gefügt. Für ihn, den liberalen Juden aus New York, ein schwer zu ertragender Zustand. Zumal er auch hier in Jerusalem, am Hadassah-Krankenhaus, der Schwarm nicht nur von Hana, sondern vieler anderer junger Krankenschwestern war.

Ein-, zweimal war er versucht, ihren offensichtlichen Anträgen nachzugeben, aber jedes Mal hatte er sich beherrscht. Manchmal fragte er sich, warum eigentlich, schließlich erinnerte Hana ihn ja oft genug daran, dass sie eben nicht verheiratet waren. Wenn er dann allein die Viertelstunde zu seiner Wohnung ging, fragte er sich oft, was es wohl war, das ihm so viel Geduld ermöglichte. Und dann gestand er sich etwas ein, was er am liebsten nicht wahrhaben wollte. Es passte nicht, es passte überhaupt nicht. Er war, so sagte er sich, eigentlich nicht dazu bereit, noch nicht. Später, viel später vielleicht. Aber dann kam er immer wieder zu dem Punkt, an dem er sich gezwungen sah, ehrlich zu sein, zumindest zu sich selbst. Es war ganz einfach. Er liebte Hana.

An diesem Abend, nach ihrem Kinobesuch, der Teil ihrer Routine war, hielt sie ihn länger als sonst fest, schien ihn nicht loslassen zu wollen.

»Ich …«, begann sie zögernd, »ich habe ein Radio in meiner Wohnung. Du weißt schon, heute fällt doch die Entscheidung.«

Sie ließ ihn los und kramte in ihrer Handtasche nach dem Schlüsselbund. Sie stieß die Tür auf und nahm David mit einem schüchternen Lächeln bei der Hand.

»Komm.«

Er folgte ihr ins Treppenhaus, stieg langsam, fast zögernd hinter ihr die zwei Treppen hoch zu ihrer Wohnungstür. Wieder lächelte sie schüchtern, als sie aufschloss und ihn an der Hand hinter sich herziehend die Diele betrat. Sie wartete, bis er ihr aus dem Mantel half, und bat ihn dann ins Wohnzimmer.

»Setz dich doch«, forderte sie ihn auf.

David nahm etwas ungelenk auf dem Sofa Platz und wunderte sich über seine Befangenheit.

»Ich mache uns schnell einen Tee«, sagte sie und verschwand hinter einer Tür, hinter der er die Küche vermutete.

Während er das Rauschen von Wasser und das Klappern von Geschirr vernahm, schaute er sich um. Das Wohnzimmer war imposant ausgestattet, mit dicken, handgeknüpften Teppichen, schweren Eichenmöbeln und einem großen Ölbild, das eine alte Stadtansicht von Jerusalem zeigte, in der Mitte prominent der Felsendom mit seiner goldenen Kuppel – etwa so, wie man die Stadt auch vom Krankenhaus aus sehen konnte. Schwere Samtvorhänge hielten das Licht der Straßenlaternen ab. Auf einer Anrichte stand ein großes Foto mit einem ernst blickenden älteren Mann, daneben entdeckte er einen kleineren Bilderrahmen mit einem Gruppenfoto aus dem Krankenhaus, darauf er selbst, lachend, umringt von Krankenschwestern, gleich neben ihm

Hana, ebenfalls lächelnd. Am anderen Ende der langen Anrichte stand das Radio, ein Philips-Empfänger.

Nach einer Weile brachte Hana ein Tablett mit einer Teekanne und zwei Tassen. Sie setzte das Tablett auf dem Couchtisch ab und setzte sich ebenfalls auf das Sofa, wobei sie einen schicklichen Abstand hielt, als seien sie sich an diesem Tag zum ersten Mal begegnet.

Hana goss ihm Tee ein und reichte ihm die Tasse.

»Bitte«, sagte sie förmlich.

Er nahm die Tasse und trank. Der Pfefferminztee war süß, er schmeckte erfrischend. Eine Weile war es still im Raum. David ertrug es nicht länger. Er rückte zu ihr hinüber, nahm sie in den Arm und küsste sie leidenschaftlich. Sie wehrte sich nicht. Doch nach einer Weile befreite sie sich aus seiner Umarmung und schaute auf die Armbanduhr.

»Die Übertragung aus New York beginnt gleich«, sagte sie, atemlos und doch konzentriert. Er ließ sie los. Sie ging hinüber zur Anrichte und schaltete das Radio ein.

Das Feuer leuchtete höher als gewöhnlich, die Kibbuzniks warfen immer neue Scheite in die Glut. Die Nacht war an diesem Novemberabend schnell über das nördliche Galiläa hereingebrochen. Judith hatte wie jeden Abend mit den anderen in der Gemeinschaftshalle gegessen, aber sie hatte keinen rechten Appetit.

Heute also sollte es sich entscheiden, dachte sie, und sie war ebenso gespannt wie unsicher. Wenn die Vereinten Nationen zustimmten, dann ging der Traum vom eigenen Staat in Erfüllung – aber würde es wirklich ihr Staat sein?

Yael hatte sie beobachtet und setzte sich zu ihr. Auch sie war ungewöhnlich still. Der Tag war wie jeder Tag im Kibbuz verlaufen, mit schwerer Feldarbeit, aber jetzt war deutlich die Anspannung zu spüren, die die jungen Kibbuzniks erfasst hatte. Jedem war klar, was sich rund zehntausend Kilometer weiter westlich abspielte. Es würde ihr Leben verändern, so oder so.

Nur Uri, der gegen Mittag aus Tel Aviv eingetroffen war, übermüdet, mit grauem Gesicht, hatte sich auf sein Zimmer zurückgezogen.

»Weckt mich, wenn es so weit ist.«

Ben Zvi hatte die Ziehharmonika geholt und einige Takte angespielt, dann aber schnell gemerkt, dass ihm keiner zuhören wollte, und das Instrument wieder zusammengeklappt. Ratlos schaute er auf die anderen, die sich zum Teil ans Feuer gelegt hatten oder immer noch auf ihren Bänken saßen, vor sich die leeren Teller.

»Ich habe gehört, die Amerikaner haben noch mal heftigen Druck gemacht, vor allem auf die Lateinamerikaner und auch auf die Philippinen«, sagte Yael, an Judith gewandt. »Es wird knapp, sehr knapp. Zwei Drittel müssen es sein, keine Stimme weniger. Sonst ist es vorbei.«

Judith schwieg.

»Egal, wir werden uns nicht unterkriegen lassen. Auch wenn sie Nein sagen, wir werden hier nicht wieder weggehen. Niemals«, sagte Yael nun betont laut.

Die meisten anderen hoben den Kopf.

»Ja, genau so ist es«, sagte Ben Zvi. »Wir werden das hier doch nicht den Arabern überlassen, oder?« In seiner Stimme klang die Unsicherheit durch.

»Oder, was meint ihr?«, setzte er noch einmal nach.

»Nein, nein, auf keinen Fall«, meldete sich wieder Yael zu Wort. »Wir machen das hier doch nicht umsonst, all die Arbeit, all die Gefahren.«

Moshe Ben Porat, mit seinen fünfunddreißig Jahren der Älteste im Kibbuz, hatte bisher geschwiegen.

»Es wird Krieg geben, wie auch immer sie sich entscheiden. Die Araber haben schon erklärt, dass sie eine Teilung Palästinas auf keinen Fall hinnehmen werden. Wenn wir in New York gewinnen, dann werden sie also das Ergebnis nicht akzeptieren. Und wenn wir verlieren …« – er machte eine lange Pause – »wenn wir verlieren, dann werden wir das auch nicht schlucken. Das würde ja bedeuten, dass wir für immer ohne einen eigenen Staat sein würden, eine Minderheit in einem großen arabischen Palästina. Oder gibt es hier jemanden, der das anders sieht?«

Judith starrte auf ihre Fingernägel. Gewalt, dachte sie, immer nur Gewalt. Würde das nie enden? Hatte ihr Bruder vielleicht recht? Sollte sie hier vielleicht einfach alles aufgeben und fortgehen, nach England? Oder nach Amerika? Aber hatte er sich nicht selbst gerade erst entschieden – für einen eigenen jüdischen Staat? Brauchten nicht gerade Flüchtlinge wie sie einen Platz, wo sie hingehörten? Sollten die Juden für immer das Volk sein, das kein Recht hatte auf eine eigene Heimat? Für immer unterdrückt, für immer verfolgt?

Dreihundert Delegierte der Vereinten Nationen saßen in einer ehemaligen Eiskunsthalle in Flushing Meadow, New York, zusammen, um über diese Frage zu entscheiden. Sollte Palästina in einen jüdischen und einen arabischen Staat aufgeteilt werden, mit Jerusalem als Stadt unter internationaler Kontrolle? Das schlug der Teilungsplan der UN vor. Es ging darum, für rund sechshundertfünfzigtausend Juden und etwa 1,2 Millionen Araber eine eigenständige Heimat zu schaffen. Zwei Drittel der neunundfünfzig Mitgliedsstaaten in der Vollversammlung der Vereinten Nationen mussten diesem Plan zustimmen – ein Ziel, dessen Erreichung auch in dieser späten Stunde keineswegs sicher war.

In den letzten Tagen hatten hinter den Kulissen noch viele Gespräche stattgefunden, vor allem US-Präsident Truman hatte seinen Chefdelegierten in New York angewiesen, jedes Mittel einzusetzen, um die Mehrheit sicherzustellen. Neben den USA hatte allerdings auch die Sowjetunion angekündigt, sie werde für den Teilungsplan stimmen. Die Welt schaute an diesem Samstagnachmittag Ortszeit auf das graue Betongebäude, in dem sich einst sportbegeisterte New Yorker auf ihren Schlittschuhen bewegt hatten.

»Geh und weck Uri«, sagte Judith zu Yael. »Es muss bald so weit sein.«

Yael sprang eilig auf und lief zum Holzhaus hinüber, in dem sich ihr Zimmer befand. Nach einigen Minuten kam sie mit Uri zurück. Sie setzten sich alle rund um das batteriebetriebene Radio, das auf dem langen Tisch in der Halle vor ihnen stand. Moshe Ben Porat schaltete das Gerät ein. Die Palestine Broadcasting Corporation spielte klassische Musik. Dann wurde das Programm unterbrochen. Uri starrte auf den Boden, das Gesicht versteinert, als seien alle anderen um ihn herum Luft. Yael wagte nicht, an ihn heranzurücken. Ben Zvi hielt sich an seiner Harmonika fest. Moshe zog nervös an einer Zigarette und trommelte mit den Fingerspitzen auf der Tischplatte.

Es war Mitternacht in Palästina, zehn Uhr abends in London, als der Präsident der Vereinten Nationen, der Brasilianer Oswaldo Aranha, das Ergebnis bekannt gab.

»Die Vollversammlung der Vereinten Nationen«, so war über den Lautsprecher zu hören, »hat bei einer Abstimmung mit einunddreißig Ja-Stimmen, dreizehn Nein-Stimmen und zehn Enthaltungen entschieden, Palästina zu teilen.«

Einen Moment lang verharrte Uri in seiner Starre, dann hob er den Kopf und schrie:

»Ja, ja, wir haben es geschafft!«

Yael fiel ihm um den Hals. Plötzlich brach es aus allen heraus.

»Geschafft, geschafft«, schrien sie durcheinander. »Wir haben einen Staat, wir haben unseren Staat!«

Yael wandte sich Judith zu und umarmte sie.

»Hör zu, bald bist du eine Israeli.«

Moshe kam aus der Küche mit einem großen Korb, aus dem die Hälse von Weinflaschen lugten. Er stellte sie auf den Tisch und begann, die erste zu entkorken. Er machte sich keine Mühe, nach Gläsern zu suchen. Er reichte die Flasche an seinen Nachbarn, der einen kräftigen Schluck nahm und dann die Flasche weiterreichte.

»Lechaim«, schrie er.

Alle richteten ihre Aufmerksamkeit auf Uri, als habe der Haganah-Offizier ganz alleine diesen Sieg in New York errungen. Sie klopften ihm auf die Schulter, umarmten ihn, versuchten ihn zu berühren. Beinahe schüchtern ging auch Judith auf ihn zu, umarmte ihn. Uri zog sie fest an sich, lachte.

»Mazel Tov«, sagte er ihr ins Ohr.

Judith merkte, dass sie ihn immer noch festhielt. Ein unbekanntes Gefühl durchrieselte sie, machte sie schwindelig. Dieser Körper in ihren Armen strahlte eine große Kraft aus und vermittelte zugleich Geborgenheit, eine Mischung, die sie nie zuvor erlebt hatte. Erschrocken ließ sie ihn los, trat einen Schritt zurück, holte tief Atem. Verlegen antwortete sie:

»Dir auch viel Glück, Uri.« Der aber hatte sich längst wieder Yael zugewandt.

Ben Zvi stimmte ein paar Töne auf seiner Harmonika an. Die anderen stellten ihre Flaschen auf dem Tisch ab und standen auf und nahmen sich bei den Händen. Yael zog Judith mit in den Kreis. Der Musiker griff in die Tasten, und bald erkannten alle die Melodie. Laut sangen sie die Hymne der Zionisten, die *Hatikva*, das Lied der Hoffnung.

Hana saß wie erstarrt auf dem Sofa. Ihr Gesicht war bleich. Nach einer Weile stand sie auf und schaltete das Radio aus. Dann kehrte sie zu David zurück. Sie schaute ihn nicht an. Er rückte näher und nahm vorsichtig ihre Hand, hielt sie, ohne ein Wort zu sagen.

Ein durchdringender Ton zerteilte die Nacht, wurde lauter, schien anzusteigen, sich dann zu vervielfältigen. Lauter, immer lauter kamen die Klänge vom Mea Sharim her, dem Viertel der jüdischen Orthodoxen. Männer mit langen Schläfenlocken hatten ihre Shofar hervorgeholt und bliesen mit aller Kraft in das gebogene Widderhorn, jahrtausendealtes Symbol jüdischer Tradition, das schon den Israeliten bei ihren Kämpfen um das Gelobte Land das Zeichen zum Angriff gegeben hatte.

David spürte, wie Hana seine Hand fester umklammerte und sich eng an ihn lehnte. Sie zitterte, hielt die Augen geschlossen, schien etwas sagen zu wollen, blieb dann aber stumm.

Das arabische Sheik Jarrah war ruhig, aber aus den Stadtteilen südwestlich der Jaffa Road drang der Lärm der jüdischen Bewohner herüber, die ausgelassen auf den Straßen tanzten und sich in einen Zustand nahe der Hysterie hineinfeierten. Es war, als seien alle rund hunderttausend Juden der Stadt innerhalb von Minuten nach draußen geströmt. Selbst viele der britischen Soldaten ließen sich an diesem Abend von der Euphorie des Moments mitreißen und feierten.

David fühlte sich unbehaglich. Natürlich wäre er jetzt gerne auf der Ben-Yehuda-Straße gewesen, hätte mitgemacht bei ihren ausgelassenen Feiern. Es würde, das wurde ihm in diesem Augenblick klar, auch sein Staat sein. Er war Jude, und er wollte es sein, auch wenn er nicht wusste, wie viele einzelne Bücher Moses hinterlassen hatte oder gar wie sie hießen, und es auch überhaupt nicht wissen wollte. Aber jetzt saß er neben einer Araberin – neben der Frau, die er liebte.

Er hielt weiter ihre Hand fest. Hanas Gesicht war hart und unbewegt, wie aus Stein. Doch dann liefen ihr plötzlich Tränen über die Wangen, ihr Oberkörper begann sich zu schütteln. Schließlich warf sie die Arme um seinen Hals und weinte laut.

Er strich ihr stumm über den Kopf.

»David, ich habe Angst«, schluchzte sie, »solche Angst.«

Hana zog ihre Arme zurück und schaute ihm in die Augen.

»Sag mir, was soll nun aus uns werden?«

Die Frage traf ihn unvorbereitet. Schlagartig wurde ihm bewusst, dass er sich entscheiden musste, hier und jetzt. Die Zeit der irgendwie unverbindlichen Liebelei war vorbei. Er war nun gefordert, er konnte der Frage nicht länger ausweichen, wie er sich die Zukunft mit dieser jungen Araberin vorstellte. Er musste ihr eine Antwort geben und damit auch sich selbst.

Er nahm ihre Hände und hielt sie fest in den seinen. »Ich liebe dich«, hörte er sich sagen, »und ich möchte, dass wir zusammenbleiben.«

Sie stand auf, ohne seine Hände loszulassen, und zog ihn zu sich hoch. Wie benommen folgte er ihr in Richtung Schlafzimmer.

Unter dem Türpfosten küsste sie ihn.

»Du willst, dass wir zusammenbleiben? Für immer?«

»Für immer«, sagte er atemlos.

Er hatte bereits ihre Bluse geöffnet, bevor sie sich auf ihr Bett fallen ließen.

Durch das geöffnete Fenster klang der Lärm von Autohupen. Junge Juden rasten mit heulenden Motoren durch die engen Straßen Jerusalems. Erst am frühen Morgen kehrte langsam Ruhe in die Stadt ein, die von nun an in den Köpfen ihrer rund hundertsiebzigtausend Einwohner eine geteilte Stadt sein würde.

Die Delegierten in der alten Eiskunsthalle in Flushing Meadow hatten es so entschieden, und hinter diese Entscheidung gab es kein Zurück mehr.

2. DEZEMBER 1947

Jonathan Higgins sprang hinter seinem Schreibtisch auf und nahm Haltung an.

»Guten Morgen, Sir«, begrüßte er den General. Gordon McMillan nickte kurz und schritt, die Brust durchgedrückt, in sein Dienstzimmer. Er nahm die Uniformmütze ab und legte sie auf den Schreibtisch neben sich, ebenso die Handschuhe. Dann zog er sich die khakifarbene Uniformjacke glatt. Nach einer Weile blickte er zur Tür, die noch immer offen stand.

»Sergeant, den Bericht«, rief er. Higgins nahm eilfertig die schmale Akte in die Hand und baute sich vor dem Schreibtisch des kommandierenden Generals auf. Er schlug die Hacken zusammen.

»Und?«, fragte McMillan.

»Ziemlich aktive Nacht, Sir.«

Der General sah ihn ungeduldig an.

»Einzelheiten?«

Higgins schlug den Aktendeckel auf. »Gestern haben die Araber, vom Jaffa-Tor kommend, sich über das jüdische Handelszentrum hergemacht, das auf der anderen Seite der Altstadt liegt. Ziemliche Unordnung, wenn Sie mich fragen.«

McMillan steckte sich cine Zigarette an.

»Fahren Sie fort.«

»Na ja, die Araber haben es erst geplündert und dann in Brand gesteckt. Es soll auch britische Polizei vor Ort gewesen sein, als es passierte.« Er räusperte sich. »Einige von ihnen sollen geholfen haben, die Gitter vor den Läden aufzubrechen.«

Der General verzog keine Miene.

»War ein ziemliches Feuer, heftiger Qualm, eine Menge Verletzte. Die *boys* von der Haganah haben dann über die Köpfe der Araber geschossen. Sie werden immer unverschämter, spielen sich ziemlich auf.«

»Und weiter?«

Der Sergeant blickte auf die eng beschriebenen Seiten vor ihm, die die Ereignisse der letzten vierundzwanzig Stunden auflisteten.

»Dann haben die Juden zurückgeschlagen. Angeblich waren es Leute von der Irgun. Jedenfalls sind sie in das arabische Rex-Kino eingedrungen und haben es angezündet. Es ist komplett ausgebrannt. Dazu gab es Handgranatenanschläge auf Cafés, eine Synagoge wurde angezündet. Fußgänger wurden erstochen. Außerdem haben einige Menschen ihre Wohnungen verlassen, wenn sie auf der falschen Seite der Straße wohnten.«

McMillan drückte die Zigarette im Aschenbecher aus. »Und der Rest des Landes?«

Der Sergeant blätterte in seinen Unterlagen.

»Das gleiche Bild. Überall Angriffe, auf Busse, auf Märkte, einige Tote. Wenn Sie mich fragen, jetzt geht's richtig los. Der Teilungsplan der Vereinten Nationen hat unter den Arabern nicht gerade viele Fans, vorsichtig ausgedrückt, und die Juden fühlen sich natürlich bestätigt, jetzt erst recht zurückzuschlagen.«

»Sieht so aus«, erwiderte McMillan. »Sorgen Sie dafür, dass es am Abend eine zweitägige Ausgangssperre gibt, das wird die Gemüter abkühlen.« Er zündete sich eine neue Zigarette an. »Und sagen Sie Goldsmith, er soll hier erscheinen.«

Higgins schlug wieder die Hacken zusammen.

»Jawohl, Sir, eine Ausgangssperre. Ich werde das gleich veranlassen.«

McMillan war aufgestanden und ans Fenster getreten, als Oberleutnant Goldsmith eintrat. Der General sah auf die dichten Stacheldrahtzäune, die das britische Hauptquartier umgaben. Die Briten hatten sich völlig vom Rest der Stadt abgeschottet.

»Noch ein paar Monate, Goldsmith. Dreißig Jahre waren wir hier die Herren, und jetzt ist es bald vorbei.« Der General drehte sich um. »Aber bis dahin müssen wir noch die Ordnung aufrechterhalten, irgendwie. Oder jedenfalls so tun als ob.«

Er fixierte den Oberleutnant.

»Damit wir uns nicht missverstehen. Mir geht es nicht um die Verrückten da draußen. Mir geht es um unsere Jungs. Für die fühle ich mich verantwortlich. Fast jeden Tag haben wir jetzt Tote oder Verletzte. Ich habe nicht die mindeste Lust, unsere Soldaten unnötigen Risiken auszusetzen. Unsere Befehle aus London sind eindeutig: hart durchgreifen, wenn wir angegriffen werden, ansonsten halten wir uns, so gut es geht, aus ihren Streitereien heraus.«

Josef fühlte sich unbehaglich.

»Mit allem Respekt, Sir, sind wir nicht ziemlich einseitig, wenn es darum geht, einzugreifen? Sind wir nicht meistens auf der Seite der Araber? Tun wir nicht alles, um die jüdische Einwanderung zu behindern? Wie sollen sie einen Staat gründen, wenn wir keine Menschen ins Land lassen?«

McMillan sah ihn mit kalten Augen an.

»Wie gesagt, wir haben klare Anweisungen aus London. Und die besagen, dass wir unsere restriktive Einwanderungspolitik nicht ändern. Auch wenn wir nicht mehr vor Ort sein werden, haben wir immer noch eindeutige Interessen im arabischen Raum. Öl, Energie, den Suezkanal, ich muss Ihnen das doch wirklich nicht erklären. Wir waren nicht für diesen jüdischen Staat, und wir haben auch keinen Grund, das jetzt anders zu sehen, auch wenn wir uns notgedrungen an die Situation angepasst haben. Außerdem ist die Sache doch klar: Wer greift uns ständig an? Wer bringt unsere Jungs um, bewirft sie mit Handgranaten, stiehlt unsere Waffen? Wer, Goldsmith, wer? Sie wissen es so gut wie ich. Die Terroristen der Irgun. Und sie sind auch noch stolz auf jeden Briten, den sie umbringen. Ich sage Ihnen, es gibt nur ein Mittel: entschlossen durchgreifen. In den nächsten Wochen werden wir einige von ihnen in Accre aufhängen. Das bin ich schon der Moral der Truppe schuldig.«

Josef ließ sich den Schock nicht anmerken. McMillan fuhr fort:

»Ich weiß, Goldsmith, Sie haben eine etwas komplizierte Vergangenheit. Aber ich erwarte von allen meinen Offizieren eindeutige Loyalität. Ist das klar, Oberleutnant?«

Josef wartete einen Moment zu lange, bis er antwortete.

»Jawohl, Sir, selbstverständlich, Sir.«

McMillan sah ihn durchdringend an.

»Wegtreten.«

15. DEZEMBER 1947

Sie hatten einen Augenblick gezögert, als in Yardenim die Frage aufkam, wer am besten für diese Aufgabe geeignet war. Aber alle Augen der Kibbuz-Mitglieder hatten sich auf sie gerichtet, und so saß Judith jetzt in einem Lastwagen auf dem Weg nach Jerusalem. Er war mit Gemüse beladen – und sollte eine ganz andere Fracht mit zurückbringen.

Ben Zvi hatte sich hinter das Steuer geklemmt und seit Beginn der Fahrt kein Wort gesprochen. Jedes Mal, wenn eine Gruppe Araber am Straßenrand auftauchte, griff er nervös nach der Sten-Maschinenpistole, die neben seinem Sitz steckte. Auch Judith hatte unter ihrem Sitz einen Revolver versteckt. Auf der Ladefläche lagen zwei Jungen von der Palmach, die ebenfalls Brens dabeihatten.

Mit jedem Kilometer in Richtung Jerusalem rückten die Erinnerungen näher, gegen die sich Judith stemmte, an die sie sich nicht erinnern wollte. Erinnerungen an Onkel Albert, an den Tod, an die Enttäuschung, an ihren Versuch, ihrem Leben ein Ende zu setzen. War es fair, Jerusalem damit in Verbindung zu bringen?, fragte sie sich. Und stand die Stadt nicht für sie auch für Mitgefühl, für Hoffnung? Was war mit Hana, mit Tamar? Hatte sie nicht ihren Onkel verloren, dafür aber ihren Bruder gefunden?

Was war mit diesem Mythos, mit all dem Geschrei, das die Juden um Jerusalem veranstalteten, und die Araber genauso?

Im Kibbuz war niemand wirklich religiös, aber wenn es um Jerusalem ging, dann gab es keinen, der darauf zu verzichten bereit war. Eines Abends, als sie am Feuer wieder einmal die Bedeutung der Stadt für den künftigen jüdischen Staat diskutiert hatten, hatte Moshe sogar die Bibel hervorgeholt und den Psalm 137,5 aufgeschlagen, in dem die Kinder Israels in der Babylonischen Gefangenschaft ihr Leid klagten: *Vergesse ich dein, Jerusalem, so verdorre meine Rechte*, den Psalm, den die Zionisten zu ihrem Kampfruf gemacht hatten.

»Hier, hier steht es«, hatte Moshe weiter zitiert: *»Meine Zunge soll an meinem Gaumen kleben, wenn ich deiner nicht gedenke, wenn ich nicht lasse Jerusalem meine höchste Freude sein.«*

Neugierig geworden, hatte Judith später den Psalm nachgelesen. Dort hatte sie auch den Rest gefunden:

> *Tochter Babel, du Verwüsterin, wohl dem, der dir vergilt, was du uns angetan hast. Wohl dem, der deine jungen Kinder nimmt und sie am Felsen zerschmettert!*

All das ging ihr jetzt wieder durch den Kopf, als der Lastwagen seinen Weg durch das Jordantal nahm. Auge um Auge, Zahn um Zahn, das war nun einmal die Botschaft des Alten Testaments. Aber hatten die Juden das Recht, das auch zum Glaubenssatz für den Kampf um ihren neuen Staat zu machen? Ja, dachte sie, sie sollten sich endlich aus ihrer Babylonischen Gefangenschaft befreien, endlich ein eigenes Stück Land für sich haben. Wie hoch jedoch durfte der Preis dafür sein?

Nachdem sie das Flusstal verlassen hatten, kroch der Lastwagen die steilen Berge nach Jerusalem hoch. Endlich lag die Stadt vor ihnen.

»Bitte, fahr nach rechts, zum Mount Scopus«, sagte Judith. Ben folgte ihrem Wunsch. Am Hadassah-Krankenhaus bat sie ihn anzuhalten.

Judith hatte ihr einen großen Strauß Rosen aus dem Kibbuz mitgebracht, die sie dort züchteten, gegen die wirtschaftliche Vernunft.

»Ich wollte mich endlich einmal revanchieren«, sagte sie, als sie Hana den Strauß in die Hand drückte. Einen kurzen Augenblick zögerten beide, dann umarmten sie sich. Hana begann zu weinen.

»Mein Gott, was fehlt dir?«, fragte Judith besorgt.

Doch Hana, die mit einem Taschentuch verschämt ihre Tränen abwischte, schüttelte nur den Kopf.

»Es ist … es ist nichts, ich bin nur … Ach, glaub mir, es ist nichts.«

Sie versuchte ein Lächeln. Judith kam es vor, als ob Hana zugenommen hätte. Ihre Augen sahen müde aus, mit dunklen Ringen darunter.

Eine Weile bemühten sie sich, ein Gespräch in Gang zu halten. Aber Hana schien abwesend, gehemmt, unsicher. Auch Judith tat sich schwer, das schwierige Verhältnis zwischen Juden und Arabern anzusprechen, mit dem Hana Tag für Tag im Krankenhaus konfrontiert war. Sie schaute auf die Uhr.

»Oh, es ist spät, ich muss weiter«, sagte sie.

Hana nickte. Dann jedoch fiel sie Judith wieder um den Hals und hielt sie fest. Erneut begann sie zu weinen.

»Es tut mir leid … Ich weiß auch nicht, was mit mir los ist«, flüsterte sie Judith ins Ohr. »Danke, danke, dass du gekommen bist.«

Judith löste sich vorsichtig aus der Umarmung.

»Wenn du mich brauchst, lass es mich wissen, bitte, versprich mir das«, sagte sie.

Aber sie fragte sich, wie sie Hana helfen konnte, ob sie wirklich dazu in der Lage war.

An der Jaffa Road im Stadtzentrum sprang Judith vom Lastwagen und trug den schweren Korb die Ben-Yehuda-Straße hinauf, bis sie vor dem Haus angekommen war, in dem die Schiffs wohnten.

Sie schaute sich um und wünschte sich, Shimon würde gerade

irgendwo in der Nähe spielen, um ihr mit dem Korb zu helfen. Doch er war nicht zu sehen. So schleppte sie sich die Treppen hinauf und klingelte, etwas außer Atem, an der Wohnungstür. Tamar Schiff öffnete.

»Du? Was für eine Überraschung«, strahlte sie.

Judith stellte den Korb mit dem frischen Gemüse vor sie hin.

»Für euch, für die Kinder«, sagte sie. »Direkt aus Yardenim.«

Tamar bat sie herein.

»Du hast einen gefährlichen Weg hinter dir.«

»Ich glaube, er ist nicht viel gefährlicher als das Leben hier«, versuchte Judith zu beschwichtigen.

»Leider hast du recht«, sagte Tamar ernst. »Ich traue mich kaum noch, die Kinder alleine auf die Straße zu lassen. Und Shimon, der nur an seinen Fußball denkt, will davon natürlich nichts wissen.«

Sie sah Judith in die Augen.

»Und du? Wie geht es dir?«

Judith wusste nicht, was sie antworten sollte, entschloss sich dann aber zur Wahrheit.

»Wenn ich ehrlich bin, dann weiß ich nicht, wie es mir geht«, gab sie zu. »Yardenim macht Fortschritte, trotz der arabischen Angriffe. Wir bauen immer weiter. Ich gehöre dazu und dann auch wieder nicht.«

»Und? Willst du dazugehören?«, fragte Tamar nach.

»Ich will schon, vom Kopf her, aber oft denke ich, das kann doch nicht die Zukunft sein, immer im Konflikt zu leben, immer von Hass umgeben zu sein.«

Von der Straße hörte Judith ein ungeduldiges Hupen.

»Oh, entschuldige, ich muss dringend los, sie warten schon auf mich.«

Tamar brachte sie zur Tür.

»Ich hoffe, wir sehen uns bald wieder«, sagte Judith. »Gib Yossi und den Kindern einen Kuss von mir.«

Die Dunkelheit kam schnell. Zehn Kilometer östlich vom Stadtrand, auf der Straße nach Jericho, parkte ein Jeep mit dem Kennzeichen der britischen Armee. Als der Lastwagen sich näherte, ließ der Fahrer des Jeeps die Scheinwerfer kurz aufleuchten. Ben Zvi hielt neben dem Jeep.

Ein Mann in britischer Offiziersuniform stieg aus. Judith sprang aus dem Führerhaus und umarmte ihn.

»Oh, Josef, es ist so gut, dich zu sehen.«

Er strich ihr übers Haar.

»Du bist tapfer«, sagte er, »immer da draußen. Ich mache mir große Sorgen um dich.«

»Ach, lass nur, ich komm schon durch«, versuchte Judith unbefangen zu klingen.

In der Ferne war das Licht eines herannahenden Autos zu sehen. Josef erschrak.

»Beeilt euch«, sagte er und schlug eine Plane auf dem Rücksitz des Jeeps zurück. Die beiden Jungen von der Palmach und Ben fassten zu. Sie hievten zwanzig Gewehre und drei Holzkisten mit Munition vom Jeep auf ihren Lastwagen, Waffen direkt aus den Beständen der britischen Armee.

Judith küsste ihren Bruder auf die Wange. Er versuchte sie zurückzuhalten, aber sie machte sich los und sprang in das Führerhaus. Mit durchdrehenden Rädern setzte sich der Lastwagen in Bewegung.

29. DEZEMBER 1947

Lange blieb sie in der großen Eingangshalle des Hadassah-Krankenhauses stehen. Sie stand unmittelbar vor dem roten sechseckigen Stern, der in den Marmorfußboden eingelassen war. Nie hatte sie darüber nachgedacht, sie hatte das Symbol überhaupt nicht beachtet, wenn sie morgens zum Dienst erschienen war. Aber jetzt wurde es ihr bewusst, sehr bewusst. Es war der Stern Davids, der Stern der Juden.

Schwester Sarah kam vorbei, noch im Mantel.

»Guten Morgen, Hana.«

Hana reagierte nicht. Die Schwester blieb stehen.

»Ist dir nicht gut, Hana?«, fragte sie mit Besorgnis in der Stimme und berührte sie sanft an der Schulter.

Hana sah sie erschrocken an.

»Doch, doch, danke … Es geht mir gut.«

Schwester Sarah ging kopfschüttelnd weiter.

Hana fragte sich, wie viele ihrer arabischen Kollegen heute wieder zu Hause geblieben waren. Erst waren es nur zwei, dann waren es von Woche zu Woche mehr geworden, die nicht mehr zum Dienst erschienen. Jetzt waren es nur noch wenige, die den Weg hinauf auf den Mount Scopus wagten. Die Zufahrtswege führten durch arabische Viertel, und von dort wurden Autos, die den steilen Hügel hinauf zum Hadassah-Krankenhaus fuhren, immer wieder beschossen. Auch die Zahl der arabischen Patienten hatte stark abgenommen.

Hana fühlte sich schwindelig. Sie überlegte, wie weit es bis zur nächsten Toilette war. Schon zu Hause hatte sie sich übergeben müssen. Sie überlegte, ob sie Schwester Sarah ins Vertrauen ziehen sollte, entschied sich dann aber dagegen. Bisher hatte sie es auch David verschwiegen. Am Anfang war sie sich nicht sicher, aber jetzt glaubte sie Gewissheit zu haben. Zu oft hatten sie die Symptome in der Ausbildung durchgenommen, zu oft hatte sie selbst Beduinenfrauen beraten, die mit diesen Anzeichen in die Klinik gekommen waren.

Sie würde, das war ihr klar, nun endgültig keinen Weg mehr zurück finden, nicht in das muslimische Deir Jassin. Wie sollte sie es bloß ihrer Mutter sagen? War nicht gerade sie immer gegen ihre Ausbildung in dem Krankenhaus der Juden gewesen? Hatte sie Hana nicht immer gewarnt, sich auf einen solchen Beruf einzulassen? Und auf den täglichen Umgang mit den jüdischen Ärzten?

Hana verließ ihren Platz vor dem Davidstern und lehnte sich an die Wand. Sie schloss die Augen und versuchte, gegen die Übelkeit anzukämpfen. Sie atmete tief durch. Was sollte sie tun, überlegte sie. Sollte sie jetzt zu ihm gehen und es ihm sagen? Wie würde er reagieren? Immer noch schwindelig, tastete sie sich an der Wand entlang. Mühsam stieg sie die flache Treppe hoch, die die breite Eingangshalle mit dem übrigen Krankenhaus verband. Wahrscheinlich war er schon im Operationssaal. Sie beschloss zu warten, bis zum Abend. Er hatte angekündigt, dass er kommen würde, wenn es der Dienst erlaubte. Dienst hieß in diesen Tagen vor allem, Schusswunden zu verbinden, Kugeln zu entfernen, zerfetzte Glieder zu amputieren. Die Übelkeit ließ leicht nach, und sie ging weiter, bis zum Schwesternzimmer.

Sie trug ein bunt besticktes arabisches Gewand. Ihr schwarzes Haar, das sie sonst hochgesteckt trug, fiel ihr offen auf die Schultern. Hana versuchte ein Lächeln, als David durch die Wohnungstür trat. Sie sah sofort, wie müde er war. Er beugte sich zu ihr und gab ihr einen Kuss.

»Sie haben die Hebräische Universität schließen müssen,

wahrscheinlich hast du es schon gehört«, sagte er mit resignierter Stimme. »Sie liegt ja gleich neben dem Krankenhaus. Es ist einfach zu gefährlich für die Studenten geworden. Fast jeden Tag gibt es jetzt Schießereien auf dem Weg dorthin.«

Er machte eine Pause.

»Und Opfer natürlich auch.«

Er stellte seine Aktentasche ab und folgte ihr ins Wohnzimmer. Sie hatte Kerzen angezündet, auf dem Esstisch wartete ein Gericht aus Huhn und Reis, dazu eine Schale mit Datteln.

David nahm Hana in die Arme.

»Man könnte fast vergessen, unter welchen Umständen wir leben.«

Er merkte, dass sie angespannt war, seine Umarmung nicht erwiderte, einen Schritt zurücktrat.

»Was ist, Hana?«, fragte er schließlich.

»Mir ist nicht gut«, sagte sie leise. »Mir ist schon seit Tagen immer wieder übel.«

David nahm ihre Hand und fühlte den Puls. Normal. Er legte ihr die Hand auf die Stirn.

»Hast du Fieber? Vielleicht ein Virus?«

»Nein, Doktor Cohen. Ich bin eigentlich ganz gesund.«

David sah sie verunsichert an.

»Meine Regel ist ausgeblieben, meine Brüste sind gespannt und schmerzen, ich muss mich immer wieder übergeben.«

David nahm ihre rechte Hand in die seine.

»Du bist …?«

»Ja, David, ich bin schwanger. Es gibt eigentlich keinen Zweifel.«

Einen Moment stand er stumm da. Er wollte sichergehen, ob er wirklich da war, in ihrem Wohnzimmer, ob er richtig gehört, ihre Botschaft korrekt verstanden hatte. Spontan wollte er fragen, ob sie sich wirklich sicher sei, hielt aber inne. Hana blickte vor sich hin, auf den Boden, während er immer noch ihre Hand hielt.

Nach einer Weile stellte er fest, wie die Stille im Raum auf ihnen lastete.

Er drückte sie fest an sich. Er spürte, wie ihre Tränen seinen Hemdkragen durchdrangen.

»Du musst nicht weinen«, flüsterte er. »Es ist nur … Es kommt alles so überraschend.«

Sie hörte auf zu weinen. Ihr Blick ruhte jetzt fest auf ihm. »David, ich frage mich das seit Tagen: Was soll nun werden? Aus dir, aus mir, aus uns?«

»Ich …«, begann er zögernd.

Lass mich nachdenken, wollte er sagen, ich weiß es auch nicht, da draußen fallen sie übereinander her, die Gewalt wird immer tödlicher, die Zukunft ist mehr als unsicher, und nun sitzen hier ein Jude und eine Araberin, mitten in Jerusalem, und sie werden gerade Eltern. Eigentlich eine durch und durch absurde Situation, dachte er. Was also soll werden? Konnte es überhaupt irgendjemand verantworten, in diese Stadt voller Hass, in der der Riss zwischen der jüdischen und der muslimischen Gemeinde täglich tiefer wurde, ein Kind in die Welt zu setzen? Musste er Hana das nicht klarmachen?

Stattdessen nahm er sie erneut in den Arm.

»Ich liebe dich«, sagte er und strich ihr eine Strähne aus dem Gesicht. »Wir werden das schaffen, irgendwie.«

12. JANUAR 1948

Jousseff Hamoud stand wie die anderen voller Erwartung am Straßenrand.

»Bald wird er da sein, bald«, flüsterte ein kleiner Junge neben ihm. »Abbu Moussa kommt zurück!«

Der Junge hatte ihn nie gesehen, auch Jousseff war ihm nie zuvor begegnet. Aber Tausende hatten sich in das kleine Dorf Beit Surif südwestlich von Jerusalem gedrängt, Fellachen aus den Dörfern in ärmlichen Gewändern, junge Araber in dunklen Anzügen aus den Städten, den Fez auf dem Kopf, Frauen in dunklen, langen Kleidern. Sie wollten ihn sehen, wollten dabei sein, wollten erleben, wie er wieder Einzug halten würde, zu Hause, in Palästina.

Am Dorfrand wurde ein Auto sichtbar. Jousseff spürte, wie der kleine Junge seinen Arm ergriff und aufgeregt an ihm zog.

»Das muss er sein, das muss er sein«, rief er.

Die Frauen stießen spitze, schrille Schreie aus. Das Auto kam zum Stehen. Ein Mann in einem dunklen Anzug und einer Kefije auf dem Kopf stieg aus. Die Masse kam in Bewegung.

»Abbu Moussa ist da«, schrie der kleine Junge, und alle um ihn herum nahmen den Schrei auf.

»Abbu Moussa ist da!«

Abdul Khader Husseini nahm den Jubel mit Ruhe auf. Er blieb immer wieder stehen, erlaubte den Menschen, ihn zu berühren. Jousseff hielt ihm die Hand hin, und Husseini nahm sie und drückte sie fest. Endlich, dachte Jousseff, endlich. Er soll unser Führer sein, er hat es oft genug bewiesen, dass er es kann.

Der Mann, den sie Abbu Moussa nannten, war ein prominentes Mitglied des Husseini-Clans, der wichtigsten arabischen Familie in Jerusalem, dem auch der Mufti Hadj Amin al-Husseini angehörte, sein Cousin. Wie er hatte Abbu Moussa die arabischen Aufstände in Palästina ein Jahrzehnt zuvor angeführt, wie er hatte er einige Zeit in Nazi-Deutschland verbracht. Die Briten hatten ihn jahrelang eingesperrt, nun war er heimlich nach Palästina zurückgekehrt. Jetzt waren seine Feinde nicht mehr die Briten, jetzt hatte er nur ein Ziel: die Juden daran zu hindern, auf palästinensischem Land ihren Staat zu gründen.

Abdul Khader Husseini ging auf das Haus zu, in dem die Mukthars aus den umliegenden Dörfern von Jerusalem auf ihn warteten. Es sollte ein langes Treffen werden, mit einem üppigen Begrüßungsessen zum Auftakt.

Geduldig wartete Jousseff draußen. Wie die aufgeregten Menschen um ihn herum spürte er instinktiv, dass er Zeuge eines entscheidenden Moments im Kampf um die Heilige Stadt wurde. Denn nun war ein Mann gekommen, der eine wichtige Fähigkeit besaß, die den meisten anderen arabischen Anführern fehlte: Er konnte die Massen nicht nur begeistern, er konnte sie vereinen.

Als Abdul Khader Husseini wieder herauskam und in seinem Wagen davonbrauste, kämpfte sich Jousseff zu einem der Teilnehmer des Begrüßungsessens durch, den er aus dem Nachbardorf Kastel kannte.

»Was hat er gesagt?«, fragte er.

»Er hat gesagt, dass wir die Straße nach Jerusalem absperren werden. Wir werden die Juden aushungern.«

25. JANUAR 1948

Yael hatte ihm ein Foto mitgegeben, eine kleine Schwarz-Weiß-Aufnahme aus Yardenim. Ihm fiel auf, dass sie eigens eine weiße Bluse und einen Rock angezogen hatte statt ihres üblichen Khakihemds und der Shorts. Sie lächelte, ein aufreizendes, einladendes Lächeln, selbstbewusst und unbefangen zugleich.

Uri hatte das Foto am Armaturenbrett befestigt. Er lenkte den Ford in Richtung Allenby Road. Die Nachrichten aus Quantara waren beunruhigend. Die Syrer machten mobil. Er biss sich auf die Lippen. Das war vor allem eine Bedrohung für Galiläa, für Yardenim. Zeit für den Deutschen.

Uri hielt an und parkte den Ford am Bürgersteig. Er wandte sich nach links und sah zufrieden, dass Paulsen schon mit Joshua Weinberg vor dem Café saß. Weinberg trug wie immer ein altes Tweedjackett über seinem dürren Oberkörper und eine schwarze Schiebermütze, unter der sein drahtiges graues Haar hervorlugte. Er war einer der Ersten gewesen, die nach dem Zweiten Weltkrieg ins Land kamen. Irgendwie hatte er das Ghetto von Warschau und dann Treblinka überlebt.

Uri wusste, dass Fritz und Weinberg sich hier regelmäßig trafen. Weinberg hatte bereits das Schachbrett zwischen ihnen aufgebaut und wartete darauf, dass der Deutsche den nächsten Zug machte.

Fritz setzte einen weißen Läufer nach vorn, und Weinberg parierte schnell. Nach wenigen Minuten lagen die ersten Figuren von Fritz neben dem Brett, der sich jetzt darauf konzentrierte, seinen König zu schützen.

Uri hatte sich unbemerkt neben dem Tisch aufgebaut, eine Zigarette zwischen den Lippen, und betrachtete das Schachbrett. Dann nahm er einen Turm von Weinberg und stellte ihn vor Fritz' König.

»Schach«, sagte er grinsend.

Fritz blickte überrascht auf.

»Entschuldige uns einen Augenblick«, sagte Uri zu Weinberg. Fritz nickte Joshua zu und erhob sich.

»Bis morgen.«

»Bis morgen«, antwortete Weinberg, der bereits die Schachfiguren neu ordnete.

»Sie fangen an, eine richtige Armee zu organisieren, mit der sie uns angreifen wollen; sie nennen sie Jaysh al-Inqadh al-Arabi, die Arabische Befreiungsarmee«, sagte Uri, während sie den Bürgersteig hinuntergingen. »In Quantara, einem Militärlager südlich von Damaskus. Unser Mann berichtet, dass es ein ziemliches Durcheinander ist. Syrer, Türken, Palästinenser, Iraker, Libanesen und, nun kommt der interessante Teil, Männer vom Balkan und auch Deutsche. Die vom Balkan und die Deutschen, das sind natürlich deine alten Freunde aus der SS und Wehrmachtssoldaten, die aus der Kriegsgefangenschaft geflüchtet sind. Sie sind die am besten Ausgebildeten, viele Sprengstoffexperten, für Waffen überhaupt. Und natürlich die, die uns am meisten interessieren.«

Er blieb stehen und blickte den Deutschen direkt an.

»Es ist so weit, Fritz.«

Fritz sah an ihm vorbei ins Schaufenster des Miedergeschäftes, vor dem sie standen. Die Scheibe warf ihm das Bild eines gebräunten Gesichts mit schwarzem Haar und Schnurrbart zurück. Uri folgte seinem Blick.

»Genug mit dem Versteckspielen«, sagte er.

»Wann?«

»Heute Nacht. Ich werde dich bis an die Grenze bringen, unser Mann wird dich von dort aus begleiten, direkt bis vor das syrische Lager.«

Er fuhr Fritz zu seinem Zimmer.

»Wir treffen uns hier in drei Stunden«, sagte er.

Fritz verschwand im Eingang.

Zur verabredeten Zeit hielt Uri vor Fritz' Haustür und wartete. Der Deutsche verspätete sich. Uri schaute nervös auf die Uhr. Dann nahm er das Foto von Yael vom Armaturenbrett und strich vorsichtig darüber.

»Ich passe auf dich auf«, murmelte er. Aber er fragte sich, was er wirklich für Yael tun konnte.

Endlich öffnete sich die Tür. Ein blonder Mann kam heraus. Uri brauchte einen Moment, um zu begreifen, dass es Fritz Paulsen war. Er hatte die Tarnung beendet. Uri sah ein Gesicht, dass so ganz anders wirkte, glatt rasiert, ein deutsches Gesicht, wie aus einem Nazi-Propagandafilm, blaue Augen, darüber ein dichter blonder Schopf.

Uri steckte schnell das Foto von Yael ein und stieß die Autotür auf.

»Fahren wir«, sagte er, während er den Motor startete.

Der alte Mann trug eine Kefije auf dem Kopf und das traditionelle lange Gewand der Fellachen. Er hatte einen gekrümmten Dolch im Gürtel stecken und hielt ein uraltes Gewehr in der rechten Hand. Er sprach das einfache Arabisch der Landbevölkerung. Unsicher schaute er sich um und versuchte, in der langen Reihe von Wartenden Anschluss zu finden bei den hunderten Freiwilliger, die sich für den Kampf gegen die Juden gemeldet hatten.

Fritz lehnte an der Baracke und beobachtete den Menschenstrom. Zumeist waren es junge Araber, die sich registrieren lassen wollten, viele davon in alten britischen, türkischen, syrischen Militärjacken oder in Militärstiefeln, dazu brachten sie eine nicht minder bunte Mischung Waffen mit, veraltet die meisten, Karabiner noch aus der türkischen Besatzungszeit, einige wenige hatten Maschinenpistolen, die offenbar britischer Herkunft waren, Ausrüstungen, die die Soukhs von Damaskus anboten.

Ein syrischer Oberst trat aus der Baracke, begleitet von einem blonden Mann in einer mittelgrauen Uniform, der schwarze Knobelbecher und einen Gürtel mit der deutschen Aufschrift *Gott mit uns* trug. Über der Brusttasche prangte ein Adler, der in seinen Krallen ein Hakenkreuz hielt, und auf der Schulter, das erkannte Fritz sofort, die Rangabzeichen eines Oberleutnants der Wehrmacht.

Der Syrer musterte die Neuankömmlinge aufmerksam. In den Augen des Deutschen glaubte Fritz eher Distanz zu sehen. Ihre Blicke trafen sich. Fritz trat vor und streckte die Hand aus.

»Hauptsturmführer Paulsen«, sagte er.

Der Deutsche nahm Haltung gegenüber dem Ranghöheren an und schlug die Absätze seiner Stiefel zusammen.

»Oberleutnant Müller, Hauptsturmführer.«

Sie schüttelten einander die Hand.

»Bin gerade angekommen«, sagte Fritz, »über Rom, dann Beirut. War nicht ganz einfach, sich durchzuschlagen. Aber jetzt bin ich ja da.«

»Sie kommen genau zur richtigen Zeit, Hauptsturmführer«, erwiderte Müller. »Der Krieg gegen die Juden geht gerade voll los. Und hier in Quantara werden sie einige treffen, die schon früher mit uns gekämpft haben. Wir Deutsche sind als Ausbilder gefragt, Sie sehen ja, da ist viel zu tun.«

Er wies auf die Männer, die sich vor dem Eingang drängten.

»Ich selbst bin aus einem britischen Kriegsgefangenenlager abgehauen, in Palästina, Latrun, nur ein paar Kilometer entfernt von Tel Aviv. Ich war mit Rommel vor Tobruk, da hat's mich erwischt«, fügte er grinsend hinzu. »Ein britischer Sergeant hat ein Auge zugedrückt, und schon war ich draußen.«

Er zeigte auf die Baracken, in denen sich die Freiwilligen sammelten.

»Wir haben hier britische Deserteure, dazu Muslime von überall, auch solche vom Balkan. Die sind besonders fanatisch, kein Wunder, sie waren ja welche von uns, aus der SS-Division Handschar, eine komplette SS-Einheit aus Muslimen. Das sind natürlich auch besonders enge Verbündete von Hadj al-Husseini. Der Mufti hat den Krieg in Berlin überdauert, und Hitler und Himmler haben dafür gesorgt, dass er den Juden von Deutschland aus einheizen konnte. Auf diese Leute können wir uns verlassen, da sind auch viele Experten dabei, für Sabotage, Sprengstoffanschläge und solche Sachen, sehr effektiv.«

»Ich kenne die Leute aus dieser SS-Division«, unterbrach ihn Fritz. »Ich war einer ihrer Ausbilder.« In der langen Schlange der Kriegswilligen vertrieb sich ein junger unrasierter Mann mit einer rot-weiß karierten Kefije die Wartezeit damit, seinen Karabiner zu putzen. Aaron Mehulem hatte keine Probleme, sich mit den übrigen Wartenden zu unterhalten. Sein Arabisch war besser als sein Hebräisch. Er war in einer Vorstadt von Bagdad als Sohn jüdischer Eltern aufgewachsen und später mit seiner Familie nach Palästina ausgewandert. Er ignorierte Fritz, und der Deutsche tat ebenfalls, als sei er Luft. Aber Aaron hatte eine wichtige Aufgabe. Er war nicht nur der jüdische Spion in diesem Ausbildungslager, er war auch der Verbindungsmann zwischen Fritz und der Haganah.

8. FEBRUAR 1948

Es geht los.«

Sergeant Higgins stand mit gerötetem Gesicht vor dem Schreibtisch von Oberleutnant Goldsmith. Beinahe triumphierend hielt er ihm die Akte hin, in der der Bericht des britischen Militärgeheimdienstes lag.

»Die Araber greifen an. Jetzt wird's munter.«

Josef nahm ihm den Bericht aus den Händen.

Starke Verbände der Yarmuk-Brigade bereiten sich auf einen massiven Angriff im Bereich des nördlichen Galiläa vor. Sie haben bereits Verbände der arabischen Befreiungsarmee über die syrische Grenze verlegt.

Er vertiefte sich in Zahlen, in die Beschreibung der Bewaffnung. Dann blieb sein Blick an einer Zeile hängen: *Eines der Ziele des Angriffs könnte der Kibbuz Yardenim sein. Er liegt strategisch an einer Verbindungsstraße zwischen der Grenze und dem Süden Galiläas.* Josef setzte sich auf.

»Weiß der General von diesem Bericht?«

»Selbstverständlich, Sir«, sagte Higgins.

»Und was werden wir dagegen unternehmen?«

Auf dem Gesicht des Sergeant spiegelte sich Schadenfreude.

»Wir sollen die Situation beobachten, Sir.«

Josef schaute auf seine Armbanduhr. Es war schon nach Mitternacht. Wenn er jetzt losfahren würde, könnte er in fünf Stunden dort sein.

Das gleißende Licht des Vollmondes warf das Rechteck des Fensters schräg auf den Boden. Es reichte aus, um die Zeiger des alten Weckers auf ihrem Nachttisch zu erkennen. In anderthalb Stunden würde die Sonne aufgehen – doch noch gehörte die Kraft des Lichts einzig dem Mond.

Judith zog sich die Decke über die Schultern, um die Kälte der Februarnacht abzuwehren. Seit Stunden lag sie wach. Die Albträume, die vorübergehend nachgelassen hatten, waren in den letzten Wochen zurückgekehrt. Immer wieder durchdrang das Bellen der Maschinenpistolen der SS-Exekutionskommandos von Dachau ihre Träume, überfielen sie Bilder von Gewalt und Tod, mischten sich mit Eindrücken von Wassermassen, Schiffen, die auf und nieder gingen, Gesichter, Esther, ein blonder Mann, ein Grabstein mit einem Namen darauf, Albert Wertheimer. Bis sie endlich aufgeschreckt war, in ihrem kalten Schweiß liegend.

Seit dem Teilungsbeschluss der Vereinten Nationen hatten die Spannungen mit den Arabern erheblich zugenommen. In den ersten Wochen gab es noch Kontakt mit Deir El Nar, dann wagte sich niemand mehr hinüber. Moshe Ben Porat hatte beim Essen im Gemeinschaftssaal berichtet, dass in den letzten Tagen immer wieder Lastwagen in der Nähe des arabischen Dorfes aufgetaucht waren. Im benachbarten Kibbuz, etwa zehn Kilometer nördlich, hatte es vor zwei Tagen eine schwere Schießerei mit arabischen Angreifern gegeben. Dabei waren zwei jüdische Siedler umgekommen, fünf verletzt worden. Wie viele Tote die Araber zu beklagen hatten, war unklar, aber die Kibbuzniks hatten einen Araber gefangen genommen, einen Iraker, ein weiteres Zeichen dafür, dass sich der Konflikt nicht mehr nur auf die lokale Dorfbevölkerung beschränkte.

Judith versuchte, die Augen zu schließen, aber sie hatte Angst davor, wieder einzuschlafen. Sie wollte nicht wieder zurück in diese andere Welt, die Welt ihrer Albträume.

Die Straße durch das Jordantal war voller Schlaglöcher. Die Scheinwerfer des Jeeps durchdrangen kaum den Staub, den der Hanzim aufgewirbelt hatte. Josef blieb mit dem rechten Fuß auf dem Gaspedal, obwohl er oft fast nichts sehen konnte. Er war dankbar für den Vollmond, doch der Sandsturm aus dem Süden trieb immer wieder Wolken über die helle Windschutzscheibe. Judith, dachte er. Warum hatte er nicht darauf bestanden, dass sie Yardenim verließ? War es nicht ein Wahnsinn, was in diesem Teil der Welt passierte? In Deutschland hatte sie überlebt. Konnte er es zulassen, dass sie jetzt in höchste Gefahr geriet? Er musste sie warnen, er musste dafür sorgen, dass sie Palästina rechtzeitig verließ. Denn längst war ihm klar: Jetzt stand der entscheidende Kampf zwischen Juden und Arabern bevor, und es würde ein blutiger Kampf werden. Sie würden sich unerbittlich an die Gurgel gehen, daran gab es keinen Zweifel mehr.

Schneller, fahr doch bloß schneller!

Immer wieder prüfte er seine Armbanduhr. Wenn die Araber angriffen, dann würden sie es vermutlich im Morgengrauen tun. Noch war es dunkle Nacht, aber es waren, so schätzte er, noch über fünfzig Kilometer bis zum Kibbuz.

Josef musste hart auf die Bremse treten, um einem Felsbrocken auf der Straße auszuweichen, dann gab er wieder Gas, und der Jeep raste, buckelnd wie ein Pferd, durch die Schlaglöcher. Mehrfach passierte er arabische Dörfer. Sie schienen von der Spannung, die sich in Galiläa aufgebaut hatte, völlig unberührt. Bald würde er in Yardenim sein, bald. Noch fünfzehn, vielleicht nur noch zehn Kilometer.

Erneut krachte der Jeep in ein tiefes Schlagloch. Josef hatte Mühe, das Fahrzeug zu stabilisieren. Plötzlich begann der Jeep zu schlingern. Josef umklammerte das Lenkrad, merkte jedoch schnell, dass es keinen Zweck hatte, weiter Gas zu geben. Er erschrak. Nein, nein. Aber es konnte nur eine Ursache geben. Der Jeep hatte einen Platten.

Eine Weile saß Josef still da, den Kopf über das Lenkrad gebeugt. Er wischte sich den Staub aus den Augen, überlegte, ob er einfach loslaufen sollte. Aber er war sich nicht sicher, ob er so schneller sein würde. Schließlich hob er sich aus dem Fahrersitz und ging um den Jeep herum, zum Reserverad. Er suchte nach dem Schraubenschlüssel. Dann hielt er inne.

Aus der Ferne hörte er ein Rattern, dann einen scharfen Knall, der sich wiederholte, immer wieder in kurzen Abständen. Er kannte das Geräusch. Er hatte es im Krieg in Europa zu oft gehört. Josef war sich sicher. Es waren die Abschüsse von Granatwerfern, unterbrochen von Maschinenpistolen.

Josef ging zurück und ließ sich in den Fahrersitz fallen. Er fühlte sich plötzlich schwach. Mein Gott, dachte er, es ist zu spät.

Yael lag mit dem Rücken zu Judith in ihrem Bett auf der anderen Seite des kleinen Raumes. Ihre Atemzüge waren tief und regelmäßig. Sie schien von den Spannungen der letzten Wochen unbeeindruckt. Sie hatte das Selbstvertrauen einer Sabre, geboren schon in Palästina, vertraut mit dem Land, vertraut auch mit den Gefahren. Aufgeregt wurde sie nur, wenn sie auf Uri wartete, der jedoch nur selten nach Yardenim kam, meist mit neuen Waffen, die er unter den Sitzen seines Fords versteckt hatte.

Aus Deir El Nar drang das Gebell von Hunden herüber, wurde lauter, wilder. Judith setzte sich in ihrem Bett auf und lauschte nervös den nächtlichen Geräuschen. Vor dem kleinen Holzhaus hörte sie hebräische Wortfetzen, das Flüstern der Nachtwache. In der letzten Woche war sie verstärkt worden: Der Holzturm war mit zwei Wachen besetzt, und zwei weitere Kibbuzniks umrundeten mit ihren Maschinenpistolen die Gebäude von Yardenim.

Die Hunde schienen sich nicht beruhigen zu wollen. Judith schlug die Bettdecke zurück, streifte sich einen dicken Pullover über ihr Nachthemd und griff nach den Khakihosen.

Die Explosion traf sie dennoch unvorbereitet. Die Glassplitter der Fensterscheibe bohrten sich ihr in den Oberarm und in die Schulter, das Holz des Fensterkreuzes prallte gegen ihre Schläfe. Judith suchte vergeblich nach einem Halt, stürzte besinnungslos zu Boden.

»Judith, wach auf, Judith.«

Sie hörte die Stimme wie aus weiter Ferne. Jemand schüttelte sie an der Schulter. Sie versuchte, es nicht wahrzunehmen, in ihrem Schwebezustand zu bleiben. Aber das Rütteln ließ nicht nach. Ihr Bewusstsein wurde konkreter, die Stimme deutlicher.

»Judith, kannst du mich hören? Wach auf.«

Sie schlug die Augen auf, sah das Gesicht von Ben Zvi.

»Gott sei Dank«, sagte Ben.

Er hielt ihr eine Feldflasche entgegen.

»Hier, trink etwas.«

Sie nahm einen Schluck. Es war heißer Kaffee. Sie verschluckte sich, hustete. Aber das brachte sie endgültig in die Wirklichkeit zurück.

Plötzlich bemerkte sie die Schmerzen, die von ihrem linken Oberarm und der linken Schulter ausgingen. Sie schaute an sich hinab und stellte fest, dass sie an Arm und Oberkörper einen Verband trug, durch den Blut sickerte.

»Du hast Glück gehabt«, sagte Ben, der ihren Blick auffing. »Nur leichte Fleischwunden, in ein paar Tagen ist das wieder verheilt.«

Judith sah ihn erstaunt an.

»Was ist passiert?«

»Die Araber.« Ben zeigte auf das zersplitterte Fensterkreuz. »Sie haben angegriffen. Eine der Granaten ist direkt vor dem Fenster explodiert. Wir haben sie zurückgeschlagen, aber es war knapp. Verdammt knapp.«

Er zog aus seiner Brusttasche eine Packung Zigaretten und

hielt sie Judith hin. Sie lehnte ab. Er zündete sich eine an und inhalierte tief.

»Was ist mit den anderen?«, fragte Judith nach einer Weile.

»Fünf Tote, drei Schwer- und vier Leichtverletzte«, sagte Ben. »Wir hatten kaum noch Munition, eine Stunde länger, und sie hätten uns überrannt. Aber sie haben die Nerven verloren und sind abgehauen. Offenbar haben wir einen ihrer Anführer getroffen.«

Er rauchte schweigend, starrte in die Luft.

»Bleib du liegen, wir holen sie gleich ab«, sagte er unvermittelt. Judith sah ihn verständnislos an. Ben nickte in die andere Richtung des Raumes. Auf dem Boden lag eine Bahre, darauf ein lebloser Körper, um ihn herum eine große Blutlache.

»Yael«, sagte Ben betreten. »Ein Granatsplitter hat ihr die Halsschlagader aufgerissen. Sie ist verblutet.«

Der Falke kreiste lange über den steinigen Feldern zwischen Yardenim und Deir El Nar, als könne er sich nicht entscheiden. Schließlich ließ er sich fallen, um seine Beute zu ergreifen. Dann drehte er ab und flog davon.

Judith hatte seinen Flug beobachtet. Deir El Nar wirkte äußerlich unbeeindruckt von den Schrecken der vergangenen vierundzwanzig Stunden. Ein leichter Ostwind trug die Stimme des Muezzins hinüber, der von dem kleinen Minarett die Gläubigen zum Mittagsgebet rief.

Die Stimmung im Kibbuz war gedrückt. Gleich nach Sonnenaufgang hatten sie die Toten beerdigt, am Westrand des Kibbuz, die ersten Gräber seit der Errichtung von Yardenim. Uri, der spät in der Nacht eingetroffen war, hatte mit unbewegtem Gesicht dabeigestanden, als sie Yael in die flache Grube legten. Er hatte sich auf eine der Holzbänke im Gemeinschaftssaal gesetzt und den Boden angestarrt. Niemand hatte gewagt, ihn zu stören. Judith nahm ihren ganzen Mut zusammen und setzte sich neben ihn.

»Es … tut mir so leid«, sagte sie unbeholfen.

Uri antwortete nicht. Er schien durch sie hindurchzublicken. Als habe er sich einen undurchdringlichen Panzer angelegt, abgekapselt in seiner tränenlosen Trauer, unerreichbar für Worte. In den Händen hielt er ein kleines Bild, auf das er immer wieder starrte, ein Foto von Yael.

Judith spürte, wie ihr eine Röte ins Gesicht stieg, die sie nicht zu unterdrücken in der Lage war. Sie wusste nicht, was sie tun, was sie sagen sollte.

»Sie … sie war …«, stotterte sie, »Yael war wirklich eine gute Freundin.«

Die Röte in ihrem Gesicht verstärkte sich. Unruhig rutschte sie auf der Bank hin und her. Sie fühlte sich wie ein Kind, das etwas ausgefressen hatte.

»Sie wird uns fehlen, uns allen«, brachte sie schließlich hervor. Sie stand auf.

»Wenn ich irgendetwas tun kann …«, sagte sie, unbeholfener noch als zuvor.

Uri erhob sich halb, setzte sich dann aber wieder.

»Danke«, sagte er schließlich, »dank dir sehr.«

Er stützte den Kopf in die Hände. Judith ging hinüber zur Küche, ließ ihn zurück, ohne sich noch mal umzuschauen.

Die Verstärkung der Palmach kam spät am Abend. Fünfzig Kämpfer der Carmeli-Brigade sprangen von den Lastwagen und luden ein Maschinengewehr, zwanzig Bren-Maschinenpistolen und dreißig Karabiner ab, dazu mehrere Kisten mit Munition.

Avi Gutmann, ihr Kommandeur, ein dunkelhaariger Pole mit einem ebenso dunklen, wilden Bart, drückte Uri stumm die Hand. Sie kannten sich schon lange.

»Morgen früh, fünf Uhr«, sagte er.

Uri nickte. Die Palmach-Leute und die Kibbuzniks hatten sich im Halbkreis um die beiden versammelt.

»Wir haben Informationen aus ihrem Lager in Quantara, dass sie bald noch mehr Truppen über die syrische Grenze schicken wollen. Es kommt jetzt darauf an: Entweder wir schlagen sie, so hart wie wir nur können, oder sie schlagen uns. Machen wir uns keine Illusionen, es gibt keine friedliche Lösung. Höchste Zeit, dass wir ihnen zeigen, dass sie uns nicht unterkriegen können. Die Banden der Arabischen Befreiungsarmee werden vor allem hier in Galiläa immer aggressiver.«

Zustimmendes Gemurmel begleitete seine Worte.

»Wir werden sie aus dem Dorf vertreiben und die Bewohner gleich mit.«

»Die Bewohner?«, fragte Ben.

»Ja, die Fellachen aus dem Dorf«, antwortete Gutmann mit Ungeduld in der Stimme.

»Was ist mit ihren Familien, den Kindern?«

»Weg, weg mit ihnen, wir haben klare Befehle. Kein Quadratmeter Land, keine Siedlung, nichts darf aufgegeben werden, und Widerstand ist zu brechen.«

»Und wenn sie sich wehren?«, meldete sich Ben noch einmal zu Wort.

Gutmann zeigte auf seine Bren-Maschinenpistole.

»Dann werden wir ihnen damit Beine machen. Und keine Sentimentalitäten. Die Zeit dafür ist abgelaufen.«

Er wandte sich an die Umstehenden.

»Sonst noch Fragen?«

Niemand meldete sich.

»Dann sollten wir, abgesehen von den Wachen, sehen, dass wir noch etwas Schlaf kriegen«, beendete Gutmann das Treffen.

15. FEBRUAR 1948

Sie hielt ihre beiden Kinder, die sich ungeduldig immer wieder losmachen wollten, fest bei der Hand.

»Er wird schon kommen«, sagte sie erneut. Sie standen am Jerusalemer Busbahnhof, am Westrand der Stadt.

»Zieh deinen Schal fester.« Tamar Schiff beugte sich zu Ayelith hinunter.

»Und du«, sagte sie zu ihrem Sohn, »du behältst deine Mütze auf.«

Tamar hatte Judiths Brief, der mit dem letzten Konvoi gekommen war, in ihre Handtasche gesteckt. Den Kindern hatte sie davon nichts erzählt. Judith hatte darin ein Geschenk zu Ayeliths Geburtstag angekündigt. Irgendwie hatte sie es geschafft, es von Yardenim aus zu organisieren. Jedenfalls hatte sie Yossi in dem Brief gebeten, sich bei einem Kontakt in Tel Aviv zu melden, bei einer Frau namens Hilda. Ziemlich konspirativ, dachte Tamar, wahrscheinlich hatte ein Verbindungsmann der Haganah seine Finger im Spiel. Ziemlich verrückt für die Übermittlung eines Geburtstagsgeschenks, aber die Zeiten waren nun einmal verrückt.

Es regnete, und die Menschen, die auf den Bus aus Tel Aviv warteten, froren in der Februarkälte. Ein Krankenwagen mit der Aufschrift *David Magen Adom* und einem roten Davidstern auf der Seitenwand wartete mit laufendem Motor. In den letzten Wochen gehörte die Ambulanz zum regelmäßigen Empfangskomitee der Busse. Zwei Sanitäter holten eine Trage heraus und stellten sie auf den Bürgersteig.

»Wird Abba uns was mitbringen?«, fragte Ayelith. »Du weißt doch, ich wünsche mir so eine neue Puppe.«

Shimon riss sich von der Hand seiner Mutter los.

»Da, da kommt der Konvoi«, schrie er.

Ein gepanzerter Lastwagen bog in die Straße ein, die zum Busbahnhof führte, gefolgt von einer Schlange weiterer Lastwagen und einem Autobus. Der Bus kam vor dem Krankenwagen zum Stehen. Die Tür öffnete sich. Die beiden Sanitäter sprangen hinein und kamen gleich darauf mit einem blutenden Mann wieder heraus, den sie auf die Trage legten. Ängstlich schauten Ayelith und Shimon zu ihrer Mutter auf.

»Wo ist Abba?«, fragte Ayelith.

Tamar biss sich auf die Lippen, als sie die zersplitterten Scheiben im mittleren Teil des Busses entdeckte. Wo war Yossi? Die Sanitäter stützten eine Frau, die einen dicken, blutigen Verband um den Kopf trug, dann stiegen die übrigen Passagiere aus. Tamar hielt den Atem an. Endlich sah sie ihn kommen. Unter den linken Arm hatte er ein Paket geklemmt, das in Zeitungspapier eingewickelt war. Ayelith rannte auf ihn zu.

»Abba, Abba«, schrie sie. Yossi hielt sie mit einem Arm fest, mit dem anderen versteckte er das Paket hinter seinem Rücken. Dann beugte er sich zu Shimon hinunter und küsste ihn auf die Stirn. Schließlich nahm er seine Frau in den Arm.

»Lass uns schnell von hier weggehen. Hinten im Bus liegen zwei Tote«, flüsterte er ihr ins Ohr. »Die Araber haben wieder ein ziemliches Feuerwerk abgeliefert, gleich nach der Einfahrt in die Berge, bei Bab el-Wad.«

»Du musst noch warten, bis Ima zurück ist«, versuchte Yossi seine Tochter zu beruhigen. »Sie besorgt noch schnell ein paar Sachen. Schließlich wollen wir für dich ein Festessen zubereiten, Prinzessin, du wirst doch heute schon sieben.«

Aber Ayelith wollte nicht warten.

»Bitte, bitte, Abba, ich möchte mein Geschenk jetzt schon sehen«, drängelte sie.

»Sei doch ein bisschen geduldig, du kriegst es ja bald, versprochen.«

Shimon hörte das Geräusch an der Tür als Erster und rannte in den Flur. Er zog die Tür auf, vor der Tamar stand, den Schlüssel noch in der Hand. Mit einem angestrengten Lächeln betrat sie das Wohnzimmer und stellte den Einkaufskorb neben sich ab: ein Brot, eine Dose mit Sardinen, ein Paket Margarine und zwei Eier.

»Tut mir leid«, sagte sie leise. »Mehr war im Geschäft nicht da. Sie haben gesagt, wenn nicht mehr Konvois durchkommen, dann wird es wirklich schwierig.«

Shimon sah sie an.

»Was ist, Ima, müssen wir jetzt hungern?«

Yossi strich ihm sanft über den Kopf.

»Ach was, so schlimm wird es schon nicht werden«, versuchte er zu beruhigen. »So, Ayelith, jetzt bekommst du dein Geschenk. Tante Judith hat es für dich besorgt.«

Er holte das in Zeitungspapier eingeschlagene Paket hervor und reichte es seiner Tochter. Sie wickelte es eilig aus, legte die handgemalte Karte von Judith beiseite.

»*Todah, Abba*«, jubelte sie und streichelte ihre neue Puppe.

Das Schießen hatte endlich aufgehört. Eine Kolonne bewegte sich auf Yardenim zu, angeführt von einer Herde Kühe. Judith schätzte, dass es früher Nachmittag sein musste. Die Schmerzen in ihrem Arm waren zu ertragen, auch die Schulterverletzung stellte sich als oberflächlich heraus. Eine dichte Qualmwolke stieg über Deir El Nar in den hellblauen Himmel. Die Kühe kamen näher, angetrieben von den Männern der Palmach.

»Fette Beute, buchstäblich«, grinste Avi Gutmann, als er mit seinen Leuten im Kibbuz ankam. »Ich glaube, wir haben uns heute einen guten Braten verdient. Fleisch, richtiges frisches Fleisch. Hatte ich schon lange nicht mehr.«

Er wies auf eine der fünfzehn Kühe.

»Oder?«

Moshe Ben Porat, der Dorfälteste, nickte zögernd. »Also gut, meinetwegen, bringt sie hinters Haus. Und macht schon mal ein großes Feuer an.«

»Seht mal hier, was ich gefunden habe.« Gutmann zeigte ein zerfleddertes Heft herum. »Das ist doch Deutsch, oder?«

»Zeig mal her«, sagte Moshe, dessen Eltern aus Lodz kamen, wo man neben Polnisch vor allem Jiddisch und Deutsch gesprochen hatte. Er pfiff durch die Zähne.

»Ein Soldbuch der deutschen Wehrmacht. Wo hast du das denn her?«

Gutmann nahm das Heft wieder an sich.

»Es lag neben einem der Toten, offenbar kein Araber, sondern ein Europäer.«

Er versuchte, den Namen zu entziffern.

»*Müller*«, las er. »*Oberleutnant Klaus Müller.* Ein Deutscher bei den Truppen der Arabischen Befreiungsarmee. Sie geben also nicht auf, es gibt immer noch Deutsche, die uns Juden umbringen wollen.«

Ben Zvi kam, eine Maschinenpistole auf dem Rücken, zum Dorfplatz und setzte sich auf den Rasen vor der Feuerstelle. Judith gesellte sich zu ihm. Ben Zvi stierte vor sich hin.

»Sie hat mich angestarrt«, sagte er endlich, mehr zu sich selbst.

»Wer?«, fragte Judith.

»Die Frau des Mukthars. Du weißt doch, die uns neulich den Tee serviert hat. Sie lag da, in einer Ecke des Hauses, und hat mich angestarrt, so als könnte sie mich sehen.«

Er schluckte.

»Dabei war sie längst tot. Einfach tot, verstehst du?«

Judith zuckte zusammen. Sie konnte sich gut an die Frau in den dunklen Gewändern erinnern.

»Was heißt, ›einfach tot‹?«

»Sie haben sie erschossen, die Leute von der Palmach haben sie erschossen.«

Judith blickte ihn mit schreckensweiten Augen an.

»Und der Mukthar? Was ist mit dem Mukthar?«

»Den auch, den haben sie zuerst erschossen.«

Judith legte ihm eine Hand auf den Arm. »Mein Gott.«

»Welcher Gott? Ihr Gott oder unserer?«, sagte Ben. »Lass Gott besser aus dem Spiel. Wenn du schon religiös werden willst, dann kannst du dich nur auf eine Stelle in der Bibel berufen: Auge um Auge, Zahn um Zahn.«

Avi Gutmann kam und setzte sich zu ihnen.

»Mann, hab ich einen Hunger«, sagte er.

Judith stand schnell auf und ging hinüber zur Wasserstelle, wo Uri vor einem Eimer stand und sich den rechten Unterschenkel wusch. Judith sah das Blut. Sie spürte, wie ihr ein Stich durch den Brustkorb ging. Er ist verletzt, dachte sie, Uri ist verletzt.

»Nur ein Kratzer, wirklich nichts«, sagte Uri, der ihre Reaktion bemerkt hatte. »Wir hatten großes Glück: nur ein paar Verletzte, keine Toten. Die Araber haben sich gewehrt wie verrückt. Die Leute von der Befreiungsarmee hatten sich im Dorf verschanzt, wir mussten sie buchstäblich ausräuchern. Dann sind sie geflohen, jedenfalls die, die noch konnten. Na ja, Deir El Nar ist jedenfalls keine Bedrohung mehr für uns. Wir haben es genommen.«

»Und was war mit dem Mukthar? Und seiner Frau?«, stieß Judith mit gepresster Stimme hervor.

Uri zögerte einen Moment.

»Die Leute aus dem Dorf sollten weg, das war der Befehl. Und weil sie nicht gehen wollten, hat die Palmach nachgeholfen. Das hat gewirkt. Sie sind weg, alle.«

Judith merkte, wie sich alles in ihr sträubte.

»Nein«, sagte sie. »Das kann doch nicht sein, ausgerechnet wir, die Juden.«

Sie setzte sich auf eine Bank, während Uri stumm dastand.

»Sag mir, wie konntet ihr das tun? Wie konntest du das tun? Wie? Sag es mir!«

Uri streckte sich, nahm Haltung an.

»Sie greifen uns an, wir schlagen zurück. Wir müssen diesen Kampf führen, jetzt oder nie. Es ist unsere einzige Chance, wir *müssen* sie nutzen.«

»Aber …« Judith wollte es nicht glauben. »Aber das kann doch nicht heißen, das wir völlig unschuldige Menschen einfach umbringen, dass wir sie aus ihren Häusern vertreiben, dass wir ihnen ihr Land wegnehmen. Uri, wir dürfen das nicht, gerade wir nicht.«

Uri sah sie verärgert an.

»Sei nicht so naiv. Und hör endlich auf, immer die Opferrolle einzunehmen. Der Holocaust ist vorbei, hörst du? Wir wehren uns jetzt, wenn sie uns umbringen wollen. Du weißt doch, was ihre Führer sagen: Wir müssen die Juden ins Meer treiben. Und sei dir sicher, wenn sie es können, dann werden sie es tun. Ja, sie versuchen es gerade, die Angriffe nehmen Tag für Tag zu, und es wird noch schlimmer werden, wenn die Briten abziehen.«

Er sackte zusammen, ließ die Schultern fallen und setzte sich neben Judith auf die Bank. Er stützte den Kopf in die Hände. Schließlich, nach einem langen Moment des Schweigens, der Judith wie eine kleine Ewigkeit erschien, sagte er, kaum hörbar:

»Da hinten liegt Yael. Für sie war das hier ihre Heimat. Jetzt ist sie tot.«

Judith glaubte ihn einen tiefen Seufzer ausstoßen zu hören. Er hielt weiter den Kopf in den Händen. Dann blickte er auf und wischte sich mit dem Handrücken die Augen trocken.

»Entschuldige«, sagte er verlegen. »Es ist nur … Ich wollte immer für Yael, für uns, eine Zukunft aufbauen, eine sichere Zukunft.«

Für Judith war Uri ein Mann, der immer stark war, von einer unbekümmerten Härte, an dem die dunklen Seiten des Lebens scheinbar spurlos abprallten. Ihn so weich zu sehen … Einen

Augenblick lang war sie versucht, an ihn heranzurücken, ihn zu berühren, seine Hand zu nehmen. Aber dann unterdrückte sie diesen Impuls.

Uri stand auf.

»Entschuldige«, sagte er noch einmal mit rauer Stimme. »Ich muss jetzt gehen.«

Als er ging, musste sie sich sehr zurückhalten, um nicht hinter ihm herzulaufen.

20. FEBRUAR 1948

Der Mann trug einen traditionellen Fez, auf dessen Vorderseite ein Adler mit einem Hakenkreuz prangte. Seine Haut war dunkel, sein Haar schwarz. Auf den Kragenspiegeln seiner Uniformjacke waren zwei Runen zu sehen, die Abzeichen der SS. Er war allen in Quantara als Mustafa bekannt. Er kam aus dem Kosovo. 1944 hatten sie ihn aus der muslimischen Handschar-Division der SS eigens nach Deutschland geschickt. Kaum einer konnte mit Sprengstoff so umgehen wie er. Jetzt war er der Bombenbauer im Lager. Und für den nächsten Einsatz war ein ganz besonderes Ziel geplant: Der jüdische Teil von Jerusalem sollte ins Herz getroffen werden. Mustafa sollte die Bomben herstellen, britische Deserteure sollten sie an ihr Ziel bringen.

Fritz Paulsen beobachtete von seiner Baracke aus, wie Mustafa den Sprengstoff auf die gestohlenen britischen Lastwagen lud. In Quantara hatte sich seine Ankunft schnell herumgesprochen – ein SS-Offizier bei den Arabern! Sie traten ihm überall mit großem Respekt entgegen. Der Kommandant des Lagers hatte ihn gebeten, die besten Freiwilligen auszuwählen und aus ihnen eine schlagkräftige Sondereinheit für den Kampf gegen die Juden zu formen. Fritz hatte zugesagt, sich aber etwas Zeit ausgebeten. Jetzt ging es ihm vor allem um eines: Er musste das genaue Ziel für den schweren Sprengstoffanschlag in Jerusalem herausfinden. Dann würde er Aaron Mehulem losschicken, um die Haganah zu warnen.

Als Fritz vor die Baracke trat, kam Mustafa auf ihn zu und baute sich vor ihm auf.

»Sie sind der Verräter«, stieß er hervor. »Der Deserteur, den sie abtransportiert haben nach Dachau. Sie sind es, Paulsen. Ich war dabei, damals. Die Deutschen haben uns antreten lassen, als man Sie abgeführt hat, zur Abschreckung.«

Fritz spürte einen schweren Schlag gegen den Kopf. Dann war es dunkel.

22. FEBRUAR 1948

Es war eine klare Nacht. Der erste Abendstern hatte am Abend zuvor den Sabbat beendet, und bis spät in die Nacht hinein hatten die Menschen auf der Ben-Yehuda-Straße die für die Jahreszeit ungewöhnlich laue Luft genossen. Das Atara-Café war gut gefüllt gewesen, die Letzten waren erst weit nach Mitternacht gegangen.

Tamar Schiff stand am Fenster ihrer Wohnung und blickte hinunter auf die jetzt menschenleere Straße. Wie schon so oft in den letzten Wochen konnte sie nicht schlafen. An diesem Morgen würde Yossi für zwei Tage nach Tel Aviv fahren, in einem der Konvois, deren Beschuss durch die arabischen Banden noch zugenommen hatte.

Sie wollte ihm einen Brief für Judith mitgeben, eine Einladung zum Pessach-Fest. Insgeheim hoffte Tamar, dass es dann wieder möglich sein würde, die Stadt ohne Probleme zu erreichen. Obwohl ihr diese Hoffnung inzwischen lächerlich vorkam. Jerusalem erlebte jetzt täglich Schießereien und Explosionen. Vor drei Wochen erst hatte ein schwerer Bombenanschlag das Haus verwüstet, in dem sich die Redaktion der *Palestine Post* befand.

Am Morgen würde sie in den kleinen Laden zu Chaim Grünbaum gehen und versuchen, ein Stück Fleisch und etwas Milch für die Kinder zu bekommen. Sie überlegte, wie viel sie ihm wohl zustecken müsste, damit er noch einmal eine Ausnahme machte. Yossi hatte bei seinem letzten Aufenthalt in Tel Aviv eine Flasche Cognac aufgetrieben. Aber die würde sie als letzte Reserve zurückhalten, falls die Lebensmittelversorgung noch schwieriger werden würde.

Sollte sie nicht einfach mit ihm gehen, die Kinder nehmen, in den Bus einsteigen und Jerusalem zurücklassen, wie so viele in letzter Zeit? Konnte sie nicht auch in Tel Aviv leben, am Meer, in einer Stadt, in der es praktisch nur Juden gab, wo es relativ sicher war? Natürlich, die Leute von der Jewish Agency, die nur ein paar hundert Meter entfernt in der King-George-V-Avenue ihr Hauptquartier hatten, waren dagegen. Die Juden dürften Jerusalem nicht verlassen, gerade jetzt nicht, so kurz vor dem Abzug der Briten. Aber konnte sie es verantworten, die Kinder weiter dieser Gefahr auszusetzen? Sie seufzte. Yossi war gegen einen Auszug, dessen war sie sich sicher. Seine Familie lebte schon seit Ende des neunzehnten Jahrhunderts in Jerusalem, und er würde niemals zustimmen, die Stadt aufzugeben.

Aber ihre Familie kam aus Polen. Von ihren Verwandten dort lebte keiner mehr, sie waren im Warschauer Ghetto umgekommen, verhungert. Lebten sie nicht längst auch schon in einem Ghetto, immer wieder abgeschnitten von der übrigen Welt? Oder bestand nicht zumindest die Gefahr, dass es bald so kommen würde? Sie beschloss, das Thema am Morgen Yossi gegenüber anzuschneiden, auch wenn sie seine Antwort schon kannte.

Tamar blickte hinauf zu dem dunklen Nachthimmel, an dem die Sterne so klar funkelten. In wenigen Stunden würde über Jerusalem wieder die Sonne aufgehen. In der Ferne, von der Jaffa Road her, hörte sie das Brummen schwerer Motoren. Die Briten, dachte sie, sie tun wieder so, als beherrschten sie mit ihren Truppen noch die Stadt. Leise drückte sie die Klinke der Tür herunter, die in das Kinderzimmer führte. Ayelith und Shimon schliefen fest. Sie setzte sich auf das Bett ihres Sohnes und strich ihm sanft übers Haar.

Fritz Paulsen hatte es aufgegeben, an seinen Fesseln zu zerren. Sie waren so eng um seine Arme gebunden, dass sie den Blutstrom abschnitten. Der Schlag mit dem Karabiner auf den Kopf hatte zu einer schweren Gehirnerschütterung geführt. Seither war er nur noch gelegentlich aufgewacht. Irgendwo in seinem Bewusstsein hatte er registriert, dass er sich auf der Ladefläche eines Lastwagens befand. Er hatte Stimmen vernommen, sie klangen wie die von Engländern. Er hörte, dass der Fahrer oft die Gänge wechselte. Offenbar fuhren sie durch bergiges Gebiet. In seinem schmerzenden Kopf hatte sich Gleichgültigkeit eingestellt. Der Lastwagen schien jetzt langsamer zu fahren. Dann kam er zum Stillstand. Fritz wachte einen Moment lang aus seinem Dämmerzustand auf. Er versuchte, sich zu konzentrieren.

»Raus hier, schnell raus hier«, hörte er jemanden auf Englisch sagen. Schritte, die sich entfernten. Vom Führerhaus her vernahm er ein leichtes Zischen, verbunden mit einem scharfen Geruch von etwas Brennendem. Das Zischen kam auf ihn zu, schien sich durch ein dünnes Metallrohr zu fressen, das an ihm vorbeiführte. Fritz' Bewusstsein bäumte sich noch einmal auf. Er war sich plötzlich sicher, was es war. Er hatte es einmal gelernt, bei einem Sabotage-Kurs der SS. Es war der Geruch einer brennenden Zündschnur.

Das Kinderzimmer ging nach hinten raus, weg von der Ben-Yehuda-Straße. Die Explosion der drei britischen Militärlastwagen, jeder gefüllt mit einer Tonne TNT, ließ die Glassplitter des Fensters durch das Wohnzimmer fliegen. Ein großer Splitter bohrte sich in die Tür zum Kinderzimmer, die durch die Druckwelle aufsprang. Tamar wurde auf Shimon geschleudert, der zu schreien begann. Ayelith lag stumm auf ihrem Bett und umklammerte ihre Puppe.

Nach einer Weile hörte Tamar ein Geräusch aus dem Nebenzimmer. Dann stand er in der Tür. Yossi. Sein Gesicht war blutüberströmt, mehrere Glassplitter hatten ihn getroffen. Aber er lebte. Tamar wusste nicht, woher sie die Konzentration nahm. In Sekundenschnelle hatte sie Bilanz gezogen. Draußen, auf der

Ben-Yehuda-Straße, hatte es eine gewaltige Explosion gegeben. Aber ihre Familie, die beiden Kinder, ihr Mann, sie selbst, sie hatten überlebt.

Sie sprang auf und riss ein Handtuch aus einem der Schränke, stürzte auf Yossi zu und begann, das Blut aus seinem Gesicht zu wischen. Er fasste nach ihren Händen und hielt sie fest.

»Ich bin in Ordnung. Nur ein paar kleine Schnitte. Es ist nicht so schlimm, wie es aussieht.«

Yossi setzte sich neben seinen Sohn auf das Bett und hielt ihn fest, bis er sich zu beruhigen begann. Dann ging er ins Wohnzimmer und schaute aus dem Fenster, dessen Rahmen herausgerissen war.

»Sieh dir das an!«

Etwa dreißig Meter weiter, in Richtung Jaffa Road, war ein Krater in der Straße. Die Gebäude auf beiden Seiten waren eingestürzt. Das Hotel Amdursky war eine Ruine, das sechsstöckige Vilenchik-Gebäude einfach kollabiert. Menschen in Schlafanzügen irrten durch die Straße, über der sich eine dichte Qualmwolke entwickelt hatte.

»Was für ein Wahnsinn.«

Yossi drehte sich zu Tamar um. Soeben hatte Jerusalem seinen bisher schwersten Bombenanschlag erlebt. Siebenundfünfzig Menschen waren tot, achtundachtzig verletzt.

»Aber wenn sie glauben, dass sie uns so aus der Stadt vertreiben, dann haben sie sich geirrt«, setzte er nach. »Jerusalem gehört uns, und das schon seit dreitausend Jahren.«

1. MÄRZ 1948

Der letzte Schnee auf der Spitze des Mount Hermon, hoch über den Golanhöhen, glitzerte in der Sonne. Unten im Tal rückte der Frühling langsam vor, Tag für Tag ein Stück mehr. Judith beobachtete die Schafe, die sich über das frische Grün der Wiesen hermachten. Sie setzte sich auf einen Stein und legte ihre Bren-Maschinenpistole beiseite. Obwohl die Weidefläche in Sichtweite des Wachturms von Yardenim lag, hatte Moshe Ben Porat darauf bestanden, dass alle Waffen trugen, die den Kibbuz verließen. Trotz der Einnahme von Deir El Nar hatten die nächtlichen Scharmützel in den letzten Wochen deutlich zugenommen. Die Banden der Arabischen Befreiungsarmee versuchten immer wieder, jüdische Siedlungen anzugreifen.

Judith legte den Kopf auf die verschränkten Arme und schloss die Augen. Nur für einen Moment, nur einen Moment, dachte sie. Sie spürte die Müdigkeit in ihrem Körper, bleiern, allgegenwärtig. Seit Yaels Tod lag sie nachts stundenlang wach, schreckte bei jedem Geräusch hoch, wechselte mehrfach ihr durchgeschwitztes Nachthemd, um dann bei Sonnenaufgang erschöpft einzuschlafen.

Warum kämpfen?, dachte sie. Wofür? Für ein Stück Land? Ein Stück Land, das auch nach monatelanger schwerer Arbeit zur Hälfte immer noch aus Steinen und Dornbüschen bestand? Und was waren die Aussichten? Sollte es immer so weitergehen – Kämpfe mit den Arabern, Kämpfe ums Überleben? Ihr Hebräisch war in den letzten Monaten besser geworden, aber sie stellte fest, dass sie immer noch auf Deutsch dachte. Einmal hatte Moshe sie angefahren, weil sie im Kibbuz Deutsch gesprochen hatte, eine Sprache, die viele unter den Kibbuzniks besser verstanden als Hebräisch.

»Hör endlich auf damit«, hatte er gesagt. »Das ist die Sprache Hitlers.«

Sie hatte sich gewehrt, zum ersten Mal war sie aufgebraust, ohne nachzudenken.

»Ja, du hast recht. Du musst es mir nicht sagen, nicht mir. Aber es ist auch die Sprache meiner Eltern, und, auch wenn es dir nicht passt, die von Theodor Herzl. Der konnte kein Hebräisch.«

Mit geschlossenen Augen hörte sie das Gezwitscher der Spatzen, die aufgeregt lärmend die Schafherde umkreisten. Sie spürte, wie die Sonnenstrahlen ihren Nacken kitzelten. Erinnerungen drängten sich in ihr Bewusstsein, Erinnerungen an warme Sommertage. Sie war neun, Sommer 32, ein wohliges Gefühl, sie lag neben ihrer Mutter am Strand, am Wannsee in Berlin. Der letzte unbeschwerte Sommer. Judith wunderte sich, warum sie ausgerechnet jetzt daran dachte. Wie mochte es in Berlin aussehen, in diesem Frühjahr 1948? Gab es überall nur Trümmer, oder existierte so etwas wie ein normales Leben? Ob ihr Haus in Dahlem noch stand? Und wer mochte jetzt darin wohnen? Amerikaner vielleicht? Oder die Nachbarn von einst? Ob sie es jemals wiedersehen würde? Sie stockte. Wollte sie es denn wiedersehen? Empfand sie etwa Heimweh? Heimweh nach diesem Deutschland? Nach ihrer Sprache, ihrer Kultur, ihren Wurzeln?

Sie versuchte, diese Gedanken abzuschalten. Noch immer hielt sie den Kopf auf die Arme gestützt. Dann schlich sich ein anderer Gedanke ein, überlagerte langsam die alten Bilder. Sie dachte an ihn. Seit Tagen wollte sie es nicht wahrhaben, aber immer wieder ertappte sie sich dabei, dass sie sich dieselben Fragen stellte: Was mochte er jetzt tun, wo war er? War er in Gefahr? Warum hatte sie nichts von ihm gehört? Manchmal schämte sie sich, wenn sie am Grab von Yael und den anderen vorbeiging.

Aber sie konnte es nicht ändern. Sie dachte an ihn, immer wieder. Uri.

Das Geklapper von Pferdehufen schreckte sie auf. Sie blickte hoch. Ben Zvi stieg von dem Schimmel und band ihn an einen Baum. Er trug eine Art Uniform – Khakihosen, ein Khakihemd mit Schulterklappen und eine Wollmütze aus amerikanischen Militärbeständen. Über der Schulter hing sein Karabiner. Er nahm ihn ab, stellte ihn neben den Stein und ließ sich neben Judith auf den Boden gleiten.

»Es wird endlich wärmer«, sagte er.

»Ja, endlich.«

»Störe ich?«, fragte er vorsichtig.

»Wie? Oh, nein«, reagierte sie. »Ich bin nur etwas müde, du weißt schon, die kurzen Nächte.«

Sie schwiegen. Ben rückte näher an sie heran. Etwas linkisch griff er nach ihrer Hand.

»Du machst immer so einen traurigen Eindruck. Fehlt dir irgendetwas?«

Sie schüttelte den Kopf. »Nein, es ist nur … Es ist vielleicht ein wenig viel auf einmal. Du weißt schon, der Tod meines Onkels, dann Yael …« Sie wollte sagen: und das ständige Töten um uns herum, an dem wir uns beteiligen. Aber sie schwieg.

»Wenn ich irgendetwas tun kann …« Er klang hilflos.

Judith zog ihre Hand zurück.

»Danke dir, Ben. Aber ich glaube … nein. Es geht schon.«

Er errötete, rutschte hin und her.

»Entschuldige, wirklich, ich … ich wollte dir nicht zu nahe treten. Wirklich nicht. Ich dachte nur … Also, wie gesagt, wenn du Hilfe brauchst …«

Er stand auf und schulterte seinen Karabiner. Dann band er das Pferd los und schwang sich in den Sattel. Mit einem Kopfnicken ritt er davon. Judith sah ihm nach, dann legte sie wieder den Kopf auf die Arme. Nach einer Weile war sie eingeschlafen.

Judith schlug die Augen auf und sah auf ein Paar staubbedeckte Militärstiefel. Erschrocken hob sie den Kopf und blickte in sein Gesicht. Uri Rabinowitsch. Er stand vor ihr, alleine. Sie bemerkte, dass er sich offenbar seit Tagen nicht rasiert hatte. Sein Gesicht sah müde aus, allein seine Augen wirkten lebhaft.

»Ich wollte mich nur verabschieden.«

Judith schaute ihn überrascht an.

»Verabschieden? Du bist doch gerade erst gekommen.«

»Wir fahren die Dörfer ab, wir suchen nach Freiwilligen«, erläuterte er. »Es geht um Jerusalem. Die Araber sind dabei, die Stadt systematisch abzuriegeln. Wenn wir die Belagerung nicht aufbrechen, dann werden sie die hunderttausend Juden aushungern. Dann wird die Stadt fallen. Und du weißt, was das bedeutet: ein jüdischer Staat ohne Jerusalem – das ist undenkbar.«

Judith erhob sich von ihrem Stein, so dass sie direkt vor ihm stand. Nur wenige Zentimeter trennten sie. Judith wurde das plötzlich bewusst. Sie spürte seine körperliche Nähe, und spontan wollte sie sich an ihn drängen, ihn festhalten. Sie hielt sich mühsam zurück.

»Ich muss gehen«, sagte Uri.

Judith zögerte.

»Ihr sucht noch Freiwillige? Nehmt ihr auch Frauen?«, fragte sie endlich.

Uri wich aus.

»Wir nehmen alle Freiwilligen, die bereit sind, ein Gewehr in die Hand zu nehmen und es auch zu benutzen, wenn es darauf ankommt. Es wird hart werden, verdammt hart. Die Zufahrtsstraßen nach Jerusalem sind jetzt die Hauptkampfzone.«

Judith hatte verstanden. Sie suchten Kämpfer, keine Friedensengel. Keine, die von Skrupeln geplagt wurden, keine, die sich ständig Gedanken machten über die Gewalt, keine, die das Töten fürchteten, keine, so machte sie sich klar, wie sie selbst.

Sie nahm allen Mut zusammen, stellte sich auf die Zehenspitzen und gab ihm einen leichten Kuss auf die Wange.

»Pass auf dich auf«, sagte sie leise. »Versprich es mir.«

Er legte seine Hände auf ihre Schultern und hielt sie fest, einen Moment zu lange. Dann drehte er sich wortlos um und ging.

Die Lastwagen warteten mit laufendem Motor. Fünf Freiwillige aus Yardenim waren auf die Ladefläche gestiegen und wurden von den Rekruten, die aus anderen Kibbuz-Dörfern kamen, mit Schulterklopfen begrüßt. Uri Rabinowitsch kletterte in das Führerhaus des ersten Lastwagens und gab dem Fahrer ein Zeichen. Die Kolonne setzte sich in Richtung der steil ansteigenden Straße in Bewegung.

Die beiden ersten Laster waren bereits hinter dem Hügel verschwunden, als es passierte. Der dritte Lkw schlingerte leicht, dann blieb er stehen. Der Fahrer sprang hinaus und schaute auf das linke Hinterrad. Wütend trat er mit dem Fuß gegen den platten Reifen.

»Alle runter, helft mir beim Wechseln«, schrie er in Richtung Ladefläche. Die Haganah-Rekruten sprangen herunter und begannen, den Ersatzreifen abzuschrauben.

Der erste Schuss fiel, als das Rad mit dem platten Reifen abmontiert war. Die Kugel pfiff am Kopf des Fahrers vorbei und blieb im Holz der Ladeflächenumrandung stecken. Die Haganah-Leute hatten ihre Waffen auf dem Lastwagen gelassen und versuchten jetzt, an ihre Gewehre zu kommen. Die Araber kamen, Schlachtrufe schreiend, von einem mit Olivenbäumen bestandenen Hügel gelaufen, ihre Karabiner im Anschlag, einige schwangen Krummdolche.

Judith, die die Abfahrt der Lastwagen beobachtet hatte, erstarrte. Der Angriff, gut hundert Meter entfernt, schien wie ein Film vor ihr abzulaufen. Sie brauchte eine Weile, bis sie begriff, dass es sich um die Realität handelte, unmittelbar vor ihren Augen: Freischärler der Arabischen Befreiungsarmee griffen den jüdischen Konvoi an.

Ben Zvi rannte an ihr vorbei, gefolgt von Moshe Ben Porat. Ben feuerte aus seiner Maschinenpistole auf die Angreifer, die aber noch viel zu weit entfernt waren, um sie sicher treffen zu können.

Judith setzte sich plötzlich in Bewegung, wie fremdbestimmt. Für einen Augenblick hatte sie vergessen, in welchem Lastwagen er saß, ob im ersten, der schon hinter dem Hügel verschwunden war. Sie dachte nur eines: Die Araber griffen den Konvoi an, seinen Konvoi. Sie stolperte, raffte sich wieder auf, lief weiter, hinter Ben Zvi her, der immer noch feuerte.

Kurz vor dem liegen gebliebenen Lastwagen brach Ben zusammen. Aus seiner Brust pumpte Blut. Judith sah den Angreifer, einen jungen Araber, etwa in Zvis Alter. Sein Gewehr war offenbar leer geschossen. Der Araber blieb stehen und begann hektisch in seinen Taschen nach Patronen zu suchen. Endlich fand er sie und schob die erste Patrone in den Lauf. Judith griff instinktiv nach der Bren-Maschinenpistole, die Ben noch immer umklammert hielt, und riss sie ihm aus den Händen. Sie nahm die Waffe hoch, zielte auf den jungen Araber und zog den Abzug mit ihrem rechten Zeigefinger durch. Der Araber stand noch einen Moment, als die Kugeln in ihn einschlugen, sackte dann aber in sich zusammen. Sein Gewehr schlug neben ihm auf dem Boden auf.

Judith hielt die Maschinenpistole fest in den Händen, beinahe verwundert blickte sie sich um. Erst jetzt wurde ihr klar, was sie gerade getan hatte. Sie hatte einen Menschen getötet.

Von der Anhöhe erklang das Stakkato von Maschinenpistolen, unterbrochen vom Aufpeitschen einzelner Gewehrschüsse. Die beiden anderen Lastwagen waren zurückgekehrt, und die Rekruten der Haganah feuerten auf die arabischen Angreifer. Nach einer Viertelstunde ließ das Schießen nach. Die überlebenden Araber zogen sich über den Olivenhain zurück.

Judith lag hinter dem großen Ersatzreifen und hielt noch immer die Maschinenpistole in den Händen. Uri kam auf sie zu und setzte sich auf den Reifen. Er nahm ihr die Maschinenpistole ab und zog sie zu sich hoch, legte einen Arm um sie. Lange saßen sie schweigend nebeneinander.

»Gut gemacht«, sagte er endlich mit heiserer Stimme. Er küsste sie scheu auf die Stirn.

»Ich will nicht stören«, räusperte sich der Fahrer des Lastwagens. »Aber wir brauchen den Reifen.«

Sie standen auf und schauten sich verlegen um. Doch die anderen beachteten sie nicht. Sie waren mit der Reparatur des Reifens beschäftigt.

»Fertig«, rief nach einigen Minuten der Fahrer. Uri beugte sich noch einmal zu Judith hinüber und küsste sie erneut auf die Stirn. Dann hangelte er sich auf die Pritsche des Lastwagens. Auch die anderen folgten. Uri winkte ihr von oben zu.

»Bis bald«, rief er.

Judith stand direkt hinter dem Lastwagen und blickte zu ihm hinauf. Sie hob ihre Hände in seine Richtung. Einen Augenblick stand sie so, die Arme nach oben gereckt. Uri schien zu zögern, überrumpelt von ihrer Geste. Dann griff er nach ihren Händen und zog sie auf den Lastwagen. Die anderen klatschten wild.

»Fahrt los«, rief Uri. »Nach Jerusalem!«

2. MÄRZ 1948

Die Übelkeit am Morgen hatte nachgelassen. Hana hatte etwas zugenommen, aber sie trug weite Kleider, und niemand außer David wusste, dass sie im dritten Monat schwanger war.

Sie beschäftigte sich oft mit der Frage, ob es ein Junge oder ein Mädchen werden würde. Sie hoffte, ein Junge.

Jeden Morgen versuchte sie, die kurze Strecke mit dem Bus von Sheik Jarrah hinauf in das Hadassah-Krankenhaus zu fahren, aber immer öfter fiel der Bus aus, weil ihn Heckenschützen vom arabischen Viertel aus unter Beschuss nahmen. Nur wenige der arabischen Mitarbeiter meldeten sich noch zum Dienst im Hospital, und auch die arabischen Patienten kamen nicht mehr. Hana spürte die Spannung, die sich im Krankenhaus zwischen Muslimen und Juden aufgebaut hatte. Ihre Beziehung zu dem jüdischen Arzt war ein Teil davon. Zuerst wurde auf den Gängen nur geflüstert, dann folgten erste Bemerkungen der Schwestern. Schließlich hatte David Cohen im Ärztezimmer seinen Kollegen mitgeteilt, dass die Gerüchte stimmten. Ja, es ist richtig, hatte er gesagt, Hana Khalidy und ich, wir sind ein Paar.

Ein Klingeln an ihrer Wohnungstür schreckte sie auf. Seit ein paar Wochen konnte das in Sheik Jarrah auch Gefahr bedeuten. Waren es die Kämpfer der Haganah, die immer öfter in die Häuser einbrachen, um die arabischen Anwohner zu vertreiben? Waren es arabische Freischärler auf der Suche nach einer Wohnung, von der aus sie die Straße unter Kontrolle nehmen konnten? Waren es die Briten, die nach den Eindringlingen suchten, weil sie auf jeden Fall die Durchgangsstraße nach Ramallah frei halten wollten, ihre eigene Rückzugslinie, wenn der Tag des Abzugs kommen würde?

Vorsichtig schaute sie durch den Türspion. Sie blickte in ein vertrautes Gesicht, eines, das sie lange nicht gesehen hatte, das Gesicht ihres Vaters. Sie ließ ihn ein und schloss die Tür schnell hinter ihm. Er nahm sie in die Arme und hielt sie lange fest.

»Komm herein, ich mache uns einen Tee«, sagte sie nach einer Weile. Ihr Vater ließ sich umständlich auf dem Sofa im Wohnzimmer nieder und wartete, bis sie den Tee brachte. Schweigend tranken sie. Endlich sagte er:

»Es ist Zeit, nach Hause zu kommen.«

Hana zuckte zusammen. Zeit, nach Hause zu kommen, in ihr Dorf, ausgerechnet jetzt? In ihrem Zustand, weg von David?

»In Deir Jassin ist es ruhig«, sagte er. »Wir haben so etwas wie ein Abkommen mit der Haganah. Sie lassen uns in Ruhe, und wir sorgen dafür, dass es keinen Ärger mit den Freischärlern aus Syrien und dem Irak gibt.«

Er trank einen Schluck.

»Komm mit mir, bevor es zu spät ist«, sagte er mit leiser Stimme. »Auch deine Mutter möchte, dass du nach Hause kommst.«

Hana hatte ihre Mutter seit Monaten nicht gesehen. Sie hatte es nie verwunden, dass ihre Tochter die Familienehre befleckt und Jousseff Hamoud nicht geheiratet hatte. Und jetzt, dachte Hana, hatte sie ihr verziehen? Oder gehorchte sie nur den Wünschen ihres Mannes?

Sie goss ihrem Vater frischen Tee ein, um etwas Zeit zu gewinnen. Er schaute sie erwartungsvoll an. Hana konzentrierte sich ganz darauf, zwei Löffel Zucker in ihrer Tasse zu verrühren.

»Ich kann nicht«, sagte sie schließlich. »Ich kann einfach nicht.«

Hana hatte an ihrem Vater immer seine Stärke bewundert. Er war ein stattlicher Mann, der wusste, was er wollte. Jetzt jedoch saß er zusammengesunken auf dem Sofa, das Gesicht blass.

Das Geräusch eines Schlüssels, der sich im Schloss drehte, schreckte beide auf. Wenige Augenblicke später stand David in der Tür des Wohnzimmers und schaute sie überrascht an. Hana sprang auf und küsste ihn. Sie stellte sich neben ihn.

»Vater, darf ich dir Dr. David Cohen vorstellen«, sagte sie förmlich. David bewegte sich auf Hanas Vater zu, die rechte Hand ausgestreckt. Mohammed Khalidy blieb sitzen, offensichtlich schockiert.

»David ist der Vater meines Kindes, das in einem halben Jahr geboren wird«, sagte Hana.

Hanas Vater machte keine Anstalten, Davids ausgestreckte Hand zu ergreifen.

David räusperte sich. »Ich verstehe, dass Sie überrascht sind«, sagte er. »Gewiss keine guten Zeiten für eine solche Entwicklung.«

Er trat einen Schritt zurück und legte einen Arm um Hana.

»Aber wir gehören zusammen, gerade jetzt. Und ich würde mir sehr wünschen, dass Sie diese Verbindung gutheißen – und wir uns etwas besser kennenlernen.«

Hanas Vater reagierte nicht. Er saß nur da und starrte vor sich hin, die Hände fest auf den Oberschenkeln. Er schien gealtert, ein geschlagener Mann.

»Bitte, Vater«, sagte Hana in die Stille des Raumes hinein.

Mohammed Khalidy schien wie aus einer anderen Welt zurückzukommen. Er stand auf, ohne die beiden anzuschauen, und ging mit hängenden Schultern an ihnen vorbei zur Tür, die Treppen hinunter zur Straße, wo Ali im Auto auf ihn wartete.

10. MÄRZ 1948

Nein, nein, und nochmals nein«, schrie der Mann. »Ich fahre nicht! Nicht zu den Mördern, die auf der Straße nur auf uns warten. Ich bin doch nicht meschugge.«

Yacoov Gernstein war nicht bereit, sich zu beruhigen. Uri zog seinen Revolver aus dem Gürtel und drückte ihn dem Fahrer an die Schläfe.

»Hör zu, es reicht. Du wirst fahren, genau wie die anderen.«

Gernstein winselte.

»Ich habe Kinder, drei Kinder, eine Frau, denk an die, ich muss für sie sorgen, die wollen auch etwas zu essen, und zwar jeden Tag. Wenn ich tot bin, sorgst du dann für sie?«

Uri nahm den Revolver wieder herunter.

»Schluss jetzt, hör auf zu jammern. Da oben, in Jerusalem, verrecken Frauen und Kinder, hörst du, verhungern, verdursten, nur weil du eine feige Memme bist. Willst du das deinen Kindern sagen? *Ich war zu feige?*«

Gernstein nahm seine Schiebermütze ab und drehte sie zwischen den Händen. Dann trat er gegen den Reifen seines Lastwagens.

»Ach, Scheiße, dann fahr ich eben.«

Uri grinste. In den letzten Stunden hatte die Haganah die Hälfte der dringend benötigten Lastwagen und ihre Fahrer an den Kreuzungen in Tel Aviv mit Waffengewalt angehalten und auf ein Feld neben der Lagerhalle am Stadtrand dirigiert. Die Fahrer waren wütend, sie wollten nicht in den Konvoi gezwungen werden, der am nächsten Morgen durch die Todeszone von

Bab el-Wad fahren sollte. Uri drehte sich zu Judith um, die die Szene beobachtet hatte.

»Wir haben keine andere Wahl. Entweder wir bringen endlich wieder einen Konvoi mit Lebensmitteln durch, oder Jerusalem wird fallen, weil die Leute nicht mehr können. So einfach ist das.«

Die Lagerhalle wirkte wie ein riesiger Basar. Überall waren Mehlsäcke gestapelt, Fässer mit Öl, Orangenkisten, Milchpulver, Sardinen in Dosen – der Vorrat, auf den hunderttausend Juden in Jerusalem dringend warteten, um eine akute Hungersnot abzuwenden.

»Los, an die Arbeit, das muss alles auf die Lastwagen«, rief Uri den Fahrern zu, die in einer Ecke der Halle immer noch diskutierten. Dann wandte er sich wieder an Judith.

»Du siehst ja, ich muss mich kümmern«, sagte er. »Außerdem ...« Er machte eine Pause. »Außerdem möchte ich mich verabschieden, ich meine, ich muss morgen sehr früh los. Also bis bald.«

Judith hielt ihn am Arm fest.

»Verabschieden? Ich habe von Adina gehört, dass mindestens zehn bewaffnete Frauen von der Haganah den Konvoi begleiten werden.«

»Und?«

»Ich komme mit nach Jerusalem.«

»Du?«

»Ja, ich. Du hast doch eben selbst zu dem Fahrer gesagt, nur die Feigen bleiben zurück.«

Einen Augenblick wirkte Uri überrascht, ja sogar aus dem Gleichgewicht gebracht. Er beugte sich ungelenk zu ihr hinüber, schien sie berühren zu wollen. Ein heißes Gefühl durchschoss ihren Körper. Dann gewann er offenbar die Kontrolle zurück.

»Wir werden sehen«, murmelte er und wandte sich ab.

Die Nacht war regnerisch und kalt. Bis nach Mitternacht verstauten die Haganah-Leute und die Fahrer die Vorräte auf den Lastwagen. Judith hatte mitgeholfen und saß nun zusammen mit Adina und zwei weiteren Mädchen in einer Ecke der Lagerhalle, in den Händen eine Tasse Tee.

»Morgen früh, so gegen zehn, werden wir in Jerusalem sein«, sagte Adina. »Der Konvoi kann nur sehr langsam fahren, die Lastwagen sind überladen, und die Straße ist steil.«

Adina nahm eine Bürste aus ihrer Tasche und fuhr sich damit durch das Haar.

»Gott, was bin ich müde«, sagte sie.

»Was machst du da eigentlich?«, fragte nach einer Weile eines der Mädchen. »Wieso bürstest du dir mitten in der Nacht die Haare?«

»Wer weiß, ob ich morgen dazu komme«, sagte Adina und lächelte verschmitzt. »Morgen Mittag habe ich eine Verabredung, in Jerusalem. Mit Jitzak.«

Judith wurde plötzlich bewusst, dass sie seit Stunden nichts von Uri gehört hatte. Unruhig blickte sie sich um.

»Hast du Uri irgendwo gesehen?«, fragte sie Adina.

»Uri? Du meinst Uri Rabinowitsch? Uri den Großen, der hier das Sagen hat? Den Uri?« Sie grinste. »Du meinst – Uri und du?«

Judith errötete. Nein, wollte sie sagen, du verstehst das falsch. Aber sie schwieg. Adina verstand überhaupt nichts falsch, ganz im Gegenteil, sie hatte es genau getroffen.

»Hör zu, das geht schon in Ordnung«, sagte Adina. »Mir brauchst du nichts vorzumachen. Geh zu ihm, jetzt gleich. Das Leben ist kurz, verstehst du, verdammt kurz.« Sie wurde für einen Moment ernst. »Verpass es nicht, du könntest es morgen schon bereuen.«

Judith zog es vor, nicht darauf einzugehen. Aber hatte Adina nicht recht, tausendmal recht? Konnte er nicht morgen schon tot sein? Oder sie selbst? Galten hier nicht andere Spielregeln?

Sollte sie nicht auf die Konventionen pfeifen und ihre Gefühle ausleben? Andererseits: Einfach zu ihm gehen, jetzt? Was sollte sie ihm sagen? Die Wahrheit? Dass sie ihn liebte? Dass sie seinen Mund auf ihrem spüren wollte, seine Haut auf ihrer? Einfach so? Und sich ihm, dazu noch vor aller Augen, buchstäblich an den Hals werfen? Nein, beschloss sie, so durfte es nicht sein.

Sie suchte das dunkelgrüne Militärzelt aus britischen Beständen, das man ihr zum Schlafen zugewiesen hatte. Durch den Regen hatte sich eine große Pfütze rund um das Zelt gebildet. Zögernd öffnete sie es, versuchte, sich an die Dunkelheit zu gewöhnen. Fünf Gestalten lagen auf dem Boden. So leise wie möglich schlüpfte sie unter die alte Wolldecke. Sie dachte an Uri, versuchte, sich sein Gesicht vorzustellen, seinen Blick, sein Lächeln. Dann überkam sie die Müdigkeit. Sie zog sich die Decke über den Kopf und war nach wenigen Sekunden eingeschlafen.

Judith schreckte aus einem wilden, konfusen Traum hoch, fiel dann aber gleich wieder in einen unruhigen Halbschlaf, eine Welt zwischen Wachen und Träumen. Endlich schlug sie die Augen auf, weil sie glaubte, neben sich eine Bewegung zu spüren, und sah in der Dunkelheit des Zeltes eine Gestalt, die neben ihr kniete. Sie erschrak.

»Psst«, hörte sie eine leise Stimme. »Ich bin's, Uri.«

Judith setzte sich schlagartig auf.

»Psst, entschuldige, ich wollte dich nicht erschrecken«, flüsterte er. Um sie herum war das regelmäßige Atmen der anderen zu hören. Einer schnarchte.

Er suchte in der Dunkelheit nach ihrer rechten Hand und hielt sie fest.

»Ich wollte dir nur sagen, dass« – er verstärkte den Druck auf ihre Hand – »ich es sehr tapfer finde, wie du dich verhältst. Ich meine, willst du wirklich mit auf den Konvoi nach Jerusalem? Du weißt, wie gefährlich das wird.«

Sie atmete tief ein.

»Ja, ganz sicher, Uri.«

Er beugte sich zu ihr und suchte ihren Mund. Er küsste sie, erst zögernd, dann heftiger. Überrumpelt ließ Judith es geschehen. Plötzlich ließ er sie los und machte Anstalten aufzustehen. Da hielt Judith ihn fest.

»Bitte, Uri, bleib«, flüsterte sie. »Geh nicht fort, nicht jetzt.«

»Ich kann nicht, wirklich nicht. Der Konvoi startet in zwei Stunden, und ich muss mich noch um das Auftanken der Lastwagen kümmern.«

Er küsste sie, und diesmal erwiderte sie seinen Kuss.

»Wir holen alles nach, versprochen«, sagte er leise. »In Jerusalem.«

Dann kroch er auf allen vieren aus dem niedrigen Zelt, hinaus in den Regen, der nicht aufhören wollte.

Jousseff hielt sich an seinem Gewehr fest und bemühte sich, seine Zähne nicht zu sehr klappern zu lassen. Er schämte sich vor dem Jungen. Der Sturm vom Mittelmeer her drückte die Wolken gegen die Berge von Judäa, und der Regen klatschte gegen die steinigen Hänge. Jousseff drückte sich hinter einen Felsen und hoffte darauf, dass Nadir nicht merken würde, wie sehr ihm die Kälte der Nacht zusetzte. Nadir war erst vierzehn Jahre alt, ein entfernter Cousin aus dem Nachbardorf. Der Junge hatte seinen Wollumhang über den Kopf gezogen und war trotz des Regens eingenickt. Jousseff beschloss, ihn schlafen zu lassen.

Er war stolz darauf, dass ihm Abdul Khader Husseini höchstpersönlich diese Aufgabe übertragen hatte. Er sollte die Straße nach Jerusalem überwachen. Wenn der Konvoi kommen würde, sollte Nadir in das Dorf laufen, um Husseinis Krieger zu alarmieren. So viele Eroberer, die Jerusalem in ihre Gewalt gebracht hatten, waren diese Straße entlanggekommen. Die Römer, die Kreuzritter, die Türken, die Engländer.

Seit Husseinis Rückkehr war der Kampfeswille der Araber gewachsen. Er hatte ihnen Mut gegeben und ein festes Ziel: die Heilige Stadt einzukesseln und die Juden auszuhungern. So, dachte Jousseff, würden sie El Kuds befreien. Wenn nur endlich die Briten verschwinden würden! Aber ihr Abzug war nur noch eine Frage von wenigen Wochen. Dann war seine Stunde gekommen, die Stunde der Rache. Palästina würde den Arabern gehören – nur den Arabern.

Er dachte an Hana. Was sie jetzt wohl machte? War sie wieder in ihrem Krankenhaus, bei ihren jüdischen Ärzten? Niemals würde er die Schmach überwinden, die sie ihm bereitet hatte. Möge Allah sie strafen. Oder besser: Möge Allah ihm die Gelegenheit geben, diese Strafe selber auszuführen.

Der Regen begann kleine Bäche zu formen, die an ihm vorbei den Hang hinunterliefen und Gräben in den rötlich braunen Lehm fraßen. Würden sie heute kommen?, fragte sich Jousseff. Die Konvois fuhren jetzt nur noch unregelmäßig; zu erfolgreich war Husseini mit seiner Absicht, den Zugangsweg nach Jerusalem zu blockieren.

Die Straße unter ihm war leer. Jousseff fand sich damit ab, dass er im Augenblick nichts anderes tun konnte als warten.

Die Fracht aus Mehlsäcken drückte den hinteren Teil des Lastwagens tief hinunter. Yacoov Gernstein warf Uri einen ärgerlichen Blick zu.

»Wir schaffen das schon, übermorgen bist du wieder bei deiner Familie«, sagte Uri besänftigend.

Gernstein ging nicht darauf ein. Wortlos kletterte er in das Führerhaus und ließ den Motor an.

Langsam formte sich der Konvoi zu einer viele hundert Meter langen Schlange. Uri ging an den Lastwagen vorbei und winkte den Fahrern zu. Einige winkten zurück, andere starrten an ihm vorbei. Schließlich erreichte er das gepanzerte Führungsfahrzeug.

Ezer Landauer hatte eine Zigarette zwischen den Lippen, die Schiebermütze tief ins Gesicht gezogen. Uri legte ihm einen Arm um die Schulter.

»Wie fühlst du dich?«

Landauer lächelte etwas gequält.

»Ich freue mich schon auf den Kaffee im Atara, war schon immer mein Lieblingslokal in Jerusalem«, sagte er. »Und dann der Käsekuchen!«

Uri klopfte ihm auf die Schulter.

»Der Käsekuchen geht auf meine Rechnung«, sagte er. Unruhig schaute er auf seine Armbanduhr. Es war höchste Zeit. Ob sie es sich anders überlegt hatte?

Er konnte es sich nicht leisten, sie vor allen zu suchen, dachte er. Unmöglich, ganz unmöglich. Noch einmal blickte er auf die Uhr. Dann öffnete er mit einem heftigen Ruck die Tür zu dem Lastwagen, den er fahren würde. Sie saß auf dem Beifahrersitz, zwischen den Knien eine Bren-Maschinenpistole.

»Ich bin startklar«, sagte Judith.

»Sie kommen.«

Jousseff stieß Nadir hart in die Rippen. Das Morgenlicht war mühsam über die Berge von Judäa gekrochen und hatte den Blick nach Westen freigegeben auf die weite Ebene, die hinunter zum Meer führte. Dort, am Horizont, glaubte Jousseff die ersten Wagen einer langen Kolonne auszumachen, die sich langsam auf die Berge zubewegte. Nadir schreckte hoch.

»Los, lauf, so schnell du kannst, sag dem Sheik, dass sie kommen. Die Juden kommen!«

Nadir rannte zum Dorf.

Jousseff lud sein Gewehr durch, obwohl der Konvoi noch lange nicht in Schussweite war. Die Kälte der Nacht, die seine Glieder steif und hart gemacht hatte, schien verflogen. Er spürte ein Pochen im Kopf, sein Puls raste. Ein Fieber schien ihn ergriffen zu haben. Er tastete nach dem Griff seines Krummdolches, den er sich in den Gürtel gesteckt hatte. Er hoffte, dass er dicht genug an sie herankommen würde, um ihn zu benutzen.

Uri war mit seinen fünfundzwanzig Jahren der Älteste in der Begleitmannschaft der Haganah, die den Konvoi sichern sollte. Er saß mit Judith im zweiten Wagen, einem umgebauten Lastwagen, auf dessen Führerhaus Panzerplatten geschraubt waren. Der erste Wagen war zusätzlich mit einem breiten Räumschild ausgestattet.

Uri hörte hinter sich den Gesang der jungen Leute, die sich mit ihren Liedern lautstark zu überbieten versuchten, seitdem sie das Lager verlassen hatten. Doch jetzt, nachdem sie Latrun hinter sich gelassen hatten, brach der Gesang ab. Ihre Gesichter wurden ernst, die Gespräche einsilbig. Vor ihnen stieg das Gelände an, rechts und links der Straße ragten die ersten Hügel in den Morgenhimmel. Die Araber nannten es Bab el-Wad, das Tor zum Tal, aber sie waren fest entschlossen, es für die Juden zum Tor zur Hölle zu machen. Die schmale Fahrbahn führte mitten hinein, und wer sie beherrschte, entschied in diesen Wochen über das Schicksal der Menschen in Jerusalem.

Jousseff ließ sich den steilen Berghang hinunterrutschen. Mit Genugtuung sah er Hunderte von Fellachen, die aus ihren Dörfern gerannt kamen, ihre weiß-roten Kefijes flatterten im Wind. Abdul Khader Husseini hatte ihnen große Beute versprochen, und jetzt war der Morgen gekommen, an dem er sein Versprechen einlösen wollte. Die Fellachen schleppten alles herbei, was sie an Waffen besaßen, alte Jagdflinten, selbst gebastelte Sprengkörper, Handgranaten von britischen Deserteuren, Messer, Äxte.

»Hier, reißt die Straße auf«, schrie ihnen Jousseff zu.

Einige Fellachen begannen, mit ihren Äxten den Straßenbelag einzuschlagen, andere rollten Felsen quer über die Fahrbahn und türmten sie zu einer Barrikade auf.

Plötzlich hielten sie inne. Alle Blicke richteten sich auf den Mann, der mit entschlossenen, aber gemessenen Schritten den Weg von einem der Dörfer hinunterging. Er trug die traditionelle Kefije und um seinen breiten Oberkörper zwei gekreuzte Patronengürtel, über der Schulter hing ein modernes Gewehr. Als er bei der Fahrbahn ankam, hob er die Hand. In die erwartungsvolle Stille hinein sagte Abdul Khader Husseini:

»Der Tag der Entscheidung ist gekommen. Kämpft für El Kuds, die Stadt des Propheten Mohammed. Ihr seid die Jihad Muqaddas, die Kämpfer des Muftis. *Allahuh Akbar!*«

Einen kurzen Moment noch hielt die ehrfürchtige Stille an, dann schrien die Männer los, schüttelten ihre Gewehre und Äxte. *»Allahuh Akbar«*, tönte es wieder und wieder aus ihren Kehlen. »Gott ist groß!«

Die Straße ging jetzt steil bergauf. Die Lastwagen des Konvois krochen nur noch mit fünfzehn Kilometern pro Stunde voran. Nach zwei Kilometern kam die erste Kurve. Dahinter lag die Barrikade.

»Da, verdammt, da sind sie.«

Ezer Landauer, der Fahrer des ersten Panzerwagens, gab Gas. Krachend fraß sich der breite Räumschild vor der Motorhaube in die aufgehäuften Steine. Einige Felsbrocken flogen zur Seite, dann jedoch kam der Wagen zum Stehen. Landauer trat noch einmal voll auf das Gaspedal, der Motor heulte, würgte dann ab. Hektisch griff Landauer nach dem Zündschlüssel, drehte ihn, der Motor startete erneut. Mit fahrigen Händen legte er den Rückwärtsgang ein, der schwere Wagen kam in Bewegung, Landauer schaltete in den ersten Gang, trat erneut mit voller Kraft auf das Gaspedal, der Panzerwagen rammte die Steinbarrikade. Vergeblich.

In diesem Augenblick fielen die ersten Schüsse. Von den Hügeln feuerten die Araber auf den Konvoi. Bald mischten sich ihre aufgeregten Schreie in das Pfeifen der Kugeln, dann sprangen die ersten hinter den Felsen vor, rannten, ihre Gewehre schwenkend, auf den Konvoi zu. Einer warf einen Molotow-Cocktail, dann flogen immer mehr. Die Schreie steigerten sich zu einem durchdringenden Geheul.

Jousseffs Augen glänzten. Er sah, wie der kleine Nadir mit einer Axt gegen die Tür des Panzerwagens schlug, ohne Wirkung, und nahm ihm die Axt aus der Hand.

»Geh zur Seite, schnell.« Nadir sah ihn fragend an, sprang dann aber hinter einen Felsen, als er die Handgranate in Jousseffs Hand sah. Jousseff legte sie auf den Benzintank des Panzerwagens, zog den Griff und warf sich neben Nadir hinter den Felsen. Die Explosion zerriss den Tank, binnen Sekunden stand der Wagen in Flammen. Die Fellachen brachen in Siegesgeheul aus.

Die schmalen Sehschlitze in der Panzerung vor der Seitenscheibe ließen für die Bren-Maschinenpistole nur ein begrenztes Schussfeld. Uri feuerte wieder und wieder, traf mehrfach, sah, wie Angreifer zusammenbrachen oder sich verletzt hinter einen Felsen zurückzogen.

»Da, es werden immer mehr, sie kommen von allen Seiten«, keuchte er zwischen zwei Feuerstößen. »Schnell, gib mir ein neues Magazin.« Judith reichte es ihm. »Mein Gott, sieh dir das an!« Sie folgte seinem Blick zu dem brennenden Panzerwagen vor ihnen. Einen Moment zögerte er, dann umfasste er seine Bren fester.

»Gib mir Deckung«, schrie er. Er drückte mit der linken Hand den Türgriff nach unten, warf sich mit ganzer Kraft gegen die gepanzerte Wagentür und stieß sie auf. Er ließ sich herausfallen, rappelte sich wieder auf und rannte in Richtung des brennenden Wagens. Ein schmächtiger Junge, fast noch ein Kind, stellte sich ihm mit einer Axt in den Weg. Uri feuerte. Der Junge brach zusammen. Hinter sich hörte Uri eine Salve, deren Kugeln direkt neben ihm einschlugen und zwei weitere Araber zu Boden rissen. Uri blickte sich um und glaubte, Judith hinter den Sehschlitzen zu erkennen, vor ihrem Gesicht der Lauf einer Maschinenpistole, aus dem immer wieder Mündungsfeuer aufblitzte. Dann hatte er den brennenden Panzerwagen erreicht. Er sprang an der Tür hoch und riss sie auf. Dichter Rauch quoll aus dem Führerhaus. Ezer Landauer fiel ihm entgegen, Uri konnte den Fall des leblosen Körpers nicht mehr aufhalten. Der Beifahrer lag an die rechte Tür gelehnt, ebenfalls regungslos. Hier war nichts mehr zu retten.

Uri drehte sich um und sah die Straße hinunter. Mehrere Lastwagen standen in Flammen. Ein Teil der Fellachen hatte das Schießen eingestellt. Sie waren auf die Ladeflächen gesprungen, um Khader Husseinis Versprechen für sich einzulösen. Sie plünderten die Ladung, warfen Säcke und Dosen auf die Fahrbahn.

Uri gab einen Feuerstoß ab, merkte aber, dass es sinnlos war. Der Konvoi steckte fest, nach vorne war ein Durchkommen unmöglich.

»Dreht um, dreht um«, schrie er und zeigte mit der Hand hektisch die Fahrbahn hinunter. Er sprang auf das Trittbrett des dritten Lastwagens.

»Du musst ihn wenden«, rief er dem Fahrer zu.

Der Fahrer legte einen Gang ein, konnte aber kaum lenken, mindestens einer der Reifen musste zerschossen sein. Nur langsam begann sich der Wagen zu drehen. Der Fahrer setzte auf der engen Fahrbahn mehrfach vor und zurück, bis er die Wendung geschafft hatte.

Doch der Lastwagen vor ihm, bis oben mit Mehlsäcken beladen, stand in Flammen. Er blockierte die Fahrbahn. Auf dem Trittbrett saß ein Mann und hielt seinen linken Oberschenkel umklammert. Durch die zerrissene Hose drang Blut. Uri rannte auf ihn zu.

»Scheiße«, stöhnte Yacoov Gernstein mit verzerrtem Gesicht, »mich hat's erwischt.«

Uri zog ihn hoch. Gernstein stand auf, biss die Zähne zusammen und legte den Arm um ihn. Er humpelte auf dem rechten Bein neben ihm her. Uri schob ihn in Richtung des Panzerwagens, und Judith beugte sich aus dem Fahrerhaus und zog ihn herein. Auch Uri sprang nun auf. Durch den Sehschlitz sah er eine stattliche Gestalt mit gekreuzten Patronengürteln über der Brust, die zwischen zwei Fellachen herausragte. Er schien die Männer, die jetzt überwiegend mit ihrer Beute beschäftigt waren und sich um die Mehlsäcke stritten, weiter zum Kampf anstacheln zu wollen.

»Verdammt, das muss er sein«, murmelte er. Er glaubte, das Gesicht auf einem Foto in der *Palestine Post* gesehen zu haben. Vor ihm, nur einige Meter entfernt, stand Abdul Khader Husseini, der Anführer der Araber in Jerusalem und Umgebung.

Uri gab einen Feuerstoß ab, schoss aber daneben. Noch einmal zielte er, diesmal genauer, und zog den Abzug durch. Doch die Bren hatte Ladehemmung. Khader Husseini brachte sich mit einem Sprung hinter einen Lastwagen in Sicherheit.

»Mist, verdammter Mist«, stieß Uri hervor. Jetzt musste er sich voll darauf konzentrieren, den Konvoi in Sicherheit zu bringen. Er begann, den Wagen zu wenden.

»Worauf wartest du?«, rief er dem Fahrer vor sich zu. »Du musst ihn von der Straße schieben!«

Der Fahrer gab Gas, und mit einem Ruck prallte sein Wagen seitlich gegen das ausgebrannte Wrack, das sich langsam zur Seite neigte, dann umfiel. Uri hörte, wie Gernstein aufstöhnte. Soeben hatte er seinen Lastwagen auf der Straße nach Jerusalem verloren.

13. MÄRZ 1948

Tamar Schiff zückte ihre Lebensmittelkarten und hielt sie dem Händler hin. Der Mann machte sich nicht die Mühe, hinzusehen.

»Ich habe nichts«, sagte er. »Schauen Sie sich um, da sind die Regale – leer. Eine Viertelstunde nach Ladenöffnung war alles weg.«

»Mach dir keine Sorgen«, flüsterte Ayelith ihrer Puppe zu. »Ich hab noch etwas Brot für dich unter dem Bett versteckt. Das werden wir uns teilen.«

Der Händler beugte sich zu ihr hinunter.

»Kommt heute Nachmittag, dann kriegen wir vielleicht eine neue Lieferung – jedenfalls ist Brot angekündigt worden.« Er wandte sich wieder an Tamar Schiff.

»Für die Kinder dürfen wir eine Zusatzration Milch abgeben, ansonsten haben wir seit Ende Februar so gut wie kein Fleisch, keinen Fisch, keine Eier mehr. Mehl geht gerade noch, aber natürlich auch kein frisches Gemüse. Alles, was wir noch kriegen, wird von der Jewish Agency streng zugeteilt.«

Er seufzte. »Es ist schon ein Elend.« Er strich Ayelith über den Kopf.

»Also, komm heute Nachmittag mit deiner Mama, irgendwie werden wir deine Puppe schon satt kriegen.«

Eine ältere Frau, die hinter ihnen in der Schlange stand, mischte sich ein:

»Habt ihr schon gehört, was denen von der Jewish Agency jetzt noch eingefallen ist? Sie wollen, dass wir selber Gemüse anbauen, auf Dächern, in Gärten, auf Feldern, überall, wo immer es geht. Sie haben aus britischen Versorgungslagern Saatgut organisiert. Und außerdem sollen wir jetzt alle Halamith essen.«

Tamar Schiff nickte.

»Ich bin froh, dass wir Halamith haben. Es wächst jetzt in den Wintermonaten überall. Eigentlich ist es ja ein Unkraut, aber mit ein wenig gutem Willen kann man es für Spinat halten. Jedenfalls schmeckt es ähnlich. Und es hat Vitamine.«

Aber die Frau wollte sich nicht beruhigen.

»Außerdem sollen wir Wasser sparen! Und Kerosin. Und möglichst nur noch mit Holz kochen. Und heizen sollen wir auch nicht mehr. Wo soll das hinführen?«

Sie schaute sich beifallheischend um.

»Jeden Tag wird es schlimmer. Seht euch doch nur um, wie die Straße hier aussieht. Da vorne, immer noch alles eine Trümmerlandschaft nach dem Bombenanschlag. Wir können froh sein, dass wir überhaupt noch am Leben sind. Und was wird, wenn die Briten wirklich abziehen? Alle sind so froh, dass sie endlich gehen. Ich sage euch: ich nicht. Was wird passieren? Die Araber werden über uns herfallen. Erst hungern sie uns aus, und dann schlachten sie uns ab.«

Der Händler unterbrach sie.

»Ach, hören Sie doch auf. Die Haganah wird uns schon heraushauen. Niemals in ihrer Geschichte haben die Juden sich so tapfer verteidigt.«

»Ach ja? Sehen Sie sich doch um, das sind ja alles noch halbe Kinder. Die paar Waffen, die sie haben, alles improvisiert. Und dann kaum was zu essen. Wo soll das nur hinführen? Ich habe einen Bruder in Amerika, Florida, und was er so schreibt, da lebt er wie eine Made im Speck. Und wisst ihr was? So bald ich kann, gehe ich auch weg, nach Amerika.«

Der Händler lief rot an.

»Ja, ja, gehen Sie nur, gehen Sie so bald wie möglich. Solche Mitesser wie Sie brauchen wir in Jerusalem nicht. Auf Sie können wir gut verzichten.«

Tamar Schiff nahm Ayelith bei der Hand, die ihre Puppe ängstlich umklammerte, und zog sie zum Ausgang.

»Komm«, sagte sie, »schnell.«

Sie spannte ihren noch feuchten Schirm auf. Draußen regnete es schon wieder in Strömen. Der Regen war in diesen Wintermonaten ungewöhnlich ausgiebig. Wenigstens etwas, dachte sie. Ohne ausreichende Feuchtigkeit konnte das Halamith nicht wachsen.

15. MÄRZ 1948

Uri saß in seinem alten Ford, den Kopf auf das Steuerrad gelegt. Sein Körper zitterte. Judith nahm seine Hand und streichelte sie sanft.

»Du kannst nichts dafür«, sagte sie leise.

Er reagierte nicht, hielt den Kopf weiter über das Steuerrad gebeugt. Noch einmal setzte Judith an:

»Uri, hör mir zu, bitte, es nicht deine Schuld.«

Er bewegte sich nicht, aber das Zittern seines Körpers nahm zu. Schließlich glaubte sie ein Schluchzen hören. Sie drückte seine Hand fester.

»Bitte, Uri, du musst nicht weinen. Keiner macht dir einen Vorwurf. Du hast getan, was du konntest.«

Aber Uri schluchzte weiter. Sie strich ihm übers Haar. Erst jetzt wurde ihr klar, wie sehr ihn das Scheitern des Konvois getroffen hatte. Sie hatten sieben Tote und zweiundzwanzig Verletzte zu beklagen und fünfzehn Lastwagen und zwei gepanzerte Fahrzeuge verloren. Und vor allem: Die Straße nach Jerusalem war erneut unpassierbar.

Er war nicht verantwortlich für den arabischen Überfall, die Angreifer waren in der Überzahl gewesen, und die Haganah hatte das Risiko bewusst in Kauf genommen, weil es für die Versorgung von Jerusalem keine andere Möglichkeit gab. Dennoch gab er sich die Schuld.

Am Nachmittag hatte er Judith ins Krankenhaus mitgenommen. Dort hatte er nach Yacoov Gernstein gesucht. Gernstein hatte einen glatten Oberschenkeldurchschuss und gute Chancen, wieder vollständig zu genesen. Aber sein Lastwagen lag als

Wrack an der Straße nach Jerusalem, und damit hatte er seinen wichtigsten Besitz verloren. Uri hatte ihm alles Geld, das er bei sich trug, auf den Nachttisch gelegt. Gernstein hatte ihn nicht angesehen, aber seine Frau, die auf der Bettkante saß, hatte das Geld schweigend eingesteckt.

»Uri, bitte, schau mich an, bitte«, sagte Judith jetzt. Langsam hob er den Kopf. Sie wischte ihm mit der Hand die Tränen aus den Augen.

»Egal, was kommt, du hast mich, hörst du, und ich liebe dich.«

Das Bett war schmal, das Zimmer in dem kleinen Hotel an der Allenby-Straße nur ein enger Schlauch. Der Rauch einer halben Packung Zigaretten hing im Raum. Eine leere Weinflasche war unter das Bett gerollt, auf dem Nachttisch standen zwei Gläser. Uri schlief unruhig, gelegentlich zuckten seine Glieder, sein Mund.

Judith glaubte, noch seine Haut auf ihrer zu spüren, die Stärke seines Körpers. Es war ihr, als habe er alle aufgestauten Gefühle, seine Enttäuschung, seine Wut auf sich selbst, seine Frustration, sein Verlangen nach Selbstbestätigung nach der Niederlage, in diesen Moment gelegt, in diese wilde Umarmung. Er war leidenschaftlich, zügellos gewesen, unersättlich fast. Sie hatte sich diesem Ansturm ergeben, war seinem Rhythmus gefolgt, hatte ihrerseits die atemlose Ekstase des Augenblicks ausgelebt, die sie schwindeln machte, hilflos und stark zugleich. Zum ersten Mal, seit sie in Palästina angekommen war, nein, zum ersten Mal überhaupt hatte sie sich als Frau gefühlt. Vielleicht nur vorübergehend, zumindest aber in dieser Nacht hatte sie die Vergangenheit hinter sich gelassen.

Judith stand auf, schob den verblichenen Vorhang zurück und blickte hinunter auf die Straße. Eine Katze überquerte die leere Fahrbahn und verschwand hinter zwei überquellenden Mülltonnen.

Seit sie den Kibbuz verlassen hatte, hatte sie zu rauchen begonnen, alle um sie herum taten es. Jetzt nahm sie sich aus der Packung auf Uris Nachttisch eine Zigarette und steckte sie sich an, inhalierte tief. Frierend kroch sie ins Bett zurück. Sie starrte lange an die Decke. Das also war sie, ihre erste Nacht mit Uri.

Seine unbeirrbare Kraft war es gewesen, die sie gleich zu Beginn so anziehend gefunden, die sie so in seinen Bann geschlagen hatte.

Vorsichtig strich sie ihm jetzt über das Haar. Er hatte in seiner Niederlage diese Magie verloren, und sie war froh darüber. Sie war sich sicher, sie liebte ihn, vielleicht gerade deswegen.

Ihre Gedanken gingen zurück zu jenem Morgen im Tal. Sie war sich sicher, dass sie bei Bab el-Wad mehrere Araber niedergeschossen hatte. Verwundert stellte sie fest, dass der Gedanke ihr nichts ausmachte. Sie war angegriffen worden, sie hatte das Feuer erwidert, ihre Angreifer waren auf der Strecke geblieben. Konnte es sein, dass man so schnell abstumpfte?, fragte sie sich. Oder gab es so etwas wie den gerechten Krieg? Den gerechten Krieg, und sie war auf der richtigen Seite? Oder war es tatsächlich so wie in der Bibel, Auge um Auge, Zahn um Zahn? War es am Ende das, was wirklich zählte? Oder ging es einfach nur ums Überleben?

Judith hörte ein Geräusch auf dem Flur. Kurz darauf vernahm sie ein leises Klopfen an der Zimmertür.

»Uri? Hallo, Uri?«, hörte sie eine verhaltene Stimme, die Stimme einer Frau.

Sie stand auf und suchte unter ihren Kleidern nach seinem Revolver. Sie zog ihr Khakihemd über, nahm die Waffe und bewegte sich auf die Tür zu. Sie drehte den Schlüssel und öffnete die Tür einen Spalt. Judith sah in ein vertrautes Gesicht. Es war Adina. Sie wirkte einen Moment lang geschockt vom Anblick der Waffe, dann fasste sie sich.

»Die Haganah schickt mich. Uri soll kommen, sofort. Er soll nach Jerusalem fliegen. Das Flugzeug startet im Morgengrauen. Das Auto wartet unten vor der Tür.«

Judith ließ den Revolver sinken. Sie hatte davon gehört, dass die Haganah seit einigen Wochen über kleine Verbindungsflugzeuge verfügte, die sie als Schrott in Europa gekauft hatte. Sie wurden von Piloten gesteuert, die im Krieg auf der Seite der Briten für die Royal Air Force geflogen waren. Im Augenblick waren sie die einzige Möglichkeit, nach Jerusalem zu kommen.

»Ich werde ihn begleiten«, sagte sie zu Adina.

»Unmöglich, sie haben nur zwei Plätze, für den Piloten und einen Passagier.«

Judith wollte aufbegehren, wollte irgendeinen Weg finden, aber dann begriff sie, dass sie sich beherrschen musste.

»Gut, ich werde ihn wecken.«

»Tut mir leid, wirklich«, sagte Adina. »Wegen Uri, also wegen dir und Uri. Ich meine, die Nacht ist ja erst halb rum.«

Dann kramte sie in der Tasche ihrer Jacke und zog einen Umschlag hervor. Etwas verschämt sagte sie:

»Hier, ein Brief. Kannst du ihn Uri mitgeben? Für Jitzak.«

Judith nahm den Brief entgegen.

»Denk dran, das Auto wartet«, drängte Adina.

Judith ging in das Zimmer zurück und schüttelte Uri an der Schulter. Er schlug die Augen auf und richtete sich erschreckt auf. Judith schaltete die Nachttischlampe an.

»Die Haganah will, dass du dich nach Jerusalem aufmachst, sofort. Mit dem Flugzeug.«

Uri sprang aus dem Bett und begann, seine Kleider zusammenzusuchen. Neben dem Nachttisch stand eine Schüssel mit Wasser.

»Ich würde gerne mitkommen, aber im Flugzeug gibt es keinen Platz«, sagte Judith, während er sich das Gesicht wusch. Er drehte sich ruckartig zu ihr um.

»Du willst was?«

»Ich werde nach Jerusalem kommen, sobald ich kann, irgendwie.«

»Das wirst du nicht«, erwiderte er, während er sich das Gesicht mit einem Handtuch trocknete.

»Und wieso nicht?«

»Weil … weil ich es nicht will«, sagte er, merkte dann aber, dass er zu weit gegangen war. Weil es nicht gut für dich ist, weil … Du hast doch gesehen, wie gefährlich es ist.«

Uri knöpfte sich sein Khakihemd zu.

»Ich will nicht, dass dir etwas passiert.«

Er nahm sie in die Arme und presste sie fest an sich.

»Ich könnte es einfach nicht ertragen.«

Er nahm seinen Revolver, steckte ihn in den Gürtel, zog seine Jacke über und wandte sich zur Tür. Noch einmal drehte er sich um und zog sie an sich.

»Vielleicht hast du recht, vielleicht musste alles so kommen, damit ich dich gefunden habe.«

Judith legte sich auf das Bett zurück und bemerkte, dass er seine Zigaretten dagelassen hatte. Sie steckte sich wieder eine an und dachte an die Tage, die sie ein Jahr zuvor in Jerusalem verbracht hatte, an ihren ersten Besuch in der Stadt. Was ihr Bruder wohl machte? Er würde schließlich in wenigen Wochen mit den Briten zurückgehen, wenn das Mandat abgelaufen war. Sie dachte an Tamar Schiff und ihre Familie. Ob sie noch in Jerusalem waren? Wie würde es ihnen ergehen, jetzt, wo es keine Lebensmittellieferungen mehr gab? Und Hana, deren Blut durch ihre Adern floss? War sie jetzt eine Feindin, nur weil sie Araberin war?

Judith zog beinahe gierig an ihrer Zigarette. Sie wollte es genau wissen, sie wollte sich selbst ein Bild machen. Und sie würde ihm folgen, egal wie.

1. APRIL 1948

Sie sind da.«

Die Männer um den Tisch brachen in spontanen Applaus aus und klopften sich auf die Schulter. Uri sah in das erleichterte Gesicht von David Shaltiel, dem Kommandeur der Haganah in Jerusalem.

»Endlich«, sagte Shaltiel. »Sorgt dafür, dass die Waffen so schnell wie möglich zu den Einheiten kommen.«

Im Hafen von Tel Aviv war Stunden zuvor die *Nora* eingelaufen, und sie brachte eine wertvolle Fracht, auf die die Haganah sehnsüchtig gewartet hatte. Versteckt unter einer Ladung Zwiebeln, lagen in den Laderäumen der *Nora* viertausendfünfhundert Gewehre, zweihundert leichte Maschinengewehre und fünf Millionen Patronen, eine Lieferung aus der Tschechoslowakei, die die geheimen Emissäre der Jewish Agency Monate zuvor in Prag vereinbart hatten, zu einem Preis von zwölf Millionen Dollar.

Uri wusste wie alle im Raum, dass Shaltiel lange auf diesen Augenblick gewartet hatte. Er verfolgte, wie der Haganah-Kommandeur mit dem Finger über eine Landkarte wanderte, die vor ihm auf dem Tisch seines Hauptquartiers im Gebäude der Jewish Agency an der King-George-V-Avenue lag.

»Es kann losgehen«, sagte er. »Wir setzen die ›Operation Nachshon‹ um. Damit wollen wir den Würgegriff der Araber um Jerusalem beenden. Die Dörfer entlang der Straße nach Jerusalem sollen erobert und von Angreifern gesäubert werden. Und das hier ist eines der wichtigsten Ziele.«

Er zeigte auf einen Punkt etwa zehn Kilometer westlich von

Jerusalem. »Das ist Kastel. Schon die Kreuzritter haben hier eine Festung gebaut, die die Straße zur Stadt beherrschte. Kastel muss genommen werden, egal wie. Und zwar sofort.«

Erneut applaudierten die Haganah-Kommandeure. Uri schreckte auf. Erst jetzt bemerkte er, dass er nicht richtig bei der Sache war. Seine Gedanken waren bei jener Nacht, die irgendwie weit, ganz weit zurückzuliegen schien. Er ertappte sich, wieder einmal, dabei, dass er an sie gedacht hatte. An Judith.

3. APRIL 1948

Offiziell war die Sherut Avir, die die Taxiflüge über Palästina durchführen sollte, nur eine kleine private Luftverkehrsgesellschaft. Die Piper Cup, ein leichtes einmotoriges Verbindungsflugzeug, parkte am Rand der Startbahn von Sde Dov nördlich von Tel Aviv.

Es war noch früh am Morgen. Judith fror. Seit einer Stunde saß sie auf einer alten Holzkiste neben dem Flugzeug. Vom Mittelmeer wehte eine steife Brise herüber. Die Piper und ihr Pilot waren Judiths große Hoffnung. Sie wollte mitfliegen, auf jeden Fall.

Endlich kam Joshua Weinberger zur Maschine. Ohne sie zu fragen, zog er seine alte braune Lederjacke mit Pelzkragen aus und legte sie ihr um die Schultern. Judith lächelte dankbar. Sie fand, dass Weinberger wie ein großer Junge wirkte. Wie ein gut aussehender großer Junge, dachte sie und schämte sich kurz dafür. Einen Moment lang wollte sie ihm, sozusagen als Strafe für sich selber, die wärmende Jacke zurückgeben, beruhigte sich dann aber mit dem Gedanken, dass sie ihn doch nur brauchte, um zu Uri zu kommen.

»Wie ist es da oben?«, fragte sie. Ihr Blick ging zu den Bergen, auf deren Spitze Jerusalem lag.

»Ziemlich beschissen, wenn du mich fragst. Wenig zu essen, und dann natürlich täglich die Schießereien. Eines ist klar: Es fängt gerade erst richtig an. Der eigentliche Kampf wird erst beginnen, wenn die Briten abgezogen sind.«

Er betrachtete sie prüfend.

»Es geht mich ja nichts an, aber sag mir doch mal: Was will eine junge Frau wie du eigentlich in diesem Jerusalem?«

»Ich …« Sie suchte nach Worten.

Weinberger schaute auf seine Armbanduhr.

»Blöder Mist, wann kommt der Kerl endlich?«, murmelte er. Eigentlich wollte er schon seit einer Stunde in der Luft sein, mit dem ersten Morgenlicht, um nicht zu viel Aufmerksamkeit zu erregen.

Die Frühlingssonne tauchte den Flugplatz in ein warmes, zunehmend strahlenderes Licht. Weinberger ging ein weiteres Mal um die Piper herum, drehte den schmalen Propeller und überprüfte mit der Hand die Leichtgängigkeit der Landeklappen und der Steuerruder. Im Krieg hatte Weinberger Spitfires für die Royal Air Force geflogen, Geleitschutz für die britischen Bomber über Nazi-Deutschland. Er war Kanadier und gehörte zur Machal, einer Organisation, für die die Haganah rund dreitausend Ausländer angeworben hatte, Juden und Nichtjuden, Idealisten, Abenteurer, Zeitsoldaten, die meisten von ihnen erfahrene Veteranen des letzten Weltkrieges. Jetzt war Weinberger einer der Piloten, die für die Haganah so etwas aufbauen sollten wie eine Luftwaffe. Er wartete auf den Mann von der Jewish Agency, einen wichtigen Funktionär, der bei einem Treffen mit Ben Gurion in Tel Aviv gewesen war, um die brisante Versorgungslage zu besprechen. Außerdem waren in der zweisitzigen Maschine Gewehre und Munition verstaut, auf die man in Jerusalem mindestens genauso dringend wartete wie auf den Passagier, der nicht kam.

Das Geräusch eines Motors unterbrach sie. Ein Jeep näherte sich mit großer Geschwindigkeit und kam neben der Piper Cup zum Stehen. Ein Haganah-Kurier stieg aus.

»Er wird nicht kommen. Er musste ins Krankenhaus, Blinddarm.«

Weinberger nickte Judith zu.

»Also meinetwegen, steig ein, es geht los.«

Er sah, wie sie etwas zögernd hinter ihm in das Cockpit kletterte.

»Schon mal geflogen?«

Sie schüttelte den Kopf.

»Keine Sorge, runter kommen sie immer.«

Joshua Weinberger startete die Piper Cup gegen den Wind, der immer noch böig vom Mittelmeer herüberwehte. Er legte sie in eine scharfe Linkskurve und nahm Kurs nach Osten, auf die Berge von Judäa.

Judith hatte ein flaues Gefühl im Magen, aber bald lag die Maschine gerade in der Luft, der Propeller vor ihr war eine im Licht flirrende Scheibe, der Motor brummte zuverlässig, und sie begann, den weiten Blick über die Berge zu genießen, den Flug direkt auf die Sonne zu. Selten zuvor in ihrem Leben, mit Ausnahme ihrer frühen Kindheit in Berlin, hatte sie sich so unbeschwert gefühlt.

Schnell ließen sie die grüne Ebene hinter sich. Die zerklüfteten Hügel stiegen an, wurden zu Bergen. Mittendrin wand sich ein schmales, graues Band. War das dieselbe Straße, auf der sie wenige Tage zuvor noch die Schreie der Verletzten gehört hatte, die Schüsse, die Explosionen der Handgranaten?

Judith empfand eine Leichtigkeit, als wäre sie mit dem Verlassen des Erdbodens in eine neue Wirklichkeit eingetaucht, eine, die mit ihrem bisherigen Leben nichts zu tun hatte. Seine Frage kam ihr in den Sinn. Was wollte sie eigentlich in Jerusalem? Einen Moment lang schien ihr die Antwort nicht wichtig. Hier oben, an diesem hellen Morgen, tausend Meter über dem Boden Palästinas, wollte sie nur leben. Sie schob die Frage beiseite.

Plötzlich ging ein Zittern durch die Maschine. Über den Bergtälern trieb der Westwind die Luftmassen in die Höhe und zerrte an dem leichten Flugzeug. In Panik suchte Judith nach einem Griff, an dem sie sich festhalten konnte. Sie drückte den Rücken fest gegen den Sitz und kämpfte gegen die Übelkeit an, die mit einem Mal von ihr Besitz ergriffen hatte.

»Es ist nichts, kein Problem, nur ein paar Turbulenzen«, schrie Weinberger ihr gegen den Lärm des Motors zu. Er drückte den Steuerknüppel nach vorn. Die Piper nahm deutlich Fahrt auf. Judith schien es, als werde ihr Magen angehoben, so steil ging es nach unten.

»Da, da liegen sie«, hörte sie ihn schreien. Sie zwang sich zu einem Blick aus dem Fenster. Die Bergkämme waren jetzt auf Augenhöhe, die Piper schlängelte sich durch die Schlucht.

Unter ihr huschten die ausgebrannten Wracks des Konvois vorbei. Judith erkannte einen toten Esel, der neben einem der Lastwagen lag. Weinberger zog den Knüppel in Richtung seines Bauchs, und das Flugzeug stieg steil in den Himmel. Bald war die Straße wieder nur ein schmales Band, tief unter ihnen.

Auf beiden Seiten der Straße wurden nun Dörfer sichtbar, die sich an die Berghänge schmiegten. Über einem stand eine dichte Qualmwolke.

»Da unten«, schrie Weinberger aufgeregt. »Das sind unsere Truppen! Sie räuchern die Araber aus.«

Wieder wurde die Frage in ihr laut. Was wollte sie in Jerusalem? Diese einfache und so komplizierte Frage.

Es gab eine sehr simple Antwort. Sie wollte zu Uri, auch wenn sie das Weinberger gegenüber niemals zugeben würde. Aber sie suchte ja letztlich gar keine Antwort für Weinberger. Sie suchte eine Antwort für sich selbst, eine, die über ihre Gefühle für Uri hinausging.

Je mehr sich die Piper Cup Jerusalem näherte, desto klarer wurde ihr: Es gab kein Zurück mehr, kein Zurück in ihr früheres Leben. Sie hatte Berlin hinter sich gelassen, sie hatte Dachau hinter sich gelassen, das Lager der Briten auf Zypern. Sie hatte Judith Wertheimer hinter sich gelassen. Sie würde sich, sobald der neue jüdische Staat gegründet war, einen neuen Namen suchen, eine hebräischen.

Am Horizont, im Osten, waren bereits die Umrisse von Jerusalem zu erkennen, als Weinberger den Sinkflug begann.

»Kastel«, rief Weinberger. »Da, auf der Spitze des Berges, hoch über der Straße, die alte Festung. Ist jetzt ein arabisches Dorf. Das müssen wir unbedingt haben.«

Er trat mit dem rechten Fuß auf das Pedal für das Seitenruder und zog gleichzeitig den Steuerknüppel nach rechts. Die Piper Cup legte sich schräg, so dass Judith einen direkten Blick auf Kastel hatte. Sie glaubte, das Aufblitzen von Mündungsfeuer zu erkennen. Weinberger zog die Maschine steil nach oben.

»Besser ist besser«, rief er. »Beim letzten Flug habe ich mir drei Kugellöcher in der Tragfläche eingefangen.«

Konzentriert schaute er nach vorn. Nun begann der gefährlichste Teil des Fluges, der Anflug auf das provisorische Landefeld in Jerusalem. Er hielt die Maschine hoch in der Luft, ging im letzten Moment, nach einer scharfen Linkskurve, fast in einen Sturzflug über und fing die Maschine erst kurz vor dem Beginn der steinigen Rollbahn ab. Holpernd setzte die Piper Cup endlich auf.

Joshua Weinberger drehte sich zu Judith um. Er grinste.

»Willkommen, Lady, willkommen in Jerusalem. Ich muss gleich zurück, aber wenn du mal nichts Besseres zu tun hast, als mit einem Piloten einen Kaffee zu trinken – denk an den guten alten Josh.«

Neben der Rollbahn wartete ein Jeep. Mehrere Haganah-Leute begannen damit, die Waffen aus dem Flugzeug herauszuholen. Judith stand daneben. Ihre Beine zitterten immer noch leicht. Sie wandte sich an eine junge Frau, die gerade eine schwere Kiste auf den Jeep zu heben versuchte.

»Ich suche nach Uri, Uri Rabinowitsch.«

Die Frau warf ihr einen misstrauischen Blick zu.

»Er … er ist ein Freund, ein guter Freund«, sagte Judith zögernd.

»Fass mal mit an«, erwiderte die Frau. Gemeinsam stemmten sie eine Kiste mit Gewehren auf den Jeep.

»Hast du schon mal was von Kastel gehört?«, fragte die Frau.

Judith nickte.

»Du hast es nicht von mir, aber da müsste er sein, dein Uri.«

7. APRIL 1948

Abraham Horowitz rasierte sich sorgfältig. Schließlich wischte er das Rasiermesser an einem alten Handtuch ab. Im Schein einer Kerze schaute er zufrieden in einen halb blinden Spiegel, der auf einer Kiste stand.

»Bist du endlich fertig?«

Ungeduldig ließ Menachem Jaffe wie ein Westernheld den Abzugsring seines Revolvers um den Finger kreisen. Er strich sich über die Bartstoppeln.

»Du machst mir Spaß mit deinem Schönheitswahn. War das in deinem Kibbuz auch so? Oder bist du aus Yardenim abgehauen, weil sie dir sonst einen Spaten in die Hand gedrückt hätten?«

»Ich bin aus Yardenim weg, weil ich das Reden leid war, weil ich was für die Sache tun wollte, für unsere Sache«, sagte Horowitz.

Es klopfte leise an der Tür des Kellers, den die Männer der Irgun zu ihrem Hauptquartier gemacht hatten. Er lag in einem Haus in der Nähe der Jaffa Road, etwa auf der Höhe von Meha Sharim, dem Viertel der Orthodoxen. Horowitz ging zur Tür, den Revolver in der Hand. Vorsichtig schaute er durch einen Spalt nach draußen, dann öffnete er die Tür ruckartig.

»Komm rein«, sagte er.

»Nachschub«, sagte Shaul Avriel erklärend. »Direkt aus Seiner Majestät Munitionslager.«

Er schob mit dem Fuß eine Munitionskiste in den Kellerraum.

»Haben wir gestern besorgt, aus einem britischen Depot. Gab leider zwei Tote, bei den Engländern.«

Avriel schloss die Tür hinter sich. Er ließ eine Zigarettenpackung herumgehen.

»Dunhill, vom Feinsten. Auch aus britischen Beständen. Wir werden sie noch mal richtig vermissen, die Briten. All die schönen Depots, gefüllt mit allem, was dein Herz begehrt, Waffen, Munition, Zigaretten, sogar Whiskey«, sagte er sarkastisch.

»Zwei tote Briten? Ein verdammt kleiner Preis für die vielen von uns, die sie auf dem Gewissen haben«, sagte Horowitz.

»Erinnerst du dich an Josef, den Polen? Und an Moshe Mirkowitz? Und an Shmuel, den Iraker? Alles Leute von uns, alle aufgehängt, in ihrem verdammten Gefängnis in Accre, vor zwei Monaten.«

Horowitz streichelte beinahe zärtlich über die Munitionskiste.

»Gut, dann kommen wir zur Sache«, übernahm er das Gespräch. »Ich glaube, es ist Zeit, dass wir was unternehmen. Wir müssen ein Zeichen setzen, auch gegenüber der Haganah, dass die Irgun die Initiative in der Hand behält. Die Briten sind bald weg, jetzt geht es darum zu zeigen, wer der Herr im Haus ist. Jerusalem gehört den Juden, keine Internationalisierung, da darf es keine Diskussion mit diesen Schwächlingen geben, und Judäa und Samaria auch, das ganze alte jüdische Land, es gehört uns, nur uns. Wir haben lange genug die Briten bekämpft, damit sie abhauen, zu viele von uns sind gestorben, als dass wir jetzt aufgeben könnten. Jetzt müssen wir uns die Araber vornehmen, damit sie es endlich auch begreifen.«

Er nahm eine Landkarte und breitete sie auf dem Boden aus.

»Ihr kennt doch Deir Jassin, gleich am westlichen Stadtrand von Jerusalem. Das ist unser Ziel.«

Avriel rieb sich die Nase, zog an seiner Zigarette und räusperte sich dann.

»Deir Jassin gilt als besonders friedlich. Das könnte Ärger geben, mit der Jewish Agency, mit den Leuten von Ben Gurion, und auch mit der internationalen Gemeinschaft, und mit den Briten sowieso.«

Horowitz lief rot an und explodierte vor Wut.

»Seit wann kümmert uns, was diese Idioten denken? Scheiß auf Ben Gurion, scheiß auf seine Bande hier in Jerusalem, scheiß auf die Haganah! Die Irgun hat nie danach gefragt, ob es den Briten oder irgendwelchen jüdischen Angsthasen passt. Wo wären sie denn, die feinen Herren in Tel Aviv, die uns immer bekrittelt haben, wenn wir nicht rücksichtslos den Kampf gegen die Briten geführt hätten? Terroristen haben sie uns geschimpft, aber die Wahrheit ist doch, dass wir es waren, die die Engländer in die Knie gezwungen haben. Wir werden zuschlagen, so wie wir es immer getan haben.«

Horowitz blickte sich herausfordernd um.

»Nein, Deir Jassin ist ein gutes Ziel. Umso größer wird das Überraschungsmoment sein, wenn wir ausgerechnet dieses Dorf angreifen. Wir wollen keine Araber vor den Toren von Jerusalem«, fuhr er fort. »Wir können uns keine Sentimentalitäten leisten. Noch irgendwelche Fragen?«

Die anderen schwiegen.

»Deir Jassin muss weg. Und wir werden dafür sorgen, dass es so kommt.«

7. APRIL 1948

Jousseff nahm das neue Gewehr, das Abdul Khader Husseini ihm in die Hand drückte, mit strahlenden Augen entgegen. Er wusste nicht, dass es eines der wenigen war, die Khadar Husseini aus Damaskus mitgebracht hatte.

Am Tag zuvor war Khadar Husseini in Syrien gewesen und hatte versucht, Unterstützung für den Kampf um Jerusalem zu finden. Doch vergeblich. Das Militärische Komitee, das die ALA-Befreiungsarmee führte, speiste ihn mit ein paar Waffen ab, die im Kofferraum seines Wagens Platz fanden.

»Ihr seid alle Verräter an der arabischen Sache, und die Geschichte wird bestätigen, dass ihr Palästina verloren habt«, schrie er ihnen entgegen, bevor er Damaskus verließ.

Ihm war nun endgültig klar, dass die arabische Einheit beim Kampf um Palästina ein Mythos war, dass jeder nur an seine eigenen Interessen dachte. Die ALA wollte den Jihad Muqaddas nicht das Feld überlassen. Sie fürchtete, dass der Einfluss des Muftis von Jerusalem aus der Husseini-Sippe zu groß werden würde.

Deshalb dirigierte Abdul Khader Husseini den Angriff auf Kastel jetzt selbst. Auf die Kämpfer aus den Dörfern konnte er sich verlassen. Die Husseinis waren die mächtigste Sippe in und um Jerusalem, und die Männer zollten ihm Loyalität.

Jousseff Hamoud wusste das alles nicht. Er hörte seinen Anführer schreien: »Schlagt die Juden! Vertreibt sie aus unserer Heimat. *Allahu Akbar.*«

Jousseff jubelte ihm begeistert zu.

Uri saß zusammengekauert auf dem Boden und klemmte den Kopf zwischen die Knie. Eine Kugel schlug durch das zerschossene Fenster in der Wand gegenüber ein, prallte ab, flog quer durch den Raum und knallte wenige Zentimeter neben ihm auf den Boden. Uri war zu erschöpft, um zu reagieren. Er spürte nicht einmal mehr Hunger, er hatte nur noch Durst.

Seit Tagen dauerten die Kämpfe um Kastel nun schon an, Haus um Haus, Hügel um Hügel. Die Haganah hatte zwar bisher nicht aufgegeben, aber die Araber hatten wieder und wieder Hunderte von Freischärlern zusammengezogen und in den Kampf geschickt. Auch in dieser Nacht setzten sie ihre Angriffe fort, heftiger noch als zuvor.

Ein Haganah-Mann kam bäuchlings in den Raum gekrochen. Es war Mordechai, ein alter Freund von Uri. Ein zweiter Mann, den Uri nicht kannte, folgte ihm. Er reckte sich hoch und gab aus dem Fenster einen Feuerstoß aus seiner Sten-Maschinenpistole in die Dunkelheit ab.

»Ich glaube, ich habe einen erwischt«, sagte er. Mordechai klopfte ihm auf die Schulter.

Uri spürte einen Stoß in den Rippen. Er schreckte aus seiner Erschöpfung auf.

»Gib mir Feuerschutz«, forderte Mordechai ihn auf. Uri ging mit seiner Maschinenpistole halb geduckt in Position und feuerte in die dunkle Nacht. Mordechai rannte in gebückter Haltung zu dem toten Araber hinüber, filzte schnell seine Taschen, fand seine Papiere. Dann rannte er zurück.

8. APRIL 1948

Wir haben sie vertrieben. Wir haben die Juden aus Kastel vertrieben.« Jousseffs Augen funkelten. Er reinigte sein Gewehr und stellte es zufrieden zwischen seinen Füßen ab. Dann trank er einen Schluck süßen Pfefferminztee.

»Allah, sein Name sei gelobt, Allah sei Dank, und natürlich Abdul Khader Husseini. Was wären wir ohne ihn? Seit er uns anführt, können wir auch siegen.«

Er saß mit einer Gruppe arabischer Freischärler an einem Lagerfeuer am Rande von Kastel. Die Flammen beleuchteten ihre Gesichter. Am Morgen war die Zahl der arabischen Angreifer auf über tausend angestiegen. Dem ununterbrochenen Hagel ihrer Kugeln konnte die Haganah nicht mehr standhalten.

»Hast du gesehen, wie sie abgehauen sind? Wie sie sich den Berg hinunter zurückgezogen haben? Einfach weg!«

Ein Junge kam außer Atem angerannt, sein Gesicht trotz der Anstrengung blass.

»Schnell, kommt da rauf, den Hügel da hinauf.«

Jousseff sprang auf und folgte ihm, zusammen mit den anderen. Bald trafen sie auf eine Gruppe von Männern, die meisten in den traditionellen langen Gewändern, ihre Gewehre in den Händen. Sie standen mit hängenden Schultern und schauten zu Boden. Jousseff drängte sich zwischen ihnen durch. Dann sah er ihn. Vor ihnen lag Abdul Khader Husseini. Über seinem gekreuzten Patronengürtel war ein großer Blutfleck.

»Er ist tot. Die Juden haben ihn erschossen«, wisperte ein Mann. »Er ist ein Märtyrer.«

9. APRIL 1948

Sergeant Jonathan Higgins hatte das Fenster seines Büros geöffnet.

»Hören Sie sich das an, Sir, was für ein Feuerwerk«, sagte er.

Das Knallen der Gewehrsalven aus dem östlichen Teil Jerusalems drang bis nach Bevingrad, dem mit einem dichten Stacheldrahtzaun abgesperrten Hauptquartier der Briten östlich der Jaffa Road. Josef stand auf und ging hinüber zum Fenster. Er verschränkte die Hände hinter dem Rücken und schloss die Augen. Wie im Krieg, dachte er, als er die Salven hörte. Für die Moslems war dieser Freitag eigentlich ihr Feiertag, ihr Tag des frommen Gebets, aber in der Stadt der drei Religionen war dies kein Tag der Besinnlichkeit.

Das Damaskus-Tor, das nördliche Tor in der mittelalterlichen Mauer zur Altstadt, konnte die Massen nicht aufnehmen. Seit Stunden stauten sich die Menschen davor, bis sie endlich Einlass fanden, nach links in die engen Gassen bogen, schoben und drängten, ein Zustand der Hysterie, je näher sie dem Tempelberg kamen, auf dessen Spitze, zumindest darin waren sich Juden und Moslems einig, Abraham beinahe seinen Sohn geopfert hätte, um im letzten Moment von Gott davon abgehalten zu werden. Immer wieder feuerten sie ihre Flinten ab, schossen in die Luft, um ihren Gefühlen Luft zu machen.

Dreißigtausend Trauergäste drängelten sich, und alle wollten dem Punkt nahe sein, an dem sie Abdul Khader Husseini begraben würden, im Felsendom, von wo nach islamischem Glauben der Prophet Mohammed auf seiner Stute zum Himmel aufgestiegen war.

Jousseff versuchte vergeblich, den Sarg zu berühren, als dieser von Hand zu Hand über die Köpfe der Trauernden hinweg auf den Tempelberg getragen wurde. Rache, schoss es ihm durch den Kopf, Rache. Abdul Khader Husseini durfte nicht umsonst gestorben sein.

Im Büro von Jonathan Higgins klingelte das Telefon. Er hob ab und hörte einen Augenblick aufmerksam zu. Dann rief er Oberleutnant Goldsmith zu:

»Ein interessanter Bericht von einem unserer arabischen Informanten. Stellen Sie sich vor: Die Araber haben alles stehen und liegen lassen, sie sind allesamt zur Beerdigung, auch die Sieger von Kastel. Die Haganah hat das mitgekriegt – sie haben Kastel soeben wieder eingenommen, ohne Gegenwehr. Wie nennen die Juden das? Chuzpe.«

Higgins ordnete die jüngsten Berichte, die vor ihm auf dem Schreibtisch lagen.

»Die letzten Statistiken, Sir, für den General«, sagte er und legte sie dem Oberleutnant vor. »Sehen Sie sich das an, es ist eine Schande, wie viele unserer Jungs dran glauben mussten. Ich frage Sie, wofür?«

Josef blätterte in dem Bericht. Zwischen dem 1. Dezember und dem 3. April waren in den Kämpfen 6187 Menschen verletzt oder getötet worden, darunter 430 britische Soldaten.

Er kannte auch noch eine andere Zahl. Hunderte von Briten waren desertiert, die meisten standen jetzt im Sold der Araber. Aber, wie er nur zu gut wusste, nicht alle.

Wieder läutete das Telefon. Higgins nahm ab.

»Für Sie, Sir«, sagte er und reichte dem Oberleutnant den Hörer. Josef hörte mit unbeteiligter Miene zu, was die aufgeregte Stimme ihm zu berichten hatte, und wandte sich dann an Sergeant Higgins.

»Wo ist der General, ich muss ihn sprechen, eine Anordnung

des High Commissioner. Es gibt einen Überfall auf das arabische Dorf Deir Jassin, offenbar eine fürchterliche Sache. Er will, dass unsere Truppen intervenieren.«

Higgins wies auf die große Tür.

»In seinem Büro, er ist vor einer halben Stunde gekommen.«

Josef erhob sich und ging mit schnellen Schritten auf das Büro des Kommandierenden Generals McMillan zu. Fünf Minuten später kam er zurück. Das Entsetzen stand ihm ins Gesicht geschrieben.

»Der General hat nicht die mindeste Absicht, der Anordnung des High Commissioner zu folgen. So kurz vor dem Abzug will er keine britischen Soldaten bei einer Aktion einsetzen, die in irgendeiner Weise britisches Leben beeinträchtigen könnte.«

Sergeant Higgins zündete sich eine Zigarette an und paffte Ringe in die Luft.

»Ich kann's ihm nicht verübeln, Sir.«

Hana hielt Davids Hand fest. Ihre Augen waren gerötet und von tiefen Schatten umgeben. Sie standen an der King-George-V-Avenue, einer der Hauptstraßen im jüdischen Teil Jerusalems. Wie ein Lauffeuer hatte sich die Nachricht vom Angriff der Irgun und Lehi auf Deir Jassin in der Stadt verbreitet, hatte die Menschen sowohl im jüdischen wie im arabischen Teil elektrisiert. Gerüchte kursierten, unbestätigte Beschreibungen, Opferzahlen, und obwohl die Menschen in Jerusalem die Einzelheiten nicht kannten, schien eines doch ziemlich klar: Im Siebenhundert-Seelen-Dorf Deir Jassin musste etwas Schreckliches passiert sein.

Hana drängte sich an David.

»Hör zu, wir … ich«, stotterte er hilflos und legte einen Arm um sie. »Ich werde … ich werde versuchen herauszufinden, was genau passiert ist, so schnell wie möglich.«

Drei Lastwagen kamen die King-George-V-Avenue von Westen her herunter. Auf den offenen Ladeflächen standen Menschen mit erhobenen Händen, die von Männern der Irgun bewacht wurden, die Maschinenpistolen im Anschlag. Hana sah auf dem ersten Lastwagen ein Kind, das sie kannte – Ali, zehn Jahre alt, das Kind ihrer Nachbarn. Alis Gesicht war starr, zitternd hielt er seine kleinen Arme in den Frühlingshimmel.

Eine Frau drehte sich zu ihnen um. Hana erstarrte.

Es war Miriam, ihre Cousine.

»Miriam, hier! Ich bin hier«, schrie Hana auf.

Miriams langes, weißes Gewand war zerrissen und blutverschmiert. Sie versuchte sich zu bewegen, die Hände herunterzunehmen, sie von dem langsam fahrenden Lastwagen Hana entgegenzustrecken. Doch einer der Männer stieß ihr brutal den Kolben seiner Maschinenpistole in die Rippen.

Hana bohrte ihre Fingerspitzen in Davids Arm. Auch die Gesichter der Menschen auf dem zweiten Lastwagen kannte sie, zumindest flüchtig. Schließlich rollte der dritte Lastwagen vorbei.

Hana stockte der Atem. Sie sah einen alten Mann, der, an das Führerhaus des Lastwagens gelehnt, mühsam versuchte, aufrecht zu stehen.

»Vater«, schrie sie, »Vater! Vater!«

Sie riss sich von Davids Arm los und rannte auf den Lastwagen zu. David zögerte einen Augenblick, dann sprang er hinter ihr her und hielt sie fest, als er sah, wie ein Irgun-Mann seine Maschinenpistole auf Hana richtete.

Am liebsten hätte Judith sich in ein Café gesetzt und die Sonne genossen, die Wärme, die sich wohlig, beruhigend auf ihrer Haut ausbreitete. Aber sie war in Eile. Sie wollte zur Besprechung der Haganah im Hauptquartier der Jewish Agency, und sie wollte pünktlich sein. Sie wollte gerade die breite Fahrbahn überqueren, als sie die Kolonne kommen sah, drei Lastwagen, die langsam die Straße entlangfuhren.

Judith blieb stehen, um sie vorbeizulassen. Eine kleine Gruppe Neugieriger hatte sich am Straßenrand versammelt, und immer wieder hörte Judith ein Wispern, einen Namen, den sich die Menschen an diesem Frühlingstag zuraunten: Deir Jassin. Erst jetzt schaute sie genauer hin. Sie sah die Männer und Frauen mit den Maschinenpistolen auf den Wagen, sah ihre Gefangenen.

Als der dritte Lastwagen an ihr vorbeirollte, hörte sie das Schreien. Es kam von der anderen Seite der Straße. Eine junge Frau, offenbar eine Araberin, versuchte, auf den Lastwagen zuzulaufen, und wurde von einem Mann daran gehindert. Sie schrie durchdringend, in Panik.

Judith stutzte. Sie glaubte, das Gesicht schon einmal gesehen zu haben. Dann wurde es ihr schlagartig klar. Auf der anderen Straßenseite, die junge Araberin, war Hana, Hana Khalidy, die Krankenschwester aus dem Hadassah-Krankenhaus.

Sie sah, wie Hana sich weinend an den Mann klammerte, als die Kolonne an ihnen vorbeigefahren war, außer Reichweite jetzt. Judith überquerte die Straße und berührte Hanas Schulter.

»Ich bin's, Judith.«

Hana reagierte nicht.

»Hana, bitte, hör mir zu, ich bin's, Judith. Erinnerst du dich nicht?«

Hana löste sich langsam von dem Mann und wandte sich Judith zu. Ihre Augen sagten Judith, dass Hana sie erkannt hatte, aber sie blieb stumm.

»Ihr Vater«, sagte der Mann neben ihr, »er ist auf einem der Lastwagen, die aus Deir Jassin kommen. Und sie hat fürchterliche Angst um ihre Mutter und die übrige Familie.«

Judith nahm Hana in die Arme und flüsterte ihr ins Ohr:

»Sei ganz ruhig, bitte. Ich bin bei der Haganah, ich werde mich darum kümmern.«

Der obere Teil der Hauptfront des U-förmigen Gebäudes der Jewish Agency lag immer noch in Trümmern. Drei Wochen zuvor war der Wagen des amerikanischen Generalkonsuls dort hineingefahren. Der Generalkonsul hatte nicht im Wagen gesessen, nur sein Fahrer, ein Araber. Bei der Detonation der Bombe kamen dreizehn Menschen ums Leben.

Judith lief die Treppe zu den Büroräumen hoch, in denen David Shaltiel sein Hauptquartier eingerichtet hatte. Sie riss die Tür auf. Shaltiel hielt sich gerade den Hörer eines Funkgerätes ans Ohr und wies sie mit einer Handbewegung an, Platz zu nehmen. Die wichtigsten Haganah-Kommandeure waren versammelt. Sie setzte sich neben Uri.

Nach einer Weile legte Shaltiel den Hörer auf das Funkgerät.

»Unser Mann berichtet, dass die Irgun und die Lehi in Deir Jassin ein schreckliches Massaker angerichtet haben«, sagte er leise. »Und es geht offenbar noch weiter.«

Judith hielt es nicht länger aus.

»Und? Was tun wir? Habt ihr schon mal aus dem Fenster gesehen? Da draußen führen sie stolz ihre Gefangenen vor. Eine unglaubliche Provokation.«

Shaltiel blickte in die Runde.

»Uri, nimm dir ein paar Männer. Fahr hin und stopp den Wahnsinn. Wenn es sein muss, mit Waffengewalt.«

Uri stand auf. Judith folgte ihm auf den Flur.

»Uri, bring mir einen Mann, Mohammed Khalidy. Er ist der Vater von Hana, du weißt, der Araberin, von der ich dir erzählt habe.«

Sie streckte ihm ihre Unterarme entgegen.

»Sieh her, die Venen in meinen Armen. Darin fließt ihr Blut. Ohne sie wäre ich heute nicht hier.«

Uri stand auf dem Platz vor dem Haus des Mukthars von Deir Jassin. Aus einigen Gebäuden waren immer noch vereinzelt Schüsse zu hören. Er atmete tief ein und aus, immer wieder, ein und aus. Er kramte in seinen Taschen nach einer Packung Zigaretten, fand aber keine. In diesem Moment lief Abraham Horowitz aus einem der Häuser hinüber zum Haus des Mukthars, in der Hand eine Pistole. Spontan lud Uri seine Sten durch.

»Halt, bleib stehen, sofort«, rief er Horowitz zu und richtete die Maschinenpistole auf ihn. Er streckte die linke Hand aus.

»Her mit der Pistole.«

Horowitz blieb stehen. Er zögerte.

»Sag mal, spinnst du? Bist du völlig verrückt geworden?«, sagte er überrascht.

»Ich? Wenn hier einer völlig verrückt geworden ist, dann bist du es – du und deine Leute. Ihr seid Mörder, nichts als brutale Mörder.«

Horowitz spuckte vor ihm aus.

»Ach ja, du Schlauberger? Was weißt denn du schon! Sie haben uns beschossen, als wir in das Dorf eingerückt sind. Vier von uns sind tot, verstehst du, mausetot. Sollen wir das ungesühnt lassen?«

Uri war versucht, ihm ins Gesicht zu schlagen.

»Und das rechtfertigt, was ich hier gesehen habe? Frauen, Kinder, alte Männer – abgestochen wie die Schweine! Die Häuser sind voller Leichen. Wie viele sind es, fünfzig, hundert, zweihundert?«

»Was willst du eigentlich hier?«, fragte Horowitz. »Das ist eine Operation der Irgun und der Lehi. Das ist unsere Sache, ganz allein unsere Sache. Spiel dich nicht auf, Uri, tu nicht so, als hättet ihr bei der Haganah die Moral für euch gepachtet. Oder gibt es bei euren Operationen etwa keine Toten?«

Wieder spuckte er vor Uri aus.

»Du kotzt mich an. Mach, dass du wegkommst.«

Uri richtete seine Sten nun direkt auf Horowitz' Bauch.

»Gib mir deine Waffe. Und sag den anderen, sie sollen ihre ebenfalls abliefern. Das ist ein Befehl von David Shaltiel.«

»Der feine Shaltiel«, höhnte Horowitz. »Ach, wirklich. Weißt du eigentlich, was er uns gesagt hat? Wir sollten das Dorf einnehmen, wenn wir es auch halten können. Er will nämlich hier in der Nähe eine Landebahn anlegen, und das geht nur, wenn wir Deir Jassin kontrollieren.«

Uri schoss das Blut ins Gesicht.

»Und hat er euch auch gesagt, dass ihr hier alle abschlachten sollt? Ein Dorf einnehmen ist eine Sache, daraus ein Massaker zu machen, eine ganz andere. Gib sie her, die Pistole«, forderte er erneut.

Horowitz krümmte den Finger um den Abzug seiner Waffe.

»Komm doch und hol sie dir«, sagte er grinsend.

Sie standen sich gegenüber, die Waffen aufeinander gerichtet.

»Schieß doch endlich, du Feigling«, höhnte Horowitz. »Zeig der Welt, wie Juden Juden abschießen. Das ist es, worauf die Araber gewartet haben, und die Briten werden sich auf die Schenkel klopfen vor Lachen. Na los, mach schon.«

Uri ließ seine Sten sinken. Er brachte es nicht über sich. Er hatte Wut verspürt, heftige Wut, jetzt aber fühlte er nur noch Leere.

»Ich will einen der Gefangenen«, sagte er mit leiser Stimme. »Mohammed Khalidy, ein älterer Mann.«

»Bitte sehr, der Herr, kein Problem.« Horowitz steckte sich die Pistole in den Gürtel. »Wir werden ihn gleich schicken. Und ansonsten, lass mich in Ruhe.«

Jousseff schmetterte das Radio gegen die Wand. Die Juden hatten in ihrem Programm, das sie auch auf Arabisch ausstrahlten, soeben die Einnahme von Deir Jassin verkündet. Erst der Tod von Abdul Khader Husseini und nun wenige Stunden nach seiner Beerdigung auch noch das, dachte er. Allah hatte beschlossen, sie zu prüfen.

Für einen Moment vergaß er, dass Ahmed vor ihm saß. Er öffnete das Fenster, das zu einer der engen Gassen in der Altstadt von Jerusalem führte, und feuerte mit seinem Gewehr in die Luft. Wieder und wieder lud er nach, bis die Munition verbraucht war.

Sein Vetter Ahmed kauerte auf dem schmalen Bett und weinte. Sein linkes Auge zitterte unkontrolliert. Ahmed hatte sich nach Jerusalem durchgeschlagen, er war einer der wenigen Überlebenden des Massakers. In den Händen hielt er den Koran.

»Hier, aus dem Haus deiner Eltern«, sagte er und reichte Jousseff das Buch. »Sie sind tot. Deine älteste Schwester auch«, schluchzte er. »Genau wie … meine Mutter.«

Jousseff nahm den Koran und presste ihn an seine Brust.

Bei Allah, er hatte dem Allmächtigen schon lange Rache geschworen, und, bei seinem Leben und der Ehre seiner Mutter, er würde sein Wort halten.

»Wo sind die anderen?«, fragte er Ahmed.

»Fort, weit fort, sie wollten über den Jordan, nach Transjordanien.«

Jousseff durchzuckte der Hass wie ein kalter Blitz. Die Juden hatten mit dem Überfall auf Deir Jassin tatsächlich ihr Ziel erreicht: Die Araber verließen in Panik zu Tausenden ihre Dörfer.

Der Jeep hielt vor dem Haus in Sheik Jarrah. Mohammed Khalidy hatte die ganze Fahrt über kein Wort gesprochen und blieb auch jetzt zusammengesunken auf der Rückbank sitzen.

Mit einem kurzen Blick zu Uri, der das Steuer mit beiden Händen umklammert hielt, stieg Judith aus. Sie suchte nach dem Klingelknopf mit dem Namen Khalidy, drückte ihn. Ein Fenster über ihr wurde geöffnet, und sie sah Hanas Gesicht. Wenige Augenblicke später kam Hana aus dem Haus gerannt und fiel ihrem Vater weinend um den Hals.

Mohammed Khalidy legte zögernd einen Arm um sie. Schließlich erhob er sich mühsam von der Sitzbank des offenen Jeeps und kletterte auf den Bürgersteig. Hana stützte ihn. Sie führte ihn zur Haustür, blieb dann aber kurz vor dem Eingang stehen.

»Was ist mit Mutter?«, fragte sie.

Ihr Vater schwankte, als würde er gleich zusammenbrechen. Judith, die beide zur Tür begleitet hatte, griff ihm unter die Arme, bis er sich wieder gefangen hatte.

Er antwortete nicht. Er starrte nur vor sich hin, die Augen ins Leere gerichtet.

Ratlos blickte Hana in Uris Richtung. Uri hätte es ihr sagen können. Er hatte ihre Mutter gesehen. Aber er brachte es nicht über sich, Hana den Zustand ihrer Leiche zu beschreiben.

Er schüttelte nur hilflos den Kopf.

David erschien an der Tür und öffnete sie weit, um Hana und ihren Vater eintreten zu lassen. Als Judith sich anschickte, ihnen zu folgen, stellte sich David mit versteinertem Gesicht zwischen sie und die Tür. Er musterte sie von oben bis unten, ihre Khakiuniform, die Pistole an ihrem Gürtel.

»Ich glaube, es ist besser, wenn Sie jetzt gehen«, sagte er mit tonloser Stimme.

»Aber ich ...«, hub sie an. Ich bin doch keine von denen, wollte sie sagen, ich habe es nicht getan, nicht ich, nicht ausgerechnet ich. Aber die Worte blieben ihr im Hals stecken.

David trat zurück und schloss die Tür. In ihren Adern floss Hanas Blut, dachte Judith. Aber war es jetzt das Blut ihrer Feindin?

Langsam ging sie zurück und stieg zu Uri in den Jeep.

»Fahr los. Verdammt noch mal, fahr endlich los.«

13. APRIL 1948

David weckte sie vorsichtig und flüsterte:

»Ich muss los.«

Hana schreckte hoch. Sie setzte sich im Bett auf.

»Nein, bleib bei mir. Du darfst nicht gehen, bitte bleib hier.«

»Hab keine Angst«, versuchte er sie zu besänftigen. »Wir werden gut bewacht.«

Doch Hana wollte es nicht akzeptieren.

»Es ist viel zu gefährlich! Seit Tagen treiben sich Banden in der Gegend herum. Du weißt genau, was sie wollen. Sie wollen Mount Scopus endgültig vom jüdischen Jerusalem abtrennen.«

»Aber darum geht es doch. Wir dürfen nicht zulassen, dass das Krankenhaus geschlossen wird. Wir haben doch eine Verantwortung für unsere Patienten«, erwiderte er.

Er griff in seine Jackentasche und legte einen Briefumschlag auf ihren Nachttisch. Der Umschlag war mit amerikanischen Briefmarken frankiert. Sie schaute David fragend an.

»Ein Brief von meinen Eltern aus New York. Sie haben angekündigt, dass sie kommen werden, wann immer wir wollen – zu unserer Hochzeit.«

Hanas Augen weiteten sich unvermittelt.

»Zu unserer Hochzeit?«

»Ja, zu unserer Hochzeit.«

Er umarmte sie.

»Bitte entschuldige – vielleicht ist es etwas ungewöhnlich, es auf diese Weise zu sagen, aber die Zeiten sind ja auch mehr als ungewöhnlich, und ich wollte erst sicher sein, dass meine Eltern auch kommen, und dich dann damit überraschen. Ja, Hana, ich möchte dich endlich heiraten.«

Er hielt sie weiter fest umschlungen.

»Bitte, Hana, bitte sag Ja. Ich weiß, es ist eine furchtbare Zeit, für dich, für uns alle. Aber ich liebe dich, und ich möchte nur eines: Ich möchte, dass wir zusammen sind, als Mann und Frau.«

Er streichelte vorsichtig über ihren Bauch, der sich zu runden begonnen hatte.

»Und natürlich möchte ich, dass unser Kind eine Familie hat.«

Sie begann zu weinen.

»David, ich … ich weiß nicht, was ich sagen soll.«

»Sag einfach nur Ja, bitte, Hana, sag einfach nur Ja.«

Sie schlang den Arm um seinen Hals.

»Ja, David, ja.«

Einen langen Augenblick saßen sie so beisammen und hielten sich fest. Vorsichtig versuchte er dann, sich aus ihrer Umarmung zu befreien. Aber sie ließ ihn nicht los.

»David, geh nicht, bleib bei mir.« Sie sah ihn flehentlich an.

»Ich muss, ich kann die anderen nicht im Stich lassen.«

»Dann komme ich mit«, sagte sie entschlossen. »Schließlich arbeite ich auch dort.«

»Bitte, sei vernünftig, es geht nicht mehr. Nicht in deinem Zustand, und außerdem …«

Er stoppte. Und außerdem war es für eine Araberin mehr als gefährlich, noch in diesem jüdischen Krankenhaus zu arbeiten.

»Du musst auf deinen Vater aufpassen«, sagte er stattdessen. »Er braucht dich.«

Er stand auf, küsste sie und zog sich sein Jackett über, das über einer Stuhllehne hing. Leise, um ihren Vater nicht zu wecken, der im Nebenzimmer auf dem Sofa schlief, verließ er die Wohnung.

»Da drüben, da sind die Briten.«

Jousseff konnte sie auf der anderen Straßenseite, wo das Antonius-Haus stand, gut erkennen. Einige Soldaten der Highland Light Infantry saßen auf einem gepanzerten Wagen in der Frühlingssonne.

»Sie sehen nicht so aus, als würde sie das hier besonders interessieren«, bemerkte der Iraker, der neben ihm auf einer Mauer lag, das Gewehr im Anschlag. »Hast du die Mine versteckt?«

Jousseff nickte. Er lag zwischen Ahmed und dem Iraker. Ahmed sah bleich aus, sein linkes Auge zitterte immer noch. Aber Jousseff hatte darauf bestanden, dass er mitkam.

»Denk an deine Mutter«, hatte er gesagt. »Heute ist der Tag der Rache.«

Die enge Straße zwischen dem Antonius-Haus und der Nashashibi-Kurve war von Steinmauern umgeben. Sie stieg über einige hundert Meter steil an. Hinter der Kurve führte die Straße auf das Hadassah-Krankenhaus zu. Gut, dachte Jousseff, sehr gut. Hier können sie uns nicht entkommen.

Er drehte sich auf den Rücken und schaute in den blauen Himmel über Judäa. Die Sonne spiegelte sich in der goldenen Kuppel des Felsendoms. Es versprach ein warmer Frühlingstag zu werden.

Die Busse warteten schon mit laufendem Motor am Treffpunkt an der Hasolel-Straße. David schaute auf seine Armbanduhr. Es war kurz vor neun, er hatte es gerade noch geschafft.

Das Hadassah-Krankenhaus brauchte dringend Nachschub, um die ärztliche Versorgung weiter aufrechterhalten zu können. Seit Wochen wurden die Lastwagen mit den Versorgungsgütern von Wachen der Haganah begleitet. Wegen seiner strategischen Lage im Osten Jerusalems sollte das Krankenhaus unter allen Umständen gehalten werden.

»Schön, dass Sie uns die Treue halten, David.«

Er spürte eine Hand auf seiner Schulter. Es war Haim Yassky, der Chef des Hadassah-Krankenhauses.

»Wir sind auf jeden Mann angewiesen, gerade jetzt«, sagte Yassky. »Die Bevölkerung von Jerusalem braucht ein funktionierendes Krankenhaus. Aber ich bin mir nicht sicher, ob wir da oben auf dem Berg weiter funktionieren können – abgeschnitten von der übrigen Stadt, mitten im arabischen Gebiet. Ich fürchte, wir werden uns nach einer Alternative umsehen müssen.«

Yassky wirkte deprimiert. Hadassah war sein Leben, und jetzt war die Zukunft des Krankenhauses in Gefahr. Er klopfte David noch einmal auf die Schulter.

»Wir müssen durchhalten, David. Wir müssen es einfach.«

Er nahm seine Frau Fanny bei der Hand und bestieg einen gepanzerten Krankenwagen, an dessen Seitenwänden ein großer roter Davidstern prangte. David folgte ihnen.

»Wir sollten los«, sagte Yassky mit müder Stimme zu dem Haganah-Mann am Steuer.

Der Konvoi setzte sich Richtung Osten in Bewegung – zwei Busse mit Patienten, Ärzten und Krankenschwestern, drei Lastwagen, zwei Krankenwagen und zwei Begleitfahrzeuge der Haganah.

»Ruhig, ganz ruhig.« Jousseff versuchte seinen Cousin davon abzuhalten, von der Mauer zu springen. Ahmed zitterte jetzt am ganzen Körper, Schweißperlen bedeckten seine Stirn.

»Hab keine Angst. Schau dich doch um, überall liegen unsere Kämpfer, und wir sind vorbereitet, nicht wie in Deir Jassin. Diesmal werden wir angreifen, und wir werden siegen, verlass dich drauf.«

Aber auch er spürte in sich die Spannung steigen. Sie hatten das Ziel sorgfältig ausgewählt. Sie würden den Juden einen Schlag versetzen und all denen, die an eine Verständigung zwischen Juden und Arabern glaubten. Es gab kein besseres Ziel als die Mitarbeiter des Hadassah-Krankenhauses.

Träumer, Fantasten, dachte er, wie viele Beweise brauchten sie noch, um es endlich zu begreifen? Was musste noch passieren, damit allen endlich klar wurde, dass es niemals, niemals ein gleichberechtigtes Zusammenleben zwischen Juden und Arabern geben konnte? Nicht in Palästina, nicht in Jerusalem.

Er biss wütend die Zähne zusammen. Hana. Sie zählte zu ihnen, zu diesen Irren. Was mochte sie jetzt tun? Er hatte gehört, dass sie irgendwo im arabischen Teil Jerusalems abgetaucht war. Er würde sie finden, sobald diese Aufgabe hier erledigt war.

Der Gedanke an Hana trieb ihm das Blut ins Gesicht. Sie hatte sich mit den Juden verbündet, sie war auf ihre Seite gewechselt, hatte die Araber verraten – und sie hatte seine Ehre mit Füßen getreten. Er würde mit ihr abrechnen, das war Allahs Wille.

Er blickte die Straße hinunter. Einige hundert Meter entfernt sah er einen gepanzerten Ford die steile Straße hinauf auf sie zufahren, dahinter ein Konvoi aus Lastwagen und Bussen. Jousseff stieß Ahmed an.

»Da, die Juden. Denk an deine Mutter«, flüsterte er.

David saß neben Sally, einer Krankenschwester. Sie schaute immer wieder unsicher aus dem Fenster. Er lächelte ihr zu.

»Wird schon werden«, versuchte er sie aufzumuntern. Aber er war sich dessen alles andere als sicher. Zu oft waren die Konvois beschossen worden.

Sie hatten gerade den letzten Haganah-Kontrollposten bei Tipat Halav hinter sich gelassen. Er schloss die Augen und versuchte sich vorzustellen, wie sie bald eine Familie sein würden. Hana, er und das Kind. Ihr Kind.

Nun würde es bald so kommen. Aber wie bald? Welche Gewissheiten gab es in diesen Wochen in Jerusalem? Was würde sein, wenn die Briten abzogen? Die Araber, das war klar, würden es nicht zulassen, dass die Juden einfach ihren Staat gründeten, so wie es die Vereinten Nationen in ihrem Teilungsplan vorgesehen hatten. Und die Juden würden alles dafür tun, um diesen UNO-Plan Wirklichkeit werden zu lassen und ihren Staat durchzusetzen. Einen Staat, umgeben von feindlichen arabischen Ländern.

Das konnte nur eines heißen: Krieg. Noch mehr Krieg, noch mehr Gewalt.

Und was würde das für seine kleine Familie bedeuten? Eine jüdisch-arabische Ehe, ausgerechnet jetzt?

Hatte er nicht Verantwortung für sie? Sicher, er hatte sich entschieden, er wollte in dem neuen Staat der Juden leben. Es sollte sein Staat sein. Aber das war vorher, das war vor Hana, vor dem Kind. Wäre es nicht richtig, seine Familie in Sicherheit zu bringen, nach Amerika?

Er öffnete die Augen. Sie fuhren soeben an Sheik Jarrah vorbei, er konnte das Haus erkennen, in dem Hanas Wohnung lag. Er versuchte, die düsteren Gedanken zu verscheuchen. Nein, dachte er, Yassky hatte recht, sie mussten das durchstehen, irgendwie. Das Wichtigste war im Augenblick, das Krankenhaus offen zu halten. Das musste weiterhin das Modell für die Zukunft sein, sagte er sich, ein Krankenhaus für alle, für Juden und Araber. Hier war seine Aufgabe, hier, bei seinen Patienten.

Er sah die Wagen vor ihm den Hügel hinauffahren, durch die enge Straße. In wenigen Minuten würden sie auf Mount Scopus angekommen sein. Schwester Sally starrte noch immer aus dem Fenster. Im Bus herrschte Schweigen. Das schwere Fahrzeug kroch im ersten Gang. David blickte auf seine Armbanduhr. Es war 9.45 Uhr.

Die Explosion der Mine riss einen Krater von etwa einem Meter Tiefe in die Fahrbahn. Der Ford mit der Haganah-Begleitmannschaft fuhr mit einem Vorderrad hinein. In diesem Moment begann das Schießen.

»Verdammt nochmal! Bin ich hier die Feuerwehr oder was? Jedes Mal, wenn es irgendwo kracht, sollen wir es richten!«

Sergeant Higgins war rot angelaufen. Seit Stunden klingelte sein Telefon.

»Ich werde es ihm ausrichten, Sir, jawohl, Sir, nein, der General hat keine Anweisungen gegeben. Ich weiß, dass die Lage ernst ist«, sagte er ein weiteres Mal in den Hörer.

Als Oberleutnant Goldsmith das Vorzimmer des Kommandierenden Generals betrat, sprang Higgins auf.

»Gut, dass Sie kommen, hier ist die Hölle los. Alle paar Minuten rufen die von der Jewish Agency an. Sie wollen, dass wir eingreifen. Und unsere Jungs am Antonius-Haus sind ständig am Funk und wollen wissen, was sie tun sollen. Die Araber feuern auf den jüdischen Konvoi, der zum Hadassah soll, mit allem, was sie haben. Und es werden ständig mehr, sie kommen von überall her, wollen sich an dem ›Feuerwerk‹ beteiligen. Der General will nicht intervenieren. Er meint, es wird sich schon wieder beruhigen.«

Josef schaute ihn ungläubig an.

»Er will *nicht* intervenieren? Das heißt, wir schauen einfach zu, wie da draußen die Leute massakriert werden?«

»Sieht so aus, Sir.«

»Ich muss mit ihm reden.«

Josef richtete sich gerade auf, zog seine Uniformjacke glatt und klopfte an die Tür zum Büro des Generals. Er wartete die Antwort nicht ab, stürmte ins Büro. McMillan blickte von seinen Akten auf.

»Hat Ihnen der Sergeant nicht gesagt, dass ich nicht gestört werden will, Goldsmith? Ich habe einen Abzug zu organisieren, verstehen Sie?«

Ungeduldig schaute er Josef an.

»Noch was, Goldsmith?«

»Bei allem Respekt, Herr General, aber das kann nicht Ihr Ernst sein. Buchstäblich vor unseren Augen findet ein Massaker statt, und wir lassen es einfach geschehen. Wir haben als Mandatsmacht die Verantwortung für die Aufrechterhaltung der Ordnung, und zwar solange wir hier sind.«

McMillan blickte wieder auf seine Akten.

»Wissen Sie was, Goldsmith? Die haben auf mich geschossen, heute Morgen. Die Juden hatten nichts Besseres zu tun, als sofort das Feuer zu eröffnen, als ich mit meinem Wagen zufällig an dem Konvoi vorbeifuhr. Sie schießen auf uns, Goldsmith. Gehen Sie raus und schauen Sie sich mein Auto an. Kugellöcher in der Karosserie, mit besten Grüßen von der Haganah. Wenn Sie mich jetzt entschuldigen würden? Wie gesagt, ich habe zu tun.«

Sie hielt es einfach nicht mehr aus. Hana lief in der Wohnung auf und ab. Sie war sich sicher, da draußen, mitten in der Orgie der Gewalt, musste David sein, David, der Vater ihres Kindes. Sie musste etwas tun, irgendetwas. Sie zog sich die Schuhe an und ging zur Tür.

Da stellte sich Mohammed Khalidy ihr in den Weg. Er trug einen Fez, an den Füßen hatte er Straßenschuhe. Zum ersten Mal seit dem Massaker in Deir Jassin hatte er sich rasiert und seinen Anzug angezogen. Er hing an ihm herunter, nachdem er sich tagelang geweigert hatte, etwas zu essen.

»Bleib hier, misch dich nicht ein«, sagte er und breitete die Arme abwehrend aus, die Tür blockierend.

»Aber da draußen! Sie schießen seit Stunden. David ist in dem Konvoi … Bitte, Vater, ich weiß nicht, ob er in Gefahr ist … Versteh doch, ich muss zu ihm!«

»Sei vernünftig.« Ihr Vater versuchte streng zu wirken. »Ich kann das nicht zulassen. Du bleibst hier.«

»Vernünftig? Was ist schon vernünftig? Meinst du, es gibt noch so etwas wie Vernunft?«, begehrte sie auf. »Ich sehe nur noch Tote, Verletzte, Gewalt, wo man auch hinschaut. Was hat sie dir geholfen, deine Vernunft? Nein, es gibt niemanden mehr, der eine vernünftige Lösung will.«

Sie schaute ihn herausfordernd an.

Er senkte den Kopf. »Denk an Mutter, denk an all die anderen. Ich will dich nicht auch noch verlieren«, sagte er leise. »Lass uns fortgehen. Sie haben uns zwar in Deir Jassin alles genommen, aber ich habe noch Geld auf der Bank in Amman. Lass uns gehen, bevor es zu spät ist.«

»Aber ich kann nicht fort, ich kann nicht! Ich gehöre zu David, du weißt das.«

Sie küsste ihn auf die Wange und schob ihn gleichzeitig sanft zur Seite, von der Tür weg.

»Verzeih mir, Vater, aber ich kann ihn nicht einfach im Stich lassen.«

Es war ein einziger gepanzerter Wagen, den die Haganah zu Hilfe schickte. Er raste an den Bussen vorbei. Der Fahrer versuchte, mit hoher Geschwindigkeit den Graben zu überspringen, den die Mine in die Straße gerissen hatte. Er scheiterte. Der Wagen blieb neben dem Ford stecken, der bereits am Morgen an dieser Stelle durch die Explosion gestoppt worden war.

Jousseff klatschte in die Hände.

»*Ya Allah, Ya Allah*«, schrie er.

Diesmal war Allah auf ihrer Seite.

»*Ya Allah*«, schrien auch die Übrigen, »*Ya Allah.*«

Jousseff klatschte wieder, dann hielt er sein Gewehr hoch in die Luft.

»*Minshan Deir Jassin, minshan Deir Jassin*«, schrie er.

»*Minshan Deir Jassin, minshan Deir Jassin*«, kam der Ruf aus vielen Kehlen zurück. »Für Deir Jassin, für Deir Jassin.«

»Auf die Busse, verbrennt die Busse.«

»Auf die Busse«, nahmen sie seinen Kriegsruf auf. Und wieder: »*Minshan Deir Jassin!*«

Von seinem Beobachtungsstand im Antonius-Haus auf der anderen Straßenseite griff ein Sergeant der Highland Light Infantry zum Mikrofon seines Funkgerätes.

»Die Lage gerät hier ziemlich außer Kontrolle. Erbitte Anweisungen.«

Eine krächzende Stimme antwortete.

»Weiter beobachten, Ende.«

Hana lief, stolperte, fiel hin, blieb einen Moment erschöpft liegen, raffte sich dann wieder auf, lief weiter, den Schüssen entgegen.

Als sie an der Nashashibi-Kurve ankam, sah sie die Busse, von Kugeln durchlöchert. Eine Gruppe schreiender Männer kam die steile Straße heruntergerannt, an der Spitze ein Mann, der ihr bekannt vorkam. Er hatte eine Flasche in der Hand, aus deren Hals ein brennender Stofflappen herausragte. Auch andere trugen solche Molotow-Cocktails, Flaschen, die mit Benzin gefüllt waren.

Hana lief ihm entgegen. Kurz vor dem ersten Bus stießen sie aufeinander. Der Mann hob die Flasche zum Wurf. Hana versuchte, seinen Arm herunterzureißen.

»Nein, tu es nicht«, schrie sie hysterisch. »Jousseff, tu es nicht!«

Jousseff schlug ihr mit der freien Hand ins Gesicht und stieß sie zu Boden. Dann warf er mit aller Kraft den Molotow-Cocktail auf den Bus.

»*Minshan Deir Jassin*«, brüllte er.

Die Flasche zerplatzte auf der Karosserie. Auch die anderen warfen jetzt ihre Benzinflaschen. Nach wenigen Augenblicken standen beide Busse in Flammen.

Jousseff drehte sich zu Hana um, die auf dem Boden lag, und trat auf sie ein. Seine Augen funkelten. Dann zückte er einen Krummdolch und stach ihr in den Brustkorb.

»Für Deir Jassin«, schrie er erneut.

Der Funker der Highland Light Infantry am Antonius-Haus nahm erneut sein Gerät in die Hand.

»Hauptquartier, die Busse brennen. Irgendjemand sollte eine weiße Fahne heraushängen. Erbitte Erlaubnis zum Eingreifen.«

Die krächzende Stimme im Hörer blieb kühl.

»Verstärkung ist auf dem Weg. Halten Sie weiter alles stabil.«

Der Sergeant schaute zu seinem Offizier, einem Major. Der Major zündete sich eine Zigarette an.

»Sie lassen sich Zeit im Hauptquartier. Und da vorne verbrennen sie bei lebendigem Leib«, sagte der Sergeant.

Dichter Qualm stieg über den Bussen auf. Die Angreifer liefen johlend um die Überreste herum. Der Major zog an seiner Zigarette und rauchte sie langsam zu Ende, schaute zu, wie die Autobusse völlig ausbrannten. Es war 16.00 Uhr.

»Also gut«, sagte er endlich. »Feuer frei. Stoppen wir die Araber und machen der Sache hier ein Ende.«

Judith kletterte aus dem Jeep. Sie hielt den Atem an. Vor ihr standen die ausgebrannten Ruinen des Konvois, zwei Busse, ein Krankenwagen und, weiter oben, in der Nähe des Antonius-Hauses, die beiden zerstörten Autos der Haganah.

»Sieh dir das an«, sagte sie zu Uri, »das ist der völlige Irrsinn.«

Die Araber waren verschwunden, vertrieben von den Schüssen der Briten. Dabei waren fünfzehn der Angreifer ums Leben gekommen.

Einige Meter vom ersten Bus entfernt lag eine Frau in einer Blutlache. Judith beugte sich zu ihr hinunter, starrte in das Gesicht der Araberin. Dann kniete sie sich neben ihr auf den Boden.

»Oh, mein Gott, Uri«, schrie sie. »Es ist Hana!«

»Schrecklich«, sagte Uri, der sich neben sie auf den Boden gekniet hatte. »Wir sollten sie mit den anderen begraben.«

Judith nahm Hanas Hand. Sie spürte, dass sie noch warm war. Schnell suchte sie nach ihrem Puls. Er war sehr schwach, aber er war spürbar.

»Sie lebt, Uri, sie lebt«, rief sie und schaute sich suchend um. »Wo ist der Jeep? Hol ihn, Uri. Schnell!«

Uri fuhr den Jeep zu der Stelle, an der Hana lag. Gemeinsam hoben sie die Bewusstlose vorsichtig auf die hintere Sitzbank.

Uri startete den Motor.

»Was denkst du, wohin sollen wir sie bringen?«

»Ins Hadassah-Krankenhaus, das ist das nächste. Der Weg ist ja jetzt frei.«

Der Jeep schlängelte sich an den Ruinen des Konvois vorbei, den Mount Scopus hinauf.

Ein britischer Sergeant stand, die Bren-Maschinenpistole im Anschlag, neben dem Major an der Straße. Er sah den Wagen des Generals kommen.

»Er ist wieder da«, sagte er zum Major.

McMillan stieg aus. Er war zum zweiten Mal an diesem Tag am Schauplatz des Massakers erschienen, zu Beginn und nach seinem Ende. Der Major nahm Haltung an. McMillan schaute sich um.

»*Bloody mess here, Major*«, sagte er. »Hat es Überlebende gegeben?«

»In den Bussen leider nur je einen, Sir, die anderen sind fast alle verbrannt.«

»Wie viele Tote?«

»Wir wissen es noch nicht genau, Sir. So an die achtzig, schätze ich. Darunter auch Dr. Yassky und viele seiner Ärzte, leider.«

Der General wandte sich ab.

»Sorgen Sie dafür, dass aufgeräumt wird. Hier an Sheik Jarrah vorbei geht demnächst unsere Abzugsroute nach Haifa. Ich will hier keine weiteren Probleme. Haben Sie verstanden?«

Der Major salutierte.

»Yes, Sir, wir werden unser Bestes tun.«

Uri raste mit dem Jeep den Hügel hinauf. Dann bog er nach links ab, auf das Gelände des Hadassah-Krankenhauses. Gleich hinter dem Rondell, links hinter dem Haupteingang, lag die Notaufnahme.

»Eine Trage, bringt eine Trage«, rief er dem Sanitäter zu.

Judith hielt Hanas Hand. Hana rührte sich nicht, auch nicht als die Sanitäter sie auf die Trage hoben und in die Notaufnahme brachten. Ein junger Mann mit einem Stethoskop um den Hals kam ihnen entgegen. Auf dem Schild auf seinem Arztkittel stand sein Name: *Moshe Reubenstein.*

»Was ist mit dem Konvoi«, fragte er, »und unseren Kollegen?« Sein Blick ging unruhig zwischen Judith und Uri hin und her. »Eine Krankenschwester war mit dabei, ihr Name ist Sally, haben Sie irgendwas von ihr gehört? Wir ... Sie ist eine gute Freundin.«

Uri schüttelte den Kopf.

»Tut mir leid, ich fürchte, die meisten sind ...« Er suchte nach Worten, entschloss sich dann, einfach die Wahrheit zu sagen. »Ich fürchte, die meisten von ihnen sind tot.«

Der junge Arzt lehnte den Kopf an die Wand und schloss die Augen. Judith sah, wie Tränen über sein Gesicht liefen. Sie legte ihm die Hand auf den Arm.

»Es ist furchtbar, ich weiß.« Sie räusperte sich. »Aber wir haben hier einen dringenden Notfall, ich fürchte, er kann nicht warten.«

Reubenstein schreckte auf. Verlegen wischte er sich die Tränen aus dem Gesicht. Er beugte sich über Hana.

»Das sieht übel aus, wahrscheinlich ein Messerstich. Mal sehen, ob es die Lunge getroffen hat«, sagte er nach einer kurzen Untersuchung. »Ich denke, im Augenblick ist der enorme Blutverlust das Schlimmste.«

Eine Krankenschwester, ihr Kittel blutverschmiert, kam angelaufen.

»Ich brauche mehr Verbandszeug«, rief sie, »schnell, mehr Verbandszeug.«

Reubenstein winkte sie zu sich.

»Schwester Sarah, bitte, helfen Sie mir mal. Der Fall hier ist dringend. Entfernen Sie als Erstes das Kleid.«

Die Schwester griff nach einer Schere und schnitt das lange arabische Gewand auf, das Hana trug. Sie hielt einen Augenblick inne.

»Sehen Sie mal, Doktor, die Patientin ist schwanger. Fünfter Monat, würde ich sagen.«

Dann schaute sie noch einmal hin und blickte der Patientin ins Gesicht. Sie hob erschreckt die Hand vor den Mund.

»Mein Gott, das ist ja Hana, Schwester Hana.«

Reubenstein blickte sie verständnislos an. Er war erst vor wenigen Wochen aus London gekommen.

»Sie gehört zu unseren arabischen Mitarbeitern«, erklärte Sarah. »Seit einiger Zeit ist sie zu Hause geblieben, weil es für sie hier zu gefährlich geworden ist.« Sie machte eine Pause.

»Sie war ... sie ist die Verlobte von Dr. Cohen.«

»Cohen? David Cohen?«, fragte Reubenstein.

Sarah nickte.

»Wo ist er? Wir sollten ihn sofort informieren. Ich habe ihn heute noch nicht gesehen«, meinte Reubenstein. Sarah wurde blass.

»Er sollte mit den anderen kommen, mit dem Konvoi.«

Reubenstein ließ das Stethoskop sinken, mit dem er Hanas Lunge abhören wollte. Dann gab er sich einen Ruck.

»Wir brauchen eine Blutkonserve, sofort«, sagte er mit sachlicher Stimme. »Und vorher eine Blutgruppenbestimmung.«

Schwester Sarah ging zu dem Schrank, im dem die Blutkonserven lagerten. Sie öffnete ihn. Er war fast leer.

»Der Konvoi sollte neue mitbringen, Medikamente, Verbandszeug, wir haben fast nichts mehr«, sagte sie. Dann kam ihr ein Gedanke.

»Moment … Mir fällt gerade ein … Hana hat eine seltene Blutgruppe, Gruppe AB, davon haben wir überhaupt nichts mehr.«

Judith hatte die ganze Zeit neben der Bahre gestanden, aber mit ihren Gedanken war sie weit, weit weg. Sie wunderte sich selbst, aber sie musste an ihren Flug nach Jerusalem denken. An das Gefühl der Freiheit, den Abstand, den sie plötzlich gefühlt hatte zu den Problemen unter ihr auf der Erde, die Leichtigkeit. Das Stichwort »Blutgruppe AB« holte sie schlagartig in die Realität zurück. Sie wandte sich an Schwester Sarah.

»Wissen Sie noch, vor einem Jahr?«

Die Schwester hatte offensichtlich Schwierigkeiten, in ihr die schwarzhaarige junge Frau von damals wiederzuerkennen.

»Ich bin's, Judith Wertheimer. Ich habe die Blutgruppe AB«, sagte Judith. Sie krempelte den linken Ärmel ihres Hemdes hoch.

24. APRIL 1948

Nein, es geht nicht.« Judith strich Shimon über den Kopf. »Du kannst jetzt nicht auf die Straße, wirklich nicht.«

Shimon ließ nicht locker.

»Aber ich pass doch auf mich auf, bestimmt. Ich will mich nur mal wieder mit meinem Freund treffen, du kennst ihn, Abraham. Und außerdem, du bist doch auch durch die ganze Stadt zu uns gekommen«, trumpfte er auf. »Und keiner hat dir was getan, oder?«

Judith wusste einen Moment lang nicht, was sie gegen dieses Argument vorbringen sollte. Tatsächlich war sie zu den Schiffs gekommen, weil sie sich Sorgen machte, vor allem wegen der Kinder. Zwei Wochen schon dauerte der Artilleriebeschuss an. Die Arabische Befreiungsarmee hatte auf den Bergen im Norden der Stadt Geschütze in Stellung gebracht und mit dem Beschuss des jüdischen Jerusalem begonnen.

Die Menschen hatten sich daran gewöhnt, möglichst dicht an den Hauswänden entlangzugehen, um den Splittern zu entkommen. Auch Judith war auf dem Weg in die Ben-Yehuda-Straße immer wieder in Deckung gegangen.

Tamar kam aus der Küche. Sie hatte einen Topf mit Milchpulver in der Hand.

»Nichts zu machen, die Wasserleitung hat keinen Druck mehr. Entweder die Araber haben wieder die Rohre in den Bergen gesprengt, oder das Wasserwerk hat kein Öl mehr für die Pumpen. Hoffentlich schaffen sie es heute mit dem Ersatz«, sagte sie zu Judith. »Stell dir vor, sie bieten jetzt Kurse an, wie man ohne Strom und Kerosin kochen kann und wie man Holzöfen baut, um damit im Garten zu kochen. Wie soll das nur weitergehen!«

Sie zog sich in die Küche zurück. Yossi, der bisher geschwiegen hatte, wandte sich seinem Sohn zu.

»Hör zu, Shimon, heute Nachmittag kommt der Lastwagen mit dem großen Tank, du weißt schon, der das Wasser bringt. Ich gehe dann mit der Kanne runter, das Wasser holen. Und dann darfst du mit, bis zum Eingang, und mir helfen, es hochzubringen. Aber nichts verschütten, versprochen?«

Shimon strahlte.

»Ja, Abba, versprochen. Muss ich mir dann auch wieder die Zähne putzen?«

»Ja, du darfst dir dann wieder mal die Zähne putzen.« Yossi versuchte zu lächeln.

Judith wusste nicht so recht, wie sie reagieren sollte. Für die Kinder, das verstand sie, war es schwer, den ganzen Tag in der Wohnung zu bleiben.

»Weißt du was«, sagte sie zu Shimon und versuchte ihrer Stimme Überzeugungskraft zu geben, »wenn das Schießen aufhört, dann gehen wir zusammen auf den Fußballplatz, und ich schaue zu, wie du spielst.«

Shimon rannte in sein Zimmer und holte den Ball.

»Gut, sobald die Araber weg sind«, strahlte er. »Dann geht es los.«

Von der Wohnungstür her war ein Klopfen zu hören. Shimon rannte zur Tür und öffnete sie. Ein Junge, um die elf Jahre, stand im Flur. Shimon erkannte ihn sofort. Es war Menachem, der Bruder seines Freundes Abraham. Menachem reichte ihm einen Zettel.

»Für deinen Vater«, sagte er und lief die Treppe weiter hoch, zur nächsten Wohnung.

Shimon brachte den Zettel ins Wohnzimmer und gab ihn seinem Vater. Yossi warf einen Blick darauf. Tamar, durch das Klopfen an der Tür aufmerksam geworden, war aus der Küche zurückgekommen.

»Es ist so weit, mein Einberufungsbefehl. Alle müssen jetzt bei der Verteidigung der Stadt mit ran«, sagte Yossi. »Entweder bei der Haganah, bei der Miliz oder im Arbeitseinsatz. Na ja, bei der Bank brauchen sie mich ja jetzt sowieso grad nicht«, versuchte er den Ernst der Situation vor dem Jungen abzuschwächen.

Shimon blickte mit glänzenden Augen zu ihm auf.

»Du, Abba, ich habe von Abraham gehört, dass die Jungs jetzt als Melder für die Haganah mitmachen dürfen, so wie Menachem. Darf ich das auch?«

Judith rutschte unruhig auf ihrem Stuhl hin und her. Sie sah, wie Tamar erbleichte und ihrem Sohn die Hand auf die Schulter legte.

»Auf keinen Fall, auf gar keinen Fall«, sagte sie in scharfem Ton. »Du bist erst acht, schlag dir das aus dem Kopf. Du bleibst im Haus, bei mir.«

Uri saß mit gesenktem Kopf am Tisch. Immer wieder gingen ihm die Bilder von dem Massaker an den Ärzten durch den Kopf. Er merkte, dass er mit den Zähnen knirschte. Erschrocken schaute er sich um. Ob es die anderen gehört hatten?

Aber die übrigen Haganah-Kommandeure lauschten den Berichten von Dov Josef, dem Militärgouverneur von Jerusalem. Die Versorgungslage für den jüdischen Teil der Stadt war kritisch; drei Konvois waren im April noch einmal durchgekommen, doch jetzt war Jerusalem erneut abgeschnitten. Zwar waren mit der »Operation Nachshon« wichtige Dörfer entlang der Zugangsstraße erobert worden, aber bei Bab el-Wad hatten die Araber die Lebenslinie der Stadt weiterhin unter ihrer Kontrolle.

Wir sitzen in der Falle, dachte Uri. Und ich habe sie dort hineingelockt. Gib es zu, gib es endlich zu: Du bist verantwortlich, du bist schuld, dass Judith hier in Jerusalem ist. Er sah die Augen der toten Krankenschwester vor sich, die in dem Bus gesessen hatte. Was wäre, wenn Judith umkäme? Er fuhr sich mit der Hand übers Gesicht. Warum musste er jetzt an sie denken? Warum musste er überhaupt ständig an sie denken?

»Es gibt keine Brennstofflieferungen mehr«, hörte Uri Josef nüchtern sagen. »Das bedeutet, dass wir in wenigen Tagen den Verkehr in Jerusalem einstellen müssen. Keine Busse mehr, Privatautos auf keinen Fall, nur noch das Allerwichtigste: Krankenwagen, die Wagen der Haganah, Krankenhäuser, Bäckereien, die Druckereien, die Kühlhäuser.«

Er blickte die Haganah-Offiziere direkt an.

»Aber viel zu kühlen haben wir auch nicht mehr. Wir werden weiter eisern rationieren müssen, Lebensmittel, Wasser, Treibstoff, alles.«

Uri hob den Kopf.

»Wie lange werden wir damit aushalten können?«

»Den Berechnungen zufolge mit den gegenwärtigen Rationen, und die sind schon mehr als knapp, eigentlich nur noch vier Wochen, wenn wir sie noch mehr strecken, vielleicht etwas länger. Wir müssen die Sperre um Jerusalem aufbrechen, mit allen Mitteln.«

Du musst Judith hier rausbringen, raus aus Jerusalem, dachte Uri, jawohl, mit allen Mitteln. Dann riss er sich zusammen. Unsinn, dachte er, Unsinn. Sie würde es nicht zulassen, und er hatte kein Recht, es von ihr zu verlangen. Und trotzdem …, dachte er und rief sich erneut zur Ordnung. Ein absurder Gedanke, völlig absurd.

David Shaltiel wandte sich einem Papier zu, das die Haganah-Führung ausgearbeitet hatte.

»Genauso wichtig ist, dass wir Jerusalem überhaupt halten können. Und für die Zeit nach dem Abzug der Briten müssen wir sehen, dass wir diesen ethnischen Flickenteppich in der Stadt endlich beseitigen und klare, zu verteidigende Verbindungslinien herstellen. Der Überfall auf den Hadassah-Konvoi hat uns eine bittere Lektion gelehrt.«

Er blätterte in den Papieren.

»Das ist der Plan Dalet. Er ist die Basis für unser Vorgehen. Ich zitiere daraus, damit jeder weiß, woran er ist:

Operationen gegen feindliche Bevölkerungszentren innerhalb und in der Nähe unseres Verteidigungssystems, um sie davon abzuhalten, sie als Basen für eine aktive bewaffnete Streitmacht zu nutzen. Diese Operationen können folgendermaßen aufgeteilt werden:

Zerstörung der Dörfer (Feuer, Sprengungen, Verminung der Ruinen), besonders bei Bevölkerungszentren, die dauerhaft schwer zu kontrollieren sind.

Für Such- und Kontrolloperationen gelten folgende Richtlinien:

Umstellen der Dörfer und Durchsuchung. Bei Widerstand sind die bewaffneten Kräfte zu zerstören. Die Bevölkerung muss in Gebiete außerhalb unserer Staatsgrenzen vertrieben werden.

Das ist der militärische Plan, um einen lebensfähigen Staat aufzubauen, und der gilt natürlich auch für Jerusalem.«

Er machte eine Pause. Im Raum herrschte angespannte Stille. Shaltiel fuhr fort:

»An vielen Stellen leben immer noch Araber. Wie werden uns in den nächsten Tagen einige Stadtteile vornehmen. Wenn wir Mount Scopus halten wollen, dann müssen wir Sheik Jarrah nehmen.«

Uri nickte. Ja, es gab nur einen Weg. Sie mussten die Stadt freikämpfen. Er würde es tun, für Judith.

27. APRIL 1948

Schwester Sarah begleitete Hana die Treppe hinunter, die in die große, mit Marmor ausgelegte Eingangshalle des Hadassah-Krankenhauses führte. Hana trug noch einen leichten Verband, aber die Wunde war gut verheilt. Ein junger Mann kam ihnen entgegen. Er hatte eine alte kanadische Militärjacke an und eine Bren-Maschinenpistole über der Schulter. Sein linker Arm war in einer Schlinge, der Arm in Gips.

»Eine unserer Wachen, von der Haganah«, sagte Sarah leicht entschuldigend.

»Es geht nicht mehr ohne. Wir sind hier mitten im Kampfgebiet, und keiner nimmt mehr Rücksicht.«

Die Sorge stand ihr ins Gesicht geschrieben.

»Ich bin nicht sicher, wie lange wir hier noch aushalten können, jetzt, wo so viele unserer Ärzte tot sind. Ich fürchte, es wird nicht mehr lange sein.«

Sie hatten den Ausgang erreicht, der zu einem Rondell führte, der Zufahrt zum Krankenhaus. Sarah warf einen Blick auf ihre Uhr.

»Sie wollte eigentlich schon hier sein«, sagte sie.

Ein Jeep kam in schneller Fahrt den Hügel herauf. Er hielt unmittelbar vor den Wartenden. Judith sprang vom Beifahrersitz.

»Tut mir leid, die Briten haben eine Straßensperre errichtet. Wir mussten sie erst überreden, uns durchzulassen.«

Sarah umarmte Hana lange.

»*Mazel Tov*«, sagte sie endlich. »Und pass auf dich auf, und auf das Baby natürlich. Die Röntgenaufnahme zeigt, wir haben großes Glück gehabt, ich glaube, es ist ihm nichts passiert. Wenn es so weit ist, lass es mich wissen, ich helfe dir gern.«

Sie umarmte sie erneut.

»Es tut mir so leid, so unendlich leid, du weißt schon, die Sache mit David. Es ist … Ich weiß nicht, was ich sagen soll, es ist einfach entsetzlich … Ich kann immer noch nicht begreifen, dass er …« Sie weinte.

Vorsichtig löste Hana sich von ihr.

»Mach's gut, Sarah. Und danke für alles.«

Judith nahm Hana bei der Hand und versuchte, ihr in den Jeep zu helfen, doch Hana zog ihre Hand zurück und kletterte selbstständig hinein. Judith stieg ebenfalls ein. Sie wusste nicht, wie sie sich verhalten sollte. Unruhig rutschte sie auf dem Vordersitz hin und her.

»Die Schwester hat recht«, sagte sie schließlich. Sie suchte nach Worten. »Es ist unbegreiflich, dass er nicht mehr da ist.«

Hana schwieg. Uri hatte die Hand am Zündschlüssel, unsicher, ob er losfahren sollte. Judith drehte sich zu Hana um, die mit starrem Gesicht auf dem Rücksitz saß.

»Ich weiß, es klingt so banal, so unzureichend. Ich finde einfach nicht die richtigen Worte für das, was sich sagen möchte. Ich weiß, ich kann dich nicht trösten. Wahrscheinlich kann es niemand.«

Hana vermied ihren Blick.

»Du hast mir das Leben gerettet mit deinem Blut. Ich danke dir.«

»Ach was«, versuchte Judith die Situation zu entspannen. »Du weißt doch, ich habe nur getan, was du vor einem Jahr für mich getan hast, nichts weiter.«

Auf dem kurzen Weg vom Mount Scopus hinunter nach Sheik Jarrah waren einzelne Schüsse zu hören. Über einigen Häusern quoll schwarzer Rauch in den Himmel. In den Straßen standen

Lastwagen, auf die junge Leute, die meisten in Militärhemden, die Waffen um die Schulter, Möbel und Hausrat aus den von Arabern bewohnten Häusern luden.

Judith biss sich bei dem Anblick auf die Lippen. Wenige Minuten später hielten sie vor Hanas Haus. Die Haustür hing nur noch halb in den Angeln, offenbar von einer Handgranate gesprengt. Ein junger Haganah-Kämpfer trieb, eine Pistole in der rechten Hand, einen alten Mann die Treppen hinunter. Hana schrie auf:

»Vater, mein Gott, Vater!«

Judith sprang aus dem Jeep. Sie stellte sich dem Haganah-Mann in den Weg.

»Was geht hier vor?«, fragte sie in scharfem Ton.

Der Haganah-Mann nahm die Pistole herunter und blickte Judith trotzig an.

»Was soll hier schon vorgehen? Du siehst doch, wir säubern das Viertel. Wir führen die Befehle aus, sonst nichts.«

Judith zeigte auf Mohammed Khalidy.

»Lass den Mann in Ruhe. Wir werden uns um ihn kümmern.«

Der Haganah-Mann zuckte mit den Schultern.

»Wie du willst. Einer weniger, mit dem wir Ärger haben.«

Hana hatte sich von dem Rücksitz des Jeeps erhoben und war auf ihren Vater zugelaufen. Sie drängte sich an ihn, umarmte ihn stumm. Judith trat einen Schritt zurück. Hinter ihr war plötzlich lautes Motorengedröhn zu hören. Sie hatte inzwischen die Geräusche zu unterscheiden gelernt. Es war das Geräusch von schweren Dieselmotoren und Panzerketten auf Asphalt.

Sie schaute sich um und sah, wie drei gepanzerte britische Mannschaftswagen um die Ecke bogen und direkt auf sie zufuhren. Über dem Führerhaus des ersten Wagens ragte ein Maschinengewehr heraus, dessen Lauf direkt auf die Gruppe vor dem Haus gerichtet war. Ein Major sprang herunter, gefolgt von zwei Obergefreiten, die Brens im Anschlag.

»Wer hat hier das Kommando?«, fragte der Major.

Sein Blick blieb an Uri hängen, der neben dem Jeep stand, die Hand auf den Gürtel gestützt, an dem seine Pistolentasche hing.

»Sie da, kommen Sie nicht auf dumme Gedanken«, sagte der Major. »Bewegen Sie sich hier rüber, aber ein bisschen schnell. Ich habe weder Zeit noch Lust auf irgendwelche Diskussionen. Im Auftrag des britischen Hauptquartiers teile ich Ihnen Folgendes mit: Der Ortsteil Sheik Jarrah ist sofort von der Haganah zu räumen. Wir haben der Haganah ein Sechs-Stunden-Ultimatum gestellt. Fünf Stunden sind schon vorbei. Sie haben eine Stunde, alle ihre Leute abzuziehen. Haben Sie mich verstanden?«

Uri hielt weiter die Hand auf der Pistolentasche.

»Offenbar war ich nicht präzise genug«, sagte der Major. »Sollten Sie unvorsichtigerweise an irgendeinen Widerstand denken, dann schauen Sie sich gut um. Wir haben überall unsere Panzerwagen stationiert und ausreichend Mörser auch. Und glauben Sie mir, wir werden sie einsetzen.«

Uri lief rot an.

»Und wo waren Sie, als sie die Insassen des Konvois massakrierten, gleich hier nebenan? Wo waren da Ihre Panzerwagen, wo waren da Ihre Leute?«

Die Stimme des Majors klang kalt.

»Versuchen Sie nicht, smart zu werden. Ich habe Ihnen gesagt, wie unsere Befehle lauten, und wir werden sie umsetzen.«

Er zeigte auf die Panzerwagen hinter sich.

»Die Straße hier an Sheik Jarrah vorbei ist für uns von strategischer Bedeutung, und Sie tun verdammt gut daran, mir das zu glauben. Was Sie mit dem Viertel nach unserem Abzug machen, ist mir völlig egal.«

Er wandte sich Hana und ihrem Vater zu.

»Sie sind Araber?«

Er wartete nicht auf ihre Antwort.

»Gehen Sie zurück in Ihre Wohnung, das Viertel ist ab sofort unter britischer Kontrolle.«

Uri ging auf Judith zu und zog sie sanft am Arm.

»Komm, es ist besser, wenn wir gehen.«

Judith wollte Hana in den Arm nehmen, doch Hana drehte sich weg. Judith glaubte, in ihren Augen Hass zu sehen. Sie streckte die Hand aus.

»Bitte, Hana«, sagte sie leise.

Aber Hana bewegte sich nicht.

»Lass uns gehen«, drängte Uri erneut.

Der Major fuchtelte mit seiner Pistole.

»Hauen Sie endlich ab, lassen Sie die Leute in Ruhe«, bellte er.

Judith drehte sich langsam um. Schweigend folgte sie Uri zum Jeep.

28. APRIL 1948

Die Nacht verlief ruhig. Nur gelegentlich drang von fern, aus Richtung der Neustadt, das Knallen von Schüssen durch das offene Fenster. Das Geräusch eines schweren Dieselmotors wurde langsam lauter, verebbte dann wieder, ein Panzerspähwagen der Briten, die in Sheik Jarrah Streife fuhren.

Hana lag wach im Bett. Die Schmerzen der verheilenden Stichwunde waren erträglich, Schwester Sarah hatte ihr ein Mittel zugesteckt, das noch einige Tage ausreichen würde.

Sie hatte die Tür zu ihrem Schlafzimmer offen gelassen und hörte den unruhigen Atem ihres Vaters, der im Wohnzimmer auf dem Sofa schlief. Wie im Fieber hörte sie ihn Namen murmeln, gelegentlich schien sein Atem stillzustehen, dann kam er röchelnd wieder.

Sie hatte versucht, die von den jüdischen Angreifern verwüstete Wohnung wieder herzurichten. Ihr Vater hatte sie davon abgehalten. Es ist sinnlos, hatte er immer wieder gesagt, sinnlos, sinnlos.

Sie bemühte sich, nicht zu denken, nicht ständig immer die gleichen Gedanken zu denken. Sie würde sich entscheiden müssen, bald. Ihr Vater drängte sie jeden Tag. Dabei war bei genauer Betrachtung nicht viel zu entscheiden, seit David tot war. Er war ihre Brücke in die andere Welt gewesen, in ihre Welt, die Welt der Juden. Aber diese Brücke war verbrannt, so wie er in dem Autobus verbrannt war. Welche Perspektive hatte sie noch? Hier leben, allein? Oder mit ihrem Vater, der nicht mehr leben wollte?

Deir Jassin gehörte jetzt den Juden, ihre Mutter war ebenfalls tot, ermordet. Was einmal Heimat gewesen war, war jetzt unerreichbar, obwohl das Dorf nur ein paar Kilometer weiter westlich lag. Ihr Vater hatte recht. Es war sinnlos.

Hana stand auf und ging in die Küche. Sie holte das scharfe Fleischmesser hervor und ging zurück zu ihrem Bett. Sanft, wie zur Probe, strich sie mit der scharfen Klinge über die Adern ihres linken Armes. Judith hatte es versucht, und es war ihr nicht gelungen. Aber sie war Krankenschwester. Sie wusste, wie sie es anstellen musste, damit der Schnitt auch wirklich tödlich war. Sie drückte die Klinge härter auf den Unterarm, bis die Haut angeritzt war. Plötzlich hielt sie inne.

Sie glaubte, in ihrem Unterleib eine sachte Bewegung zu spüren. Hana hielt den Atem an. Wieder spürte sie die Bewegung. Es hatte sich gerührt, ihr Kind hatte sich gerührt.

Langsam, ganz vorsichtig ließ sie den Atem entweichen, atmete wieder tief ein und aus, als wollte sie sich vergewissern, dass diese entscheidende Funktion weiterarbeitete. Plötzlich war es ihr wichtig zu wissen, ob mit ihrem Körper alles in Ordnung war.

Ihr Kind, sein Kind, es lebte in ihr – und damit auch ein Stück von ihm. Traurigkeit mischte sich mit einer nie gekannten Zärtlichkeit für das kleine Wesen in ihrem Bauch.

Ich werde bei dir bleiben, flüsterte sie, ich werde für dich leben, immer.

Sie ließ das Messer sinken.

Judith zog an ihrer Zigarette. Das Aufglimmen der Glut beleuchtete ihr angespanntes Gesicht. Die Neustadt lag in tiefer Dunkelheit. Längst war der Strom für die Straßenbeleuchtung abgeschaltet. Uri war mit einer Patrouille unterwegs. Sie wollten versuchen, die Araber endgültig aus Katamon zu vertreiben, jenem Stadtteil im Westen der Neustadt, in dem viele bürgerliche arabische Familien wohnten.

Ja, dachte sie, die Araber mussten gehen, sie konnten nicht in Katamon bleiben. Die Pläne der Haganah waren eindeutig. Sie waren darauf gerichtet, zusammenhängende jüdische Stadtteile in Jerusalem zu schaffen. Katamon würde ein arabischer Fremdkörper in der jüdischen Neustadt sein.

Judith ließ den Rauch aus ihrer Lunge entweichen. Es gab keine Alternative, dachte sie wieder. Für die Araber gab es keinen Platz in diesem Teil Jerusalems. Das war die einfache Wahrheit. Einfach und schwerwiegend.

Aber gab es überhaupt einen Platz für die Araber in diesem neuen Staat, wenn die Briten gegangen waren? Hier in Jerusalem oder anderswo?

Sie strich sich mit der Hand durch das dichte Haar. Dabei rutschte der Ärmel ihres Hemdes nach oben, und sie sah das Pflaster, das immer noch den Einstich für die Blutabnahme abdeckte.

War Hana nicht auch eine Araberin? Sie waren durch ihr Blut verbunden. Das Schicksal, oder wie immer man es nennen wollte, hatte sie zusammengebracht. Wenn die Briten in Sheik Jarrah nicht eingegriffen hätten, dann wäre diese Hana Khalidy jetzt ein Flüchtling, irgendwo, wie abertausend andere.

Aber die Briten würden in wenigen Tagen weg sein. Die Haganah war fest entschlossen, sich Sheik Jarrah nach dem Abzug zurückzuholen.

Was würde dann aus Hana?

Judith ging in den Flur und suchte in der Dunkelheit nach dem Telefon. Sie hob den Hörer ab und prüfte, ob es funktionierte. Sie begann zu wählen. Eine Stimme meldete sich, eine englische Stimme.

»Ich möchte Oberleutnant Goldsmith sprechen«, sagte Judith.

Der britische Militärjeep hielt vor dem Haus. Josef hatte seine Schwester am Morgen unbehelligt durch die Sperren der Highland Light Infantry nach Sheik Jarrah gebracht.

»Warte hier auf mich«, sagte Judith.

Hana öffnete zögernd die Wohnungstür. Ihr Vater saß auf einem Sessel, vor sich eine Tasse Tee. Er blickte durch Judith hindurch, als Hana sie stumm ins Wohnzimmer führte.

»Wie geht es dir?«, fragte Judith.

Hana hob den Kopf und schaute sie direkt an.

»Was erwartest du? Wie soll es mir gehen? Schau dich um, dann weißt du, wie es mir geht.«

Judith stand vor ihr, mitten im Raum. Hana hatte ihr keinen Platz angeboten. Sie hatte sich hinter den Sessel ihres Vaters gestellt und ihre Hände auf seine Schultern gelegt.

»Hör zu, Hana, ich möchte dir helfen. Dir und deinem Vater.«

»Helfen? Mir? Deine Leute bringen uns um, sie vertreiben uns, wo immer sie können, und du – du hilfst ihnen dabei«, antwortete Hana. Ihre dunklen Augen blitzten. »Auf diese Hilfe kann ich verzichten. Glaubst du wirklich, ich kann einfach alles vergessen? Glaubst du wirklich, es wird ein friedliches Nebeneinander geben?«

Judith wollte aufbegehren, wollte ihr sagen, dass die Araber, ihre eigenen Leute, David verbrannt hatten, dass Krieg sei, dass es im Krieg Opfer gebe, Opfer auf allen Seiten. Aber sie schwieg hilflos. Konnte sie von Hana erwarten, dass sie ihre Lage objektiv sehen würde? Und wie war ihre Lage, objektiv? Hatte Hana nicht vielleicht recht?

Haifa war eingenommen worden, Tiberias, Jaffa und viele andere arabische Städte und Dörfer. War dies nicht das ausdrückliche Ziel – möglichst schnell möglichst viele arabische Bevölkerungszentren zu erobern? Wie konnte sie Hana helfen? Konnte sie ihr wirklich guten Gewissens eine gesicherte Zukunft versprechen?

Sie richtete sich auf, streckte die Schultern durch. Aber konnte sie diese junge Araberin, die ein Kind von einem Juden erwartete, einfach ihrem Schicksal überlassen?

Hana nahm ihr die Antwort auf diese Frage ab.

»Bitte, geh«, sagte sie. »Sofort.«

30. APRIL 1948

Mohammed Khalidy blickte auf seine Armbanduhr und erhob sich aus dem Sessel. Er zog die Hose des Anzugs hoch, die um seinen einstmals gut gerundeten Bauch schlotterte, und schloss sorgfältig die Knöpfe seiner Jacke.

»Es ist Zeit«, sagte er.

Hana glaubte, in seinen müden Augen so etwas wie Entschlossenheit aufblitzen zu sehen, die keinen Widerspruch duldete.

»Wir gehen, heute noch«, sagte er. »Ich habe alles arrangiert, den Transport, das Geld, die Unterkunft in Amman.«

Er hat alles arrangiert, dachte Hana bitter. Unter den Opfern zählte er zu den Privilegierten. Er besaß ein Bankkonto in Transjordanien, und seine Schwester, die seit langem in Amman lebte, hatte sicher auch geholfen. Ihr Vater hatte alles geregelt. Sie musste ihm dafür dankbar sein. Er hatte alles geregelt, und das Ergebnis war, dass ihr bisheriges Leben nun endgültig vorbei war. Es war nicht seine Schuld, es waren die Umstände. Und die Umstände waren klar: Sie hatte sich auf die Welt der Juden eingelassen, sie hatte einen von ihnen geliebt, sie würde ein Kind bekommen, das halb jüdisch war. Und dennoch war ein Graben entstanden, eine tiefe Kluft, die sie nicht mehr überwinden konnte.

Sie hörte ein Hupen von der Straße her.

»Das muss Ali sein«, sagte ihr Vater.

Wenige Augenblicke später klopfte es an der Tür. Ali stand davor. Er hatte das Massaker von Deir Jassin überlebt, weil er ein paar Monate zuvor mit seiner Familie ins Nachbardorf gezogen war. Jetzt wirkte er verstört. Er war unrasiert, trug einen alten Anzug und Filzpantoffeln. Sein Blick ging unruhig hin und her.

»Die Haganah«, sagte er endlich. »Sie sind heute Morgen gekommen, um sechs Uhr. Sie haben uns zwei Stunden gegeben, dann musste das Dorf geräumt sein.«

Er starrte auf den Boden.

»Ich habe sie mitgebracht«, sagte er leise. »Meine Frau und meine beiden Kinder, sie sitzen im Auto.«

Mohammed Khalidy ging auf ihn zu und legte ihm die Hand auf den Arm.

»Mach dir keine Sorgen. Wir kommen schon zurecht, gemeinsam.«

Ali hob den Kopf. Er schien den Tränen nahe.

»Sie haben auf Radio Damaskus gesagt, wir sollten gehen, aber wir könnten bald zurückkehren. Wir sollten unsere Dörfer verlassen, damit wir keinen Schaden nehmen, wenn die arabischen Armeen kommen und die Juden ins Meer treiben, sobald die Briten abgezogen sind.«

Hana schaute zu ihrem Vater. Er schwieg. Der Propagandakrieg beider Seiten tobte seit Wochen. Flüsterkampagnen, Radioaufrufe, Einschüchterungen und Drohungen verunsicherten die Bevölkerung. Dann wurde daraus Hysterie, Panik.

»Wir dürfen keine Zeit mehr verlieren«, sagte er schließlich.

Östlich von Jerusalem fiel die Straße zum Jordantal steil ab. In der Ferne spiegelte sich die glatte Oberfläche des Toten Meeres in der heißen Frühlingssonne. Die sonst kargen Hügel Judäas zeigten nach den ungewöhnlich starken Regenfällen der vergangenen Monate Grasflecken, über die sich die Schafherden der Beduinen hermachten.

Der hintere Teil des überladenen Chryslers hing tief durch. Alis Frau hatte das jüngste Kind auf den Schoß genommen, ihr dreizehnjähriger Sohn saß zwischen ihr und Hana auf der Rückbank. Mohammed Khalidy hatte neben Ali auf dem Beifahrersitz Platz genommen.

Plötzlich trat Ali hart auf die Bremse. Vor ihm bockte ein schwer bepackter Esel auf der Fahrbahn. Ein Fellache schlug schreiend mit einem Stock auf ihn ein. Das Tier rührte sich nicht von der Stelle. Hinter dem Esel stand eine große Familie, drei Frauen balancierten Säcke auf dem Kopf, eine hatte ein Kleinkind im Arm. Eine alte Frau, offensichtlich erschöpft, lag in der prallen Sonne am Straßenrand, neben ihr ein Baby, das in ein Kleiderbündel verpackt war. Ali versuchte, mit dem Chrysler an den Flüchtlingen vorbeizukommen.

»Warte, halt an«, sagte Hana. Sie stieg aus, eine Wasserflasche in der Hand, und beugte sich zu der Alten hinunter. Die Gesichtszüge der Frau waren von tiefen Falten durchzogen, das Haar unter ihrem Kopftuch ein fahles Grau. Sie trank gierig.

»Wohin wollt ihr?«, fragte Hana.

Die Alte zuckte hilflos die Schultern.

»Weg«, flüsterte sie kaum hörbar. »Nur Allah weiß es.«

Das Baby begann zu schreien. Die Alte nahm es kraftlos in den Arm und versuchte es zu beruhigen. Sie griff nach der Wasserflasche und gab sie dem Kind.

»Habt ihr keine Milch?«, fragte Hana.

Die Alte winkte ab.

»Milch? Woher? Unsere Ziegen, unsere Kühe, sie haben uns alles genommen.«

Das Baby begann wieder zu schreien. Hana nahm es der Alten aus dem Arm und wiegte es. Eine junge Frau setzte den Sack von ihrem Kopf ab und trat dazu.

»Sie heißt Sulima, sie ist acht Wochen alt«, sagte sie. »Ich bin die Mutter, das ist ihre Großmutter.«

Hana wickelte das Baby aus den Tüchern. Es schrie immer noch.

»Es braucht dringend Milch«, sagte Hana zu der Fellachin. »Es hat Hunger, glaub mir, ich bin Krankenschwester.«

»Wir sind seit fünf Tagen unterwegs, wir haben nichts mehr«, sagte die Frau.

Hana strich dem Kind über den Kopf. Der Esel hatte sich beruhigt, er graste am Straßenrand. Der Mann stand mit ausdruckslosem Gesicht daneben.

Hana ging mit dem Baby zum Auto und zeigte es ihrem Vater.

»Wenn nicht bald etwas passiert, wird es sterben. Wir müssen es mitnehmen.« Sie deutete auf die Alte. »Und die Großmutter auch.«

Die Fellachin hob die Hände und stieß einen spitzen Schrei aus. Hana wandte sich ihr beruhigend zu.

»Wir wollen es dir nicht wegnehmen. Aber wir können es nicht einfach sterben lassen.«

Die Frau senkte stumm den Kopf. Hana suchte in ihrer Tasche nach einem Bleistift und schrieb etwas auf den Rand einer Zeitung.

»Das ist unsere Adresse in Amman. Da kannst du beide abholen.«

Die Frau nahm das Papier und blickte Hana verlegen an.

»Ich kann nicht lesen«, sagte sie. »Mein Mann auch nicht«, fügte sie hinzu, als sie Hanas fragenden Blick bemerkte. »Keiner in unserer Familie kann lesen.«

»Du musst jemanden finden, der es lesen kann«, sagte Hana. »Du musst einfach.«

Sie machte der alten Frau ein Zeichen.

»Komm, wir rücken zusammen. Irgendwie wird es schon gehen.«

Die Alte versuchte hochzukommen, sackte aber wieder zurück.

»Ich kann nicht«, sagte sie mit gebrochener Stimme.

Ali stieg aus und zog sie mit beiden Händen hoch. Sie humpelte, von Ali gestützt, auf den Chrysler zu und rutschte wortlos auf die Hinterbank. Hana, das Kind im Arm, rückte neben sie und zog mühsam die Autotür zu.

Hana hielt Sulima fest in den Armen. Sie drückte das Kind

sanft auf ihren Bauch und hoffte, dass ihr Baby es spüren würde. So würde es also sein, bald, wenn ihr eigenes Kind geboren sein würde, wenn sie es in ihren Armen wiegen könnte. Eine Welle der Zärtlichkeit durchflutete sie. Mit diesem warmen Gefühl schlief sie ein.

Plötzlich trat Ali hupend auf die Bremse. Hana schreckte auf und sah besorgt aus dem Fenster.

Ein scheinbar endloser Zug von Flüchtlingen blockierte die Straße. Hunderte von Menschen zogen Handkarren, Esel und Pferde waren schwer bepackt.

»Da vorne ist die Allenby-Brücke«, sagte Ali. »Und dahinter liegt Transjordanien.«

Nur mühsam kam der Chrysler voran. Er schlängelte sich durch die Reihen der erschöpften Menschen. Am Ufer des Jordans war eine provisorische Zeltstadt entstanden. Dort, dachte Hana, mussten offenbar Tausende von Flüchtlingen kampieren. Auch Sulimas Familie.

Endlich erreichte der Wagen die enge Brücke. Junge Soldaten in der Uniform der Arabischen Legion standen auf der anderen Seite und beobachteten die Flüchtlinge, die sich beständig über die Brücke nach Transjordanien drängten.

Der Kopf der Alten war gegen Hanas Schulter gerutscht.

Einem unguten Gefühl folgend, fasste Hana nach der Hand der Alten und versuchte, ihren Puls zu ertasten.

»Halt an, Ali, halt sofort an«, stöhnte sie auf. Ihr Vater drehte sich zu ihr um.

»Sie ist tot«, sagte Hana.

Ein Zittern überkam sie. War das die Zukunft? Noch mehr Tod, noch mehr Verderben? War nicht doch alles sinnlos? Hätte sie nicht konsequenter sein sollen, als sie das Messer an ihrem Arm ansetzte? Sie legte eine Hand auf ihren Bauch, wiegte mit der anderen Sulima, die zu schreien begonnen hatte. Nein, sie wollte leben, sie musste leben, für dieses kleine Leben in ihr. Egal, was die Zukunft bringen würde. »Ich werde für dich da sein«, flüsterte sie, »für dich, mein Kleines, verlass dich auf mich.«

Der Chrysler kam vor einem Panzerspähwagen der Arabischen Legion neben der Brückenauffahrt zum Stehen. Ein Leutnant, ein junger Beduine, sprang herunter.

»Wir haben eine tote Frau im Wagen. Die alte Frau ist gestorben!«, rief Hana aus dem Fenster. Der Leutnant öffnete ihre Tür, ließ Hana aussteigen und zog dann vorsichtig die Tote heraus. Er trug sie in den Schatten des Panzerspähwagens und bettete sie dort auf den Boden. Dann kehrte er zu ihnen zurück.

»Wir werden es den Juden zeigen. Verlasst euch drauf«, sagte er. »Unser heiliges Jerusalem gehört uns.«

13. MAI 1948

Als sie vor der Tür standen, hatte Uri sie plötzlich umfasst, hochgehoben und über die Schwelle getragen. Dabei bedeckte er sie mit kleinen, zärtlichen Küssen. Er ließ sie nicht los, sondern suchte in der Wohnung nach dem Bett. Dort legte er sie vorsichtig ab und begann sie auszuziehen.

Sie kam sich vor wie in einem amerikanischen Liebesfilm, aber sie genoss es. Für einen Moment war sie in der Lage, alles um sich herum auszublenden und ganz in dem Gefühl zu schwelgen, sie seien ein unbeschwertes Paar.

Sie gab sich seinen leidenschaftlichen Bewegungen hin, die ihr ungestümer, wilder noch schienen als in ihrer ersten Nacht. Sie spürte eine Gier in sich nach ihm, nach dem Leben. Sie hatte zu viel Tod gesehen, jetzt wollte sie durch ihn, durch seinen Körper, durch die Heftigkeit seiner Gefühle ihre Albträume hinter sich lassen, sich an ihm festkrallen, eins sein, wenigstens jetzt. Sie schrie auf, als sie kam, und konnte, wollte sich nicht beruhigen. Schließlich ließ das Beben in ihr nach, und sie legte ihren Kopf auf seine Brust. Sie fühlte sich wie auf einer Insel, auf der sie plötzlich inmitten eines Sturmes gestrandet war, einer Insel allerdings, die so klein war, dass der Sturm sie hinwegfegen konnte, wenn er nur wollte.

Uri lächelte wohlig und zog sie mit dem rechten Arm noch dichter an sich heran. Mit der freien Hand suchte er in seiner Hose auf dem Boden nach den Zigaretten.

»Meine letzte.« Uri zündete sie an und gab sie Judith. Zigaretten waren kostbar geworden. Die Haganah hatte den jüdischen Militärgouverneur im Frühjahr gezwungen, auf den umkämpften Lastwagen Zigarettenlieferungen zuzulassen, auch wenn dafür weniger Lebensmittel nach Jerusalem kamen. Aber jetzt war die Stadt seit Wochen wieder abgeschnitten, und in den Straßen waren Menschen zu sehen, die Zigarettenkippen vom Boden aufhoben.

Judith hielt den Rauch lange in der Lunge. Dann gab sie die Zigarette an Uri zurück.

Die Haganah hatte ihnen eine Wohnung zugewiesen, in der bis vor einer Woche die Familie eines arabischen Bankangestellten gelebt hatte. Er war mit seiner Frau und den vier Kindern nach Beirut geflohen, nachdem die jüdischen Angreifer das Nebenhaus in Brand gesteckt hatten.

Uri erhob sich aus dem Bett. Sie hörte ihn in der Küche hantieren. Nach einer Weile kam er mit einer Tasse zurück, die er vorsichtig balancierte.

»Frühstück für die Dame«, sagte er grinsend. »Ich habe in einer Ecke des Küchenschrankes noch ein paar Löffel Kaffee gefunden. Die Araber haben ihn zurückgelassen. Sogar Zucker war noch da.«

Er reichte ihr die Tasse und kroch dann zu ihr ins Bett zurück. Er küsste sie, unbefangen, leicht. Judith nahm einen Schluck und gab ihm die Tasse, und so tranken sie zusammen den starken Kaffee, auch er ein Luxus, wie der Tabak.

»Weißt du, was ich gerne einmal tun möchte?«, fragte Uri unvermittelt. Sie schaute ihn an.

»Duschen, einfach unter einer Dusche stehen, und es ist egal, wie viel Wasser aus dieser Brause kommt, ganz egal. Oder zumindest mich richtig waschen und nicht immer jeden Tropfen Wasser zählen müssen.«

Judith strich ihm über die Bartstoppeln.

»Du hast recht.« Er lachte. »Rasieren wäre auch eine sehr willkommene Annehmlichkeit.«

Die sternenklare Nacht war in ein Zwielicht übergegangen, das die Farbe des Himmels für eine Weile in der Balance zwischen einem stumpfen Grau und einem immer stärker werdenden Blau hielt. Bald darauf kündete ein erster orangefarbener Streifen das Heraufziehen eines wolkenlosen Maitages an.

»Ach ja, und ein eigener Staat wäre auch schön, ohne tägliche Schießereien, ohne Lebensmittelkarten, mit einer eigenen Armee und einer eigenen Polizei, meinetwegen sogar mit eigenen Kriminellen, jedenfalls einer, der uns gehört, in dem uns keiner reinredet, keine Vereinten Nationen, keine Araber und schon gar keine Briten.«

Er legte den Arm um sie, küsste sie erneut.

»Und einer eigenen Familie.«

Judith befreite sich aus seiner Umarmung und sah ihm in die Augen.

»Einer eigenen Familie? Wie meinst du das?«

»So, wie ich es gesagt habe«, antwortete er und lächelte nervös.

»Du meinst, eine Familie, du und ich …?«

»Genau so, so meine ich das.«

Er küsste sie.

»Ich bin vielleicht nicht gut in diesen Dingen«, sagte er endlich. »Und vielleicht ist es auch nicht gerade der richtige Zeitpunkt, aber ich glaube, früher nannte man so etwas einen Heiratsantrag.«

Judith spürte ein Würgen im Hals. Sie begann zu zittern, immer stärker, ohne dass sie es kontrollieren konnte. Ihre Hände suchten vergeblich Halt an seinem Oberkörper.

»Was ist?«, fragte er erschrocken. »Was ist los mit dir, Judith?«

Das Zittern nahm zu. Bilder rasten durch ihren Kopf, wie in einem Film, Bilder von einer Familie, lächelnd, unbeschwert, im Sonnenschein, an einem See. Bilder aus einer Welt, unendlich weit, scheinbar für immer verschüttet, und doch, plötzlich, ganz nah.

»Judith, um Gottes willen …«, hörte sie endlich eine Stimme.

»Sag mir ... Es tut mir leid, habe ich irgendetwas Falsches gesagt?«

Die Bilder in dem Film kamen abrupt zum Stillstand. Das Zittern hörte auf. Ein tiefes Seufzen drang aus ihrer Brust, dann kamen die Tränen. Judith schluchzte hemmungslos, den Kopf in das Kissen gedrückt.

Uri streichelte sie hilflos. Er zog die Decke über ihre zuckenden Schultern und suchte instinktiv auf dem Nachttisch nach der Zigarettenschachtel. Er fand sie und stellte frustriert fest, dass sie tatsächlich leer war.

»Bitte, Judith«, versuchte er es noch einmal, »sag mir doch, was los ist.«

Sie reagierte nicht, weit von ihm entfernt in einer Welt, zu der er keinen Zugang hatte.

Sonnenlicht hatte sich in das Zimmer gestohlen. Uris Blick fiel auf seine Armbanduhr, die auf dem Nachttisch lag. Er erschrak. Um sechs Uhr war eine Besprechung angesetzt, bei der er nicht fehlen durfte. Vorsichtig schob er die Decke zurück, stand auf und schlüpfte in seine ungewaschenen Kleider. Dann setzte er sich auf die Bettkante und strich ihr über das Haar. Sie schien sich etwas zu beruhigen.

»Du, ich muss gehen«, sagte er leise.

Judith drehte sich zu ihm herum und schaute ihn aus verweinten Augen an.

»Es tut mir leid«, flüsterte sie. Sie hielt ihn am Arm fest. »Was meinst du, werden wir es wirklich schaffen?«

Uri legte die Stirn in Falten.

»Schaffen? Was?«

»Unseren Staat, den Staat, den du willst, der nur uns gehört? In dem ich mich nicht mehr verstecken muss? In dem mich keiner hinter Stacheldraht einsperren kann?«

Uri umarmte sie.

»Mach dir keine Sorgen, wir werden das schon schaffen. Ich ...« Er suchte nach Worten. »Ich bin für dich da. Ich will es versuchen, immer. Bitte, vertraue mir. Du sollst keine Angst mehr haben, du hast mich, wir haben uns, wenn … wenn du es nur willst.«

Er klang trotz allem beinahe hilflos.

»Bitte, es ist der falsche Moment, der völlig falsche Moment zu gehen, ich sollte bei dir bleiben, ich weiß, aber ich muss los. Du weißt, morgen ziehen die Briten ab.«

Judith hielt ihn am Arm fest.

»Bitte, Uri, gib mir Zeit.«

Er zögerte, küsste sie dann aber. Endlich ließ sie ihn los.

Jonathan Higgins warf die Akte in eine große Holzkiste, die auf dem Boden vor seinem Schreibtisch stand und bis zum Rand mit Aktenbänden gefüllt war.

»So, das war's«, sagte der Sergeant. »Dreißig Jahre, und jetzt ist Feierabend. Der gute General Allenby hätte sich das bestimmt nicht vorstellen können, als er 1917 in Jerusalem einrückte.«

Er klappte die Kiste zu. Es war die letzte von vielen, die er in den vergangenen Tagen gepackt hatte. Die britische Mandatsregierung hatte ihren Abzug gründlich vorbereitet. Über zweihunderttausend Tonnen Material waren verpackt und für den Transport zurück ins Heimatland vorgesehen worden. Die Briten nahmen Abschied von einem weiteren Teil ihres schrumpfenden Weltreiches.

»Kaum zu glauben, wir gehen nach Hause, weg aus diesem verdammten Palästina, weg von diesen aufgeregten Arabern, diesen impertinenten Juden, einfach weg, zurück nach *Good Old Great Britain*. Ob uns irgendjemand danken wird? Wir haben diesem gottverlassenen Land Ordnung gebracht, neue Straßen, eine Verwaltung. Und jetzt? Jetzt sind alle froh, wenn wir endlich abhauen. *God save the King.*«

Er wandte sich an Oberleutnant Goldsmith, der auf seinem Stuhl hinter dem leeren Schreibtisch saß.

»Ich habe um meinen Abschied nachgesucht. Es wird reichen für ein kleines Häuschen auf dem Lande. Und vielleicht werde ich sogar anfangen, Golf zu spielen.«

Er räusperte sich.

»Was ist mit Ihnen, Sir, wenn ich fragen darf? Die Karrieren werden ja jetzt in Deutschland gemacht, die Kommies machen mächtig Ärger rund um Berlin. Sie nennen es schon den ›Kalten Krieg‹.«

Josef wich ihm aus.

»Ich? Ich werde mich mal umsehen, was die Zukunft so bringt.«

Higgins setzte sich auf die Kiste. Sein Redefluss war nicht zu stoppen.

»Ist es nicht wunderbar? Über zwei Jahre war ich in diesem verdammten Land. Und wissen Sie was? Ich lebe noch! Die Juden haben alles Mögliche probiert, um mich umzubringen, sie haben sogar dieses verdammte Hotel in die Luft gesprengt, jedenfalls einen Teil davon. Und morgen früh um sieben Uhr wird es ihnen gehören, oder den Arabern, wer immer zuerst hier reinmarschiert. Das wird ein schöner Wettlauf werden um unsere Büros und unsere Hauptquartiere. Und wissen Sie was, Sir? Wenn Sie gestatten: Es ist mir egal, scheißegal.«

Ein Gefreiter kam herein und salutierte.

»Hier, fass mal an«, sagte Higgins. Gemeinsam wuchteten sie die Kiste aus dem Büro hinaus zu einem wartenden Lastwagen.

Josef hob den Hörer des Telefons, das auf dem leeren Schreibtisch stand, und wartete gespannt, ob es noch funktionierte. Der gewohnte Ton kam aus der Hörmuschel. Josef wählte schnell eine Nummer.

»Morgen früh um sieben«, sagte er leise, als sich auf der anderen Seite der Leitung eine Stimme auf Hebräisch meldete. »Ihr müsst schnell sein. Aber macht keinen Ärger, der Abzug muss reibungslos verlaufen.«

Josef stützte den Kopf in die Hände. Nun würde es also so

weit sein. Er musste sich endgültig entscheiden. Er atmete tief durch. Er verdankte den Briten viel, und er hatte versucht, es zurückzuzahlen. Jahrelang hatte er ihre Uniform getragen. Er hatte sein Leben im Krieg eingesetzt. Vor ihm lag das rote Barett der Airborne Division. Darauf war er immer stolz gewesen.

Aber in ihm war etwas, das stärker war als diese Loyalität. Morgen würde er es beweisen müssen. Josef war sich sicher. Es gab kein Zurück mehr.

14. MAI 1948

Sergeant Higgins schob den Brustkorb weit heraus und salutierte. Langsam rutschte der Union Jack den Fahnenmast hinunter. Es war sieben Uhr morgens. Eine kleine Gruppe internationaler Reporter hatte sich vor dem King-David-Hotel versammelt, um den historischen Moment zu beobachten. Ein Soldat rollte die britische Fahne zusammen. Higgins nahm die Hand herunter.

Vor dem Hotel stand eine Wagenkolonne. Sie würde sich in wenigen Augenblicken in Bewegung setzen. Josef beobachtete das alles von der Lobby des Hotels aus, das bis zu diesem Morgen als britisches Hauptquartier gedient hatte. Nun sah er Sergeant Higgins mit einem fragenden Blick herüberkommen.

»Was ist, Sir? Es geht los, wir rücken ab.«

Josef blickte ihm direkt in die Augen.

»Ich bleibe hier, Higgins.«

Er streckte dem Sergeant die Hand hin.

»Alles Gute«, sagte er.

Higgins schlug zögernd ein.

»Ich bin einer von ihnen, verstehen Sie, Higgins. Ich gehöre hier hin, nirgendwo sonst, gerade jetzt.«

Higgins trat einen Schritt zurück. Einen Moment schien er zu überlegen. Dann legte er erneut die Hand an seine Uniformmütze und salutierte.

»*Sorry*, Sir, ich habe von dieser verdammten Sprache nur ein Wort gelernt«, sagte er mit rauer Stimme. *»Mazel Tov.«*

»Mazel Tov, Higgins«, sagte Josef und salutierte ebenfalls.

Von draußen war das Anspringen der Motoren zu hören.

Higgins drehte sich um und verschwand mit eiligen Schritten durch die Tür.

Josef glaubte in der Ferne die getragenen Töne eines Dudelsacks zu hören. Die letzten britischen Einheiten verließen ihre Stützpunkte. Die Soldaten der Highland Light Infantry, wie so viele andere Truppenteile, marschierten unter den Klängen ihres Dudelsackpfeifers ein letztes Mal aus ihrer Stellung im Hospiz von Notre Dame, in unmittelbarer Nähe der mittelalterlichen Mauern der Altstadt. In zwei großen Kolonnen zogen die Briten aus der Stadt der drei Weltreligionen ab: Die eine Kolonne ging nach Norden, über Ramallah weiter zum Hafen von Haifa, die andere nach Süden in Richtung Ägypten.

Josef fühlte, wie seine Kehle sich zuzog, als er den letzten Lastwagen die Straße hinunterfahren sah. Das Geräusch schneller Schritte riss ihn aus seinen düsteren Gedanken. Ein Trupp junger Männer, Maschinenpistolen im Anschlag, rannte auf das King-David-Hotel zu. Es waren Soldaten der Haganah, die innerhalb weniger Minuten die verlassenen britischen Stellungen stürmten, bevor die Araber auf denselben Gedanken kamen. Die Haganah hatte diese Übernahme sorgfältig vorbereitet. Es war an diesem historischen Morgen die entscheidende Aktion, um das Herz von Jerusalem unter die Kontrolle der Juden zu bringen. Bevingrad hatte aufgehört zu existieren.

»Gute Arbeit, Josef. Ohne deine Informationen hätten wir das alles nicht geschafft.«

Josef fühlte eine Hand auf seiner Schulter. Uri stand vor ihm.

»Willkommen zu Hause«, sagte Uri. Er umarmte Josef. Einen kurzen Moment standen sie schweigend nebeneinander. Dann unterbrach Uri die Stille.

»Du hast nicht zufällig eine Zigarette?«

Josef gab ihm eine Packung Players. Uri nahm sich eine Zigarette heraus und steckte sie an. Er reichte ihm die Packung zurück.

»Stell dir vor, für zehn Zigaretten bekommst du im Augenblick eine halbe Kanne Kerosin. Also pass gut auf deinen Schatz auf.«

Uri drückte unter dem Tisch Judiths Hand und hielt sie ganz fest in der seinen. Ihre Lippen deuteten ein scheues Lächeln an, aber ihre Augen waren ernst. Ob sie jemals unbefangen würde lachen können?, dachte er. Er würde, wenn alles endlich vorbei war, alles versuchen, um auch diese Augen zum Lachen zu bringen. Andererseits liebte er diese Ernsthaftigkeit an ihr. Sag Ja, dachte er, bitte Judith, sag Ja. Du musst, du musst einfach Ja sagen.

Im Raum herrschte angespannte Stille. Die Haganah-Kommandeure kauerten um einen Radioapparat. Der Mann, dessen Worte aus dem Lautsprecher kamen, war nur gut sechzig Kilometer Luftlinie von Jerusalem entfernt, aber der Sender war schwach. So war David Ben Gurions Stimme nur krächzend zu hören.

Im Museum von Tel Aviv am Rothschild-Boulevard hatte er um 16.00 Uhr ein Papier entfaltet, um dessen Inhalt wenige Stunden zuvor noch erbittert gefeilscht worden war. Es ging um den Felsen Israels, der in der Unabhängigkeitserklärung vorkommen sollte. Für die einen, die Vertreter der religiösen Parteien, sollte der Felsen Israels als Metapher für »Gott« stehen, für die Vertreter des mächtigen linken Flügels der Arbeiterpartei, die auf keinen Fall einen religiösen Bezug zulassen wollten, lediglich ein Hinweis auf die Stärke Israels; die Religiösen bestanden außerdem darauf, dass neben dem Felsen Israels auch der »Erlöser« genannt wurde. Am Ende blieb der »Erlöser« unerwähnt, der Felsen wurde genannt, aber nicht weiter gedeutet.

Doch von diesem Streit war nicht mehr die Rede, als die sechshundertfünfzigtausend Juden überall in Palästina kurz vor dem

Anbruch des Sabbats vor ihren Radiogeräten saßen, um David Ben Gurion zu lauschen.

Uri drückte Judiths Hand etwas fester, als Ben Gurion anhob, die historische Entscheidung zu verkünden.

Gleich allen anderen Völkern, so Ben Gurion, sei es das natürliche Recht des jüdischen Volkes, seine Geschichte unter eigener Hoheit selbst zu bestimmen.

»Demzufolge haben wir, die Mitglieder des Nationalrates, als Vertreter der jüdischen Bevölkerung und der zionistischen Organisation, heute, am letzten Tag des britischen Mandats über Palästina, uns hier eingefunden und verkünden hiermit kraft unseres natürlichen und historischen Rechtes und aufgrund des Beschlusses der Vollversammlung die Errichtung eines jüdischen Staates im Lande Israel – des Staates Israel.«

Dann nannte er das Datum des jüdischen Kalenders: der 5. Ijar 5708.

Uri hielt Judiths Hand weiter fest in seiner. Er ließ sie erst los, als sich alle um sie herum erhoben und die *Hatikva* sangen, die Nationalhymne des soeben gegründeten Staates Israel.

Jemand schaltete das Radio aus. Draußen waren Schüsse zu hören. Wenige Stunden nach dem Abzug der Briten wurde überall in Jerusalem gekämpft.

»Wir haben unseren Staat, unseren eigenen Staat. Israel, wie das klingt, nicht mehr Palästina«, sagte Uri leise zu Judith.

»Du hast jetzt die Heimat, die du dir immer gewünscht hast.«

Sie gingen hinaus auf den Flur. Uri nahm Judith in die Arme.

»Bitte, Judith, sag Ja. Es gibt keinen besseren Tag als heute.«

Sie löste sich von ihm.

»Uri, bitte, sei nicht ungeduldig mit mir. Das Wichtigste ist, dass du am Leben bleibst«, sagte sie. »Auch wenn du es gerade jetzt nicht glaubst, aber ich liebe dich.«

21. MAI 1948

Die Splitter zischten über ihren Kopf hinweg, knallten gegen eine Hauswand und fanden als Querschläger doch noch ihr Ziel. Judith warf sich auf den Bürgersteig, begriff aber nach einigen Augenblicken, dass es dafür ohnehin zu spät war. Die Kanoniere der Arabischen Legion, die ihre Geschütze auf den Berghöhen im Osten der Stadt aufgestellt hatten, feuerten selten zweimal auf dieselbe Stelle. An die fünfhundert Granaten gingen jetzt täglich auf den jüdischen Teil Jerusalems nieder.

Judith hörte den markerschütternden Schrei eines Esels. Das Tier war an der Ecke vor ihr vor seinem Karren zusammengebrochen, getroffen von einem Artilleriesplitter. Er hatte einen Wassertank gezogen, denn aufgrund des Treibstoffmangels in der Stadt musste ein Teil der Wasserversorgung der Bevölkerung mit Eseln und Pferden durchgeführt werden. Ein magerer alter Mann, der den Karren mit dem Wassertank begleitet hatte, schaute hilflos auf das blutende Tier. Judith rannte zu ihm, um zu sehen, ob sie helfen konnte. Der alte Mann kniete über dem Esel und schüttelte den Kopf.

»Nichts mehr zu machen«, sagte er. Er strich dem Esel über den blutenden Hals.

»Mein Gott, Yosele, was soll nur werden«, jammerte er. »Geh du nur schon voran, ich werde dir bald folgen.«

Der Esel blutete stark, aber seine Beine strampelten immer noch hektisch, als wollte er sich gegen das Ende stemmen. Judith nahm ihre Pistole, zielte sorgfältig und schoss dem Tier in den Kopf. Sie legte dem alten Mann eine Hand auf den Arm.

»Sieh zu, dass er schnell in eine Schlachterei kommt.«

Der Mann zuckte zusammen, antwortete aber nicht. In diesem Moment bemerkte Judith ein dünnes Rinnsal, das sich auf der Straße ausbreitete. Sie verfolgte es zurück. Aus dem Wasserbehälter auf dem Karren tropfte es auf die Fahrbahn. Ein Splitter hatte den Tank getroffen.

Judiths Blick fiel auf die Stelle, an der sie auf dem Bürgersteig gelegen hatte. Schnell lief sie zurück und hob das Brot auf, das sie dort liegen gelassen hatte. Sie klemmte es unter den Arm und rannte die Ben-Yehuda-Straße hinunter, wobei sie sich wie in diesen Tagen alle Menschen in Jerusalem instinktiv nahe an die Häuserwände drückte.

Die Klingel an der Haustür funktionierte nicht, auch an diesem Tag war der Strom gesperrt, doch die Tür stand offen. Judith lief die Treppe hinauf, bis sie außer Atem im dritten Stock angelangt war. Sie klopfte. Die Tür wurde einen Spalt geöffnet. Shimon blickte zu ihr auf, in seinen Augen eine Mischung aus Angst und Neugier.

»Ist deine Mutter da?«, fragte sie.

Shimon nickte und ließ sie herein. Tamar kam in den Flur und wischte sich die Hände an der Schürze ab.

»Schnell, holt so viel Kannen und Behälter, wie ihr habt«, sagte Judith. »Ein paar Straßen weiter läuft ein Wassertank aus, die Artillerie hat ihn getroffen.«

Sie drückte Shimon das Brot in die Hand und kramte in ihrer Umhängetasche nach einer kleinen Tafel Schokolade, die sich in der Tageshitze schon ziemlich aufgelöst hatte. Sie hatte die Schokolade in der Küche ihrer Wohnung gefunden, in der vorher Araber gewohnt hatten.

»Hier, das ist für dich und deine Schwester.«

Tamar eilte in die Küche und kam bald mit mehreren Flaschen und einem Eimer zurück. Gemeinsam liefen sie die Treppe hinunter auf die Straße, wo sich schon eine kleine Menschentraube um den Wassertank versammelt hatte und das köstbare

Wasser auffing. Der alte Mann saß stumm neben seinem toten Esel und streichelte ihm über den Kopf.

»Sechs Liter«, sagte Tamar, »das ist die neueste Ration. Sechs Liter am Tag, für alles. Und es wird jetzt jeden Tag wärmer.«

Judith half ihr, den Wassereimer nach Hause zu tragen. Eine schwere Explosion ließ die Glasscheiben in den Häusern erzittern. Wieder war eine Granate eingeschlagen. Die beiden Frauen beschleunigten ihre Schritte, sorgsam darauf achtend, dass dabei nicht zu viel Wasser aus dem Eimer schwappte. Judith hörte über sich ein durchdringendes Heulen, unmittelbar gefolgt von einer Explosion, diesmal weiter entfernt. Erneut hatte ein Geschoss sein Ziel gefunden.

Endlich kamen sie in der Wohnung an. Shimon hatte die Schokolade neben das Brot auf den Tisch gelegt, sie aber nicht angerührt.

»Nun nimm sie schon«, sagte Judith, »bevor sie völlig schmilzt. Aber die Hälfte ist für deine Schwester.«

Shimon nahm die Tafel und wickelte sie vorsichtig aus. Verschämt brach er die Hälfte ab und begann, seinen Teil zu essen.

»Ich habe noch etwas Tee«, sagte Tamar. »Und etwas Holz. Jetzt, wo wir wieder Wasser haben, kann ich uns einen Tee kochen.«

Judith nickte zustimmend. Nach einer Weile kam Tamar mit dem Tee aus der Küche zurück und goss ihn in zwei Tassen.

»Zucker habe ich leider keinen«, sagte sie entschuldigend.

Sie tranken schweigend. Durch das geöffnete Fenster war das Zwitschern von Vögeln zu hören. Einen Moment lang schien es, als sei das Leben normal. Eine Teestunde an einem Maitag in Jerusalem.

»Wo ist dein Mann?«, unterbrach Judith nach einer Weile die Stille.

»Im Einsatz, im Süden der Stadt. Ich habe gehört, die Ägypter rücken nach Bethlehem vor. Wenn unsere Leute sie nicht aufhalten können, dann werden sie bald hier sein.«

»Die Ägypter, die Iraker, die Syrer, die Libanesen – sie rücken überall vor. Und dazu die Arabische Legion aus Transjordanien. König Abdullah hat es nun doch für richtig gehalten, sich in den Kampf einzumischen«, sagte Judith, die sich insgeheim wunderte, wie kühl sie die Armeen aufzählte, die gegen den gerade erst gegründeten Juden-Staat anrannten.

»Jedenfalls bleiben uns unsere britischen Freunde erhalten. Die Arabische Legion wird immer noch von britischen Offizieren befehligt. Und die dirigieren auch das Artilleriefeuer gegen uns.«

Tamar setzte ihre Tasse ab. Sie war blass geworden.

»Du bist offenbar gut informiert«. Sie beugte sich vor. »Was denkst du, wie ernst ist es?«

Judith wich instinktiv zurück. Sie wählte ihre Worte vorsichtig.

»Jerusalem ist abgeschnitten. Du merkst es ja selbst: Es fehlt an allem. Aber wir dürfen nicht aufgeben. Die Araber warten doch nur darauf. Hier leben rund hunderttausend Juden, das ist ein Sechstel der jüdischen Bevölkerung. Wenn Jerusalem fällt, hat unser Staat keine Chance. Wir müssen durchhalten, Tamar, irgendwie, wir müssen es einfach.«

Wieder wunderte sich Judith über sich selbst. Jetzt war sie es, die Durchhalteparolen ausgab. Sie trank den Tee aus und stellte die Tasse behutsam auf den Tisch zurück. Einen Augenblick rang sie mit sich, ob sie über das Geheimnis sprechen sollte, das die Zukunft der eingeschlossenen Stadt verändern sollte. Doch die meisten wussten es ohnehin schon.

»Sie versuchen, eine neue Straße zu bauen. Mitten durch die Berge, an den Arabern und ihren Sperren vorbei. Im Augenblick ist es nur eine vage Hoffnung, mehr nicht.«

Sie umarmte Tamar spontan.

»Ich muss gehen. Pass auf die Kinder auf. Ich komme zurück, sobald ich kann.«

»Danke«, sagte Tamar leise. »Und danke für das Brot.«

23. MAI 1948

Uri stieß den Jungen in die Rippen. Chaim kam nur langsam hoch und blinzelte. Er war schmächtig, fast noch ein Kind. Neben ihm lagen auf dem kahlen Boden zwei weitere Jungen, vielleicht siebzehn Jahre alt. Sie gehörten zur Gadna, der Jugendorganisation der Haganah.

»Was … was ist los?«, stotterte er, immer noch müde.

»Der Teufel ist los«, sagte Uri. »Steh auf, dann siehst du es.«

Das Stakkato von Schüssen aus Maschinenpistolen unterbrach ihn. Chaim richtete sich auf und griff nach seinem Gewehr. Er fingerte mit der linken Hand in seiner Hosentasche und zog eine Handvoll Patronen heraus. Er hielt sie Uri hin.

»Sechs«, sagte er, »das ist alles, was ich noch habe, sechs lausige Patronen …«

»Und die anderen, wie ist es bei den anderen?«, fragte Uri.

Chaim zuckte die Schultern.

»Genauso, keiner hat mehr als zehn Patronen übrig.«

Er versuchte auf die Beine zu kommen. Er hielt sich an der Wand fest und hatte Mühe, stehen zu bleiben.

»Was ist mit dir?«, fragte Uri.

»Ich habe seit zwei Tagen nichts mehr gegessen«, sagte Chaim. »Wir haben nichts mehr.«

Er sackte wieder in sich zusammen. Uri sprang zu ihm und stützte ihn. Die beiden anderen Jungen hoben kurz die Köpfe und ließen sich dann in den Schlaf zurückfallen.

Seit Tagen war das massive Gebäude des Hospizes von Notre Dame, das der Altstadt von Jerusalem gegenüberlag, heftig umkämpft. Von Nonnen unterhalten, sollte es eigentlich französischen Pilgern als Unterkunft dienen. Doch mit seinen dicken Steinwänden und den über fünfhundert Zimmern war es mehr Festung als gastfreundliche Unterkunft, und die strategische Lage im Herzen von Jerusalem führte dazu, dass Juden wie Araber alles daransetzten, das Gebäude einzunehmen. Immer wieder feuerte die Arabische Legion mit ihren Geschützen von den Zinnen der Altstadt herüber. Mehrfach schon waren arabische Soldaten in das weitläufige Hospiz eingedrungen, und mehrfach hatte die Haganah sie in Kämpfen von Zimmer zu Zimmer wieder vertrieben.

»Sie greifen an«, gellte ein Schrei aus einem der unteren Stockwerke. »Sie kommen schon wieder!«

Das Stakkato der Maschinenwaffen nahm schlagartig zu. Hastig griff Uri in eine umgehängte Tasche und holte mehrere Kartons mit Patronen hervor.

»Hier, das ist alles, was ich noch habe«, sagte er und drückte sie Chaim in die Hand, der sie mit einer Mischung aus Staunen und Dankbarkeit entgegennahm.

Uri überprüfte seine Sten-Maschinenpistole. Das Magazin war halb voll. Er sah noch, wie Chaim die anderen beiden Jungen zu wecken versuchte, dann rannte er aus dem Zimmer, die Treppe hinunter.

Am unteren Ende der Treppe sah er gegen das von draußen eindringende Sonnenlicht zwei Gestalten, die sich dem langen Flur zuwandten. Er glaubte, auf ihren Köpfen Kefijes zu sehen. Uri gab einen Feuerstoß ab. Die beiden Soldaten der Arabischen Legion gingen zu Boden.

Von der anderen Seite des langen Flurs hörte er Hebräisch. Und von draußen war das Brummen eines schweren Dieselmotors zu vernehmen. Uri wusste, was das bedeutete: Die Arabische Legion schickte ihre Panzerwagen.

Er sprang in eines der Zimmer, aus dem er einen Blick auf die Straße vor dem Hospiz werfen konnte. An der Wand hing ein Kreuz neben einem Bild der Mutter Maria, eine schmale Pritsche zeigte an, dass hier bis vor wenigen Tagen das Refugium einer französischen Nonne gewesen war. Wie er vermutet hatte, entdeckte er auf der Straße einen sandfarbenen Panzerwagen der Legion, gefolgt von Soldaten der Infanterie.

Er feuerte das Magazin seiner Sten leer und traf einen der Soldaten, ansonsten aber prallten die Kugeln an den Stahlplatten des Panzerwagens ab. Hilflos musste Uri mit ansehen, wie der Wagen sich weiter auf das Hospiz zubewegte.

Er hörte hinter sich ein Geräusch. Automatisch richtete er seine Sten auf die Tür, ließ sie dann aber sinken, als ihm klar wurde, dass er ohnehin keine Munition mehr hatte. Er griff nach seinem Messer. Eine Gestalt in Khakiuniform stand in der Tür, über dem Rücken eine Art dünnes Rohr an einem Lederriemen.

»Ich bin mit der Verstärkung gekommen, die die Haganah geschickt hat. Sie haben mir gesagt, dass ich dich bei der Gadna-Einheit in Notre Dame finde«, sagte Judith.

Sie reichte Uri das Rohr. Es war eine britische Bazooka. Uri griff nach der Waffe und hielt sie, einen langen Augenblick ungläubig, fast schockiert, in den Händen. Ein Kugelhagel, der durch das Fenster hereinbrach, riss ihn aus seiner Starre. Die Querschläger irrten durch das enge Zimmer, fanden aber kein Ziel. Uri riss Judith zu Boden und warf sich über sie, hielt sie fest.

Die Bazooka war polternd zu Boden gefallen.

Uri ergriff sie, richtete sich auf und blickte über das Fenstersims hinunter auf die Straße. Der Panzerwagen rollte nun direkt auf das Hospiz zu. Uri richtete die Bazooka sorgfältig auf das sich nähernde Ziel. Dann hielt er den Atem an und zog den Abzug durch. Das Geschoss schlug unterhalb des Geschützturms ein. Einen kurzen Augenblick schien nichts weiter zu passieren, dann explodierte der Gefechtskopf innerhalb des Panzerwagens, aus dem eine Stichflamme herausschoss.

Uri ließ den Kopf auf das Fenstersims sinken und schloss die

Augen. Er spürte eine Hand auf seinem Arm. Er hob den Kopf und blickte in Judiths Gesicht. Ihre Augen waren ernst.

»Ich sage Ja, Uri«, flüsterte sie.

Uri brauchte einen Augenblick, um die Bedeutung ihrer Worte zu verstehen.

»Du sagst Ja?«, versicherte er sich. Judith nickte. Er streckte die Arme aus, um sie an sich zu ziehen.

Eine gewaltige Explosion, gefolgt von einer Druckwelle, hielt ihn davon ab. Ein Teil der Fassade des Hospiz fiel in sich zusammen und krachte polternd auf die Straße. Da, wo wenige Sekunden zuvor noch eine Wand gewesen war, klaffte nun ein riesiges Loch. Wieder hatte die Legion ihr schweres Geschütz aus der Altstadt gegen das Gebäude eingesetzt.

Uri lag zusammengekrümmt auf dem Boden. Er wischte sich den Staub aus den Augen und tastete nach Judith. Sie lag auf dem Bauch und rührte sich nicht. Uri drehte sie vorsichtig um. Ihr Gesicht war von graubraunem Mörtel verschmiert, Steinbrocken hingen in ihrem Haar, dunkles Blut sickerte aus ihrem Kopf.

»Judith«, flüsterte er, »Judith, hörst du mich? Bitte wach auf.«

Er streichelte sie hilflos.

»Bitte, wach auf«, wiederholte er, dringlicher noch.

»Wach auf«, schrie er. »So wach doch auf, ich bin es, Uri, hörst du, bitte hör mich doch.«

Sie bewegte sich nicht. Uri spürte eine tiefe Leere in sich. Wozu das alles, dachte er, wozu? Nach einer Weile hörte er das Geräusch schneller Schritte. Chaim kam herein, das Gewehr im Anschlag. Er beugte sich über die beiden.

»Braucht ihr einen Sanitäter?«, fragte er.

Uri schüttelte den Kopf.

»Hilf mir, sie nach unten zu tragen«, sagte er.

Chaim ergriff ihre Beine, Uri hielt ihren Oberkörper. Schwankend vor Schwäche, erreichten sie das Erdgeschoss.

28. MAI 1948

Jousseff stützte die Hand auf den Griff seines Krummdolches, der an seinem Gürtel hing. Lächerliche Gestalten, dachte er mit einer Mischung aus Verachtung und heimlicher Bewunderung. Vor ihm, in einer der engen Gassen, stand eine kleine Gruppe erschöpfter junger Juden, die meisten Männer, aber auch einige Frauen. Jousseff konnte sie in aller Ruhe beobachten. Das also waren sie, die sogenannten Helden der Haganah, nur ein paar Dutzend. Ihre Gesichter waren eingefallen, sie konnten sich kaum auf den Beinen halten. Es waren die Verteidiger der jüdischen Altstadt. Jetzt, nach zehn Wochen härtester Kämpfe, hatten sie endlich aufgegeben.

»Schlachtet sie, die Schweine«, schrie ein junger Mann, fast noch ein Teenager, neben ihm. »Hängt sie auf«, schrie ein anderer, nahm einen Stein auf und warf ihn auf die Juden. Jousseff spürte, wie seine Finger zuckten. Geh, nimm dir einen, stoß ihm die Klinge ins Herz. Er machte einen Schritt nach vorn. Schüsse peitschten auf.

Zwei Unteroffiziere, auf ihren Köpfen die rot-weiß karierten Kefijes der Arabischen Legion, hielten ihre Maschinenpistolen im Anschlag, bereit, in die aufgebrachte Menge der Araber zu schießen, die sich auf die Juden stürzen wollten.

Ein Offizier der Legion, dessen Kefije mit einem Abzeichen mit der Krone seines Königs Abdullah von Transjordanien geschmückt war, zog seinen Revolver und richtete ihn auf Jousseff.

»Du da, verschwinde«, sagte er. »Und ihr anderen auch. Die Juden sind Gefangene der Arabischen Legion, keiner rührt sie an. Sie stehen unter meinem Schutz. Habt ihr das verstanden?«

Die Menge murrte, gehorchte aber dem resolut auftretenden Offizier. Schließlich hatte er möglich gemacht, was die unorganisierten Kämpfer der Araber nicht geschafft hatten: Mit den Soldaten der Arabischen Legion aus Transjordanien hatte er das jüdische Viertel in der Altstadt von Jerusalem erobert und den erbitterten Widerstand der Haganah gebrochen.

Abdullah Tell, Sohn einer reichen Landbesitzerfamilie, war mit einunddreißig Jahren der jüngste Major in der Legion, die von einem britischen Kommandeur, General John Bagot Glubb, befehligt wurde. König Abdullah hatte Tell persönlich beauftragt, Jerusalem einzunehmen. Jetzt war der Moment seines Triumphes gekommen. Ein Preis, für den zu kämpfen die höchste Ehre bedeutete. Denn innerhalb der im Mittelalter errichteten festen Mauern der Altstadt von Jerusalem lagen die Heiligtümer der drei Weltreligionen: die christliche Grabeskirche, der Felsendom sowie die Al-Aksa-Moschee der Muslime und die Klagemauer der Juden, auf deren Steinen einst der Tempel gestanden hatte.

Die Juden hatten mit allen Mitteln versucht, Verstärkung ins jüdische Viertel zu bringen. Und die Araber hatten alles darangesetzt, dies zu verhindern. Aber erst jetzt, nachdem die Haganah aufgeben musste, wurde klar, mit wie wenigen Kämpfern und noch weniger Waffen sie so lange durchgehalten hatte.

Hinter den entwaffneten Kämpfern der Haganah scharten sich die Menschen, deren Schicksal damit besiegelt war. An die eintausendsiebenhundert orthodoxe Juden waren noch übrig geblieben zwischen den Synagogen und den engen kleinen Häusern des jüdischen Viertels. Sie hatten ihr Leben dem Studium der Thora gewidmet, sie wollten nichts mit der Politik und auch nichts mit den Zionisten zu tun haben. Sie wollten nur ihrem Gott dienen und auf den Messias warten, der eines Tages durch die Tore Jerusalems seinen Einzug halten würde.

Doch jetzt, nach zweitausend Jahren des Wartens und des Betens, mussten sie gehen. Alle Juden mussten die Altstadt von Jerusalem verlassen. Die Klagemauer, einst nur einen kurzen Fußweg entfernt, würde für sie unerreichbar sein.

Jousseff beobachtete, wie sich die Kolonne in Bewegung setzte. Die jüngeren Männer mussten zusammen mit den Kämpfern der Haganah in Gefangenschaft nach Transjordanien; eintausenddreihundert Bewohner der Altstadt dagegen durchquerten die Tore der schweren Mauern und traten den Marsch in die nur wenige hundert Meter entfernte jüdische Neustadt an, geschützt durch die Soldaten der Arabischen Legion.

Jousseff konnte sich nicht länger halten. Er rannte in die nächstgelegene Synagoge, hielt ein Streichholz an einen der Vorhänge und sah, wie die Flammen sich in den Stoff hineinfraßen.

Viele taten es ihm nach. Jousseffs Augen funkelten. Allah, der Allmächtige und Erhabene, hatte seine Gläubigen erhört. Die Juden waren verschwunden.

Als der letzte von ihnen den alten Mauern den Rücken kehrte, stand eine riesige schwarze Rauchwolke über dem jüdischen Viertel.

3. JUNI 1948

Die Hitze eines frühen Sommers lag über der Stadt. Der Geruch von moderndem Abfall, der seit Wochen nicht abgeholt worden war, wurde stärker. Er drang durch die weit offenen Fenster herein.

Judith lag am Ende eines Flurs und sah zu, wie zwei Krankenschwestern im Laufschritt ein Bett vorbeirollten, in dem ein stark blutendes, schreiendes Kind lag, ein weiteres Opfer des ständigen Artilleriebeschusses. Das Hadassah-Krankenhaus hatte seine sechshundert Patienten in die Neustadt evakuiert. Aber die Zimmerkapazität reichte nicht aus, um die Verwundeten der Kämpfe unterzubringen. Überall standen notdürftig aufgeschlagene Betten. Judith hatte einen Verband um den Kopf, dem man ansah, dass er länger nicht gewechselt worden war. Es fehlte an Verbandsstoffen, und es fehlte an Medikamenten.

Ein Gesicht, das ihr bekannt vorkam, beugte sich über sie.

»Wie geht es heute?«, fragte Schwester Sarah.

»Besser, viel besser«, sagte Judith. Der dumpfe Schmerz in ihrem Kopf hatte deutlich nachgelassen.

»Sie haben Riesenglück gehabt, eine schwere Gehirnerschütterung, aber nichts gebrochen, und eine Platzwunde am Kopf, die schon ziemlich gut verheilt ist. Ich denke, in zwei Tagen kann der Verband runter.«

Die Schwester wandte sich ab, offensichtlich in Eile. Judith hielt sie an der Hand fest.

»Haben Sie etwas von Hana gehört?«, fragte sie leise.

Schwester Sarah zog ihre Hand zurück. Einen kurzen Augenblick stand sie mit gesenktem Kopf da. Judith meinte in ihren Augen Tränen zu sehen.

»Nein, nichts mehr. Nur dass sie fort ist, ich glaube nach Amman, zu ihren Verwandten«, sagte sie endlich. »Ich war noch einmal in ihrer Wohnung, aber sie war leer.« Sie schluckte. »Geplündert.«

»Müsste nicht bald ihr Kind kommen?«

»Ja, in diesen Tagen.«

Schwester Sarah zog ein Taschentuch hervor und wischte sich die Augen.

»Entschuldigung, ich … ich kann nicht anders. Das kam jetzt so plötzlich. Sie ist … sie war so eine gute Kollegin. Ich vermisse sie so.«

Sie wandte sich ab.

»Bitte, ich muss jetzt gehen«, sagte sie und trocknete sich erneut die Augen, während sie sich mit schnellen Schritten entfernte. Judith blickte durch das offene Fenster auf die leere Straße. Nach einer Weile kam ein Krankenwagen mit den Abzeichen der Magen David Amon angerast. Sie nahm ihn kaum wahr. Ob es ein Junge wird?, fragte sie sich. Sie hoffte es sehr, und sie hoffte, dass Hana ihn David nennen würde, trotz allem. Sie schloss die Augen und fiel in einen Dämmerschlaf.

Judith wachte davon auf, dass jemand ihre Hand berührte. Uri stand mit einem besorgten Gesichtsausdruck vor ihr. Er beugte sich über sie und küsste sie auf die Stirn, direkt unterhalb des Verbands. Sie schlang die Arme um seinen Kopf und hielt ihn fest.

»Oh mein Gott, Uri, wie hast du es geschafft herzukommen?«, flüsterte sie.

Uri sah verlegen an ihr vorbei.

»Ach, sie haben gesagt, eine halbe Stunde, und dann kommst du zurück. Wir haben die Ägypter im Süden der Stadt endgültig zurückgeschlagen, Ramat Rachel gehört wieder uns.«

Er setzte sich auf den Bettrand und hielt ihre Hände.

»Wir brauchen einen Rabbi«, sagte Uri unvermittelt. Judith richtete sich auf.

»Einen Rabbi?«

»Ja, einen Rabbi, oder hast du schon mal von einer jüdischen Hochzeit ohne Rabbi gehört?«

Sie zögerte, schüttelte dann aber verneinend den Kopf.

»Du meinst, wenn du in diesem neuen Staat Israel heiraten willst, dann muss es unbedingt eine religiöse Hochzeit sein?«, fragte sie, mehr zu sich selbst. »Ich dachte eigentlich, das ist ein neuer, ein moderner Staat, für den wir kämpfen, in dem du religiös sein kannst oder auch nicht. Jedenfalls keiner, der dir gleich vorschreibt, wie du leben sollst, mit Gott oder ohne Gott.«

»Natürlich hast du recht, aber es ist der Staat der Juden, unser Staat, mit Juden unterschiedlichster Herkunft, und was uns zusammenhält, ist unsere gemeinsame Geschichte und die Religion. Deshalb brauchen wir einen Rabbi, und, wenn du mich fragst, so schnell wie möglich. Ich möchte nämlich heiraten, und zwar dich.«

Er nahm Judith in die Arme und küsste sie. Aber Judith ließ nicht locker.

»Ich soll mich also mit dieser Hochzeit in die Obhut ihres Gottes begeben? Oder? Wir können nicht Mann und Frau sein, ohne dass er dabei ist?«

Trotzig schlang sie die Arme um ihre Beine und hielt sich daran fest.

»Ich frage mich, wo Gott war, als ich in Dachau war. Unser Gott, von dem Gott der Christen ganz zu schweigen. Der Gott, der zugelassen hat, dass meine Mutter in Auschwitz vergast wurde. Wo war er?«

Eine lange Weile herrschte in dem kleinen Raum Stille. Dann war aus der Ferne der Einschlag einer Granate zu hören.

»Jedenfalls kümmern sich jetzt die Araber um ihren und unseren Gott und um den der Christen auch«, versuchte Uri erneut das Thema zu wechseln. Er hatte ihren Argumenten nichts entgegenzusetzen.

»Da drüben« – er zeigte mit der Hand in Richtung Osten –, »nur zwei lausige Kilometer von hier, haben sie jetzt die Altstadt und damit alle wichtigen religiösen Heiligtümer unter ihrer Kontrolle. Wir hier in der Neustadt sind sozusagen gottlos.«

Judith rückte an ihn heran, nun war sie es, die nichts zu sagen hatte. Uri legte einen Arm um sie. Zögernd sagte er:

»Das mit den Ringen muss leider noch etwas warten. Die Juweliere haben zurzeit geschlossen.«

Er drückte sie fest an sich.

»Aber an dem Rabbi führt kein Weg vorbei.«

9. JUNI 1948

Sie betrachtete sich im Spiegel. Schwester Sarah hatte ihr genügend Wasser zugeteilt, um sich gründlich zu waschen. Ihr dunkles Haar glänzte, das Pflaster, das den Verband ersetzt hatte, war klein und wurde durch ein dichtes Haarbüschel weitgehend überdeckt. Schwester Sarah hatte sogar dafür gesorgt, dass ihre Khakiuniform gewaschen und gebügelt worden war. Daran waren seit wenigen Tagen die Rangabzeichen der neu gegründeten israelischen Armee angenäht. Sie hatten ihr den Rang eines Unteroffiziers zugeteilt.

Aber Judith war nicht zufrieden. Sah so eine Braut aus? Sie ging durch die Wohnung und öffnete die Schubladen einer Kommode, die neben dem Bett zu den wenigen Einrichtungsgegenständen gehörte. Aber bis auf eine Garnitur Ersatzunterwäsche war sie leer. Sie dachte an das alte Kleid, das sie schon auf dem Schiff getragen hatte. Es lag in Yardenim, unerreichbar im Augenblick.

Resigniert schnallte sie den Gürtel um, an dem ihr britischer Armeerevolver hing. Sie schloss die Wohnungstür hinter sich ab und machte sich auf den Weg.

Der Junitag war heiß, die Straßen immer noch menschenleer. Sie hörte das Pfeifen über sich und warf sich automatisch zu Boden, robbte sich hinter eine übervolle Mülltonne. Die Granate schlug etwa fünfzig Meter von ihr entfernt in die Fahrbahn ein. Bis auf den Krater in der Straße hatte sie keinen Schaden angerichtet, die Menschen blieben nach Möglichkeit in den Häusern.

Judith wartete noch einen Augenblick, ob die Araber ein zweites Mal auf dieselbe Stelle schießen würden. Es blieb jedoch ruhig. Judith stand auf und schaute an sich hinab. Die frisch gewaschene Uniform war voller Staub. Sie klopfte den Dreck mit den Händen ab und setzte sich wieder in Bewegung.

An der Ben-Yehuda-Straße angekommen, klopfte sie dreimal an die Wohnungstür. Tamar öffnete.

»Komm herein«, sagte sie, offensichtlich erfreut.

Sie holte ein Glas Wasser und stellte es für Judith auf den Tisch.

»Tee habe ich leider keinen mehr«, sagte sie entschuldigend.

Judith trank in langsamen Schlucken. Dann stellte sie das Glas ab.

»Ich werde heiraten«, sagte sie.

Tamar brauchte einen Augenblick, um die Nachricht zu verarbeiten.

»Heiraten, jetzt?«, fragte sie etwas ungläubig, setzte dann aber rasch hinzu: »Das ist ja wunderbar.«

Judith nahm es ihr nicht übel.

»Du hast ja recht, die Zeiten sind vielleicht nicht die besten, um einen solchen Schritt zu tun. Aber wir denken: jetzt erst recht.«

»Ja, ja, sicher«, beeilte sich Tamar zu antworten.

Judith nahm wieder einen Schluck aus ihrem Wasserglas.

»Es ist nur so, ich … Ach, schau mich doch nur an. Soll ich so in die Ehe gehen, in einer zusammengestoppelten Uniform?«

Tamar ließ ihren Blick prüfend über Judith gleiten. Dann lächelte sie.

»Warte, ich bin gleich zurück.«

Sie verschwand im Schlafzimmer und kam kurze Zeit darauf zurück, ein weißes Kleid über dem Arm.

»Steh mal auf.«

Judith erhob sich zögernd. Tamar hielt das Kleid vor sie hin.

»Mein altes Brautkleid. Sieht so aus, als könnte es passen. Vielleicht ein bisschen weit, aber wozu habe ich eine Nähmaschine?«

Judith nahm das Kleid und ging damit vor den Spiegel in der Diele. Sie legte es über ihre Uniform und lächelte ihrem Spiegelbild zu. Tamar trat hinter sie.

»Es steht dir, du wirst eine wunderschöne Braut sein«, sagte sie. »Und weißt du schon, wo das große Ereignis stattfinden wird?«

Judith zögerte.

»Bei uns, in Katamon. Es ist dort allerdings noch ziemlich unwirtlich.«

Tamar berührte ihre Schulter.

»Es wäre mir eine Ehre, wenn ihr zu uns kommen würdet. Es sieht hier im Augenblick zwar auch nicht gerade wie in einem Palast aus, aber vielleicht geht es ja.«

Judith umarmte sie spontan.

»Das wäre zu schön, das kann ich gar nicht annehmen.«

»Doch, das kannst du, unbedingt sogar«, beendete Tamar die Diskussion. »Wann soll es denn eigentlich sein?«

»Übermorgen«, sagte Judith etwas verlegen.

Vor der Wohnungstür war das Trappeln schneller Schritte zu hören. Shimon stieß die Tür auf, die nur angelehnt war. Er war außer Atem, sein Gesicht gerötet.

»Ich habe Lastwagen gesehen«, schnaufte er. »Eine ganze Reihe von Lastwagen, hoch beladen. Der Händler an der Ecke hat gesagt, die haben Lebensmittel gebracht. Die sind bestimmt über die neue Straße gekommen.«

Er hüpfte in der Wohnung umher und suchte nach seiner Schwester Ayelith.

»Stell dir vor, Lastwagen mit Lebensmitteln«, rief er immer wieder. Ayelith kam mit ihrer Puppe ins Wohnzimmer.

»Kriegt sie dann auch was ab?«, fragte sie und strich der Puppe über das Haar.

Judith und Tamar schauten sich an. Tamar ging zum Radio. Yossi hatte in einem verlassenen britischen Stützpunkt Batterien gefunden, angesichts der Stromsperren ein kostbares Gut. Sie schaltete das Gerät ein, das auf die Frequenz der Kol Hamagen eingestellt war, der Rundfunkstation der Haganah in Jerusalem. Nach einer Weile wurde die Musik unterbrochen.

»Es wird einen Waffenstillstand geben«, sagte die Stimme im Radio. »Er soll übermorgen in Kraft treten.«

11. JUNI 1948

Jousseff hatte sein erstes Morgengebet schon verrichtet. Jetzt sah er, wie die ersten Sonnenstrahlen sich im Gold der Kuppel des Felsendoms brachen. Die Kuppel schien zu erglühen, je höher die Sonne über die Berge von Judäa stieg. Mit einem tiefen Gefühl der Genugtuung beobachtete er fasziniert das frühmorgendliche Schauspiel. Das drittwichtigste Heiligtum des Islams war gesichert.

Er stand auf der Stadtmauer südlich des Jaffa-Tores, unter sich auf der östlichen Seite die Altstadt von Jerusalem, die Neustadt auf der westlichen. Die massiven Mauern hatten allen Versuchen der Juden standgehalten, die Altstadt einzunehmen. Jousseff ließ den Blick über die geschwärzten Ruinen des jüdischen Viertels schweifen. Allah hatte seine gerechte Strafe ausgeteilt, die Juden waren vertrieben. Sollten sie sich doch eine neue Klagemauer bauen.

Auch die zurückliegende Nacht war wieder unruhig gewesen. Das Artilleriefeuer hatte sich in den letzten Tagen noch einmal gesteigert. Je näher das Datum des Waffenstillstandes rückte, umso heftiger wurde der Beschuss der Neustadt. Die arabischen Kommandeure hatten insgeheim gehofft, die Juden statt zum Einstellen der Kämpfe doch noch zur Kapitulation zu zwingen. Auch jetzt durchbrach immer wieder Gefechtslärm den erhabenen Moment der Morgendämmerung über der Heiligen Stadt.

Jousseff drehte sich um und blickte nach Westen. Die ersten Sonnenstrahlen umspielten, weniger als einen Kilometer entfernt, das Panorama der Neustadt, unmittelbar vor ihm das

King-David-Hotel, dahinter der hoch aufragende markante Turm des YMCA. Er kniff die Augen zusammen und glaubte, weiter westlich das Gebäude der Jewish Agency erkennen zu können.

Der große Zeiger der Turmuhr rückte weiter vor. 5.45 Uhr, noch eine Viertelstunde bis zum vereinbarten Waffenstillstand. Jousseff biss sich auf die Lippen. Dort hinten saßen sie, ihre Funktionäre, ihre Kommandeure, und warteten nur darauf, dass die Araber ihr Feuer einstellten, dachte er. Er merkte, wie eine wilde Wut in ihm aufstieg. Ja, wollte er hinausschreien, tausendmal Ja, sie hatten das alte Jerusalem vor den Juden gerettet, und er hatte seinen Teil dazu beigetragen. Sie hatten der arabischen Welt gezeigt, dass es möglich war.

Aber da unten, da lebten sie immer noch, einhunderttausend Juden, und sie hatten es geschafft, den größten Teil Jerusalems einzunehmen und daraus ein durchgehend jüdisches Territorium zu machen, trotz der monatelangen Blockade, trotz der Angriffe von allen Seiten, trotz des Einsatzes der professionellen Soldaten der Arabischen Liga.

Sie standen direkt neben ihm, auf den Zinnen der alten Stadtmauer, gleichmütig ihre Gewehre haltend, rauchend, die Soldaten des Königs Abdullah von Transjordanien. Der listige König hatte bekommen, was er wollte; die Teile Palästinas, die die Vereinten Nationen den Arabern zugesprochen hatten, waren nun unter seiner Kontrolle, und er konnte nach Jerusalem kommen und im Felsendom beten, wann immer er wollte – ein Triumph vor allem über seine vielen Neider in der arabischen Welt.

Verräter, wollte Jousseff schreien, euer König ist ein verdammter Verräter, und die Herrscher und ihre Lakaien in den Palästen der arabischen Hauptstädte auch. Wie konnten sie sich darauf einlassen, auch nur über einen Waffenstillstand nachzudenken? Hatten sie nicht versprochen, die Juden zurück ins Meer zu treiben? Waren nicht Hunderttausende ihrer Landsleute aus Tiberias und Jaffa, aus Haifa und aus Jerusalem jetzt heimatlos, zur

Flucht gezwungen, vertrieben aus Palästina? Millionen von Arabern, in den Soukhs von Damaskus genauso wie in den Basaren von Kairo, am Ufer des Euphrats in Bagdad wie in den Straßen von Amman würden das nicht verstehen, dessen war sich Jousseff sicher.

Und doch sollte es in wenigen Augenblicken so sein. Der Waffenstillstand sollte um sechs Uhr in Kraft treten, und er sollte einen Monat dauern. Vier Wochen, dachte Jousseff, in der die Juden Zeit hatten, die hungernde Stadt zu versorgen mit allem, was sie brauchte, mit Lebensmitteln, mit Wasser und natürlich mit Soldaten und immer mehr Waffen.

Er sah den großen Zeiger auf sechs Uhr springen. In der Hand hielt er eine erbeutete Maschinenpistole, die er bei dem Überfall auf den Hadassah-Konvoi einem toten Haganah-Mann aus der Hand gerissen hatte.

Er holte tief Luft, dann legte er die Waffe fest auf die Mauer auf und feuerte das gesamte Magazin in Richtung Westen, auf die Stadt der Juden.

Tamar Schiff ließ ihren Blick prüfend über Judith gleiten. Sie nahm die Stecknadeln eine nach der anderen aus dem Mund und befestigte sie am Stoff des weißen Kleides in Höhe der Hüfte, wo sich der Stoff etwas ausbeulte.

»Keine Sorge, das kriegen wir hin«, sagte sie sachlich. »Noch eine Stunde. Zieh es aus, ich mach das schnell.«

Judith tat, was Tamar von ihr verlangte, schlüpfte aus dem Kleid und hängte sich wieder ihr altes Khakihemd über die Schultern. Ayelith hatte die Anprobe aufmerksam verfolgt und hielt Tamar ihre Puppe hin.

»Sie soll auch heiraten. Kannst du ihr auch so ein schönes Kleid machen?«, fragte sie. Tamar strich ihr übers Haar.

»Hast du auch jemanden, den sie heiraten soll?«

Ayelith dachte nach, blieb aber eine Antwort schuldig. Tamar konzentrierte sich auf das Kleid. Mit geschickten Händen nähte sie den überflüssigen Stoff um.

»So, fertig, zieh es an«, sagte sie und reichte Judith ihr Hochzeitskleid.

Judith zog es über und drehte sich vor Tamars prüfenden Augen um die eigene Achse. Ayeliths Augen glänzten.

»Sieh mal, wunderschön, eine wunderschöne Braut«, sagte sie zu ihrer Puppe.

Tamar lächelte.

»Du hast recht, Ayelith, du hast wirklich recht«, sagte sie. »Und jetzt noch den Schleier.«

Sie legte Judith den weißen Schleier über, so dass er Haar und Gesicht bedeckte.

»Perfekt. Nun kann dein Bräutigam kommen.«

Der Rabbi war Mitte sechzig. Er hatte sein ganzes Leben in den Bethäusern von Jerusalem verbracht. Seine helle Haut war fahl und faltig, seine Schläfenlocken waren wie sein Bart hellgrau, durchsetzt von einem fahlen Gelb. Er wirkte nervös und blickte immer wieder auf die laut tickende Uhr an der Wand, deren Pendel hin- und herschwang. Er kam nicht oft in diesen Teil der Stadt, zu Menschen, die meist nur an Yom Kippur in einer Synagoge zu sehen waren. Shimon stand mit Ayelith zwischen den Eltern und schien die Ungeduld des Rabbis zu teilen.

Uri, noch in Uniform, war erst wenige Minuten vor der Trauung die Treppe hochgestürzt, unter dem Arm den schwarzen Anzug, den er von einem Haganah-Mann geliehen hatte. Als er sich schnell im Badezimmer umzog, stellte er fest, dass die Ärmel des Anzugs deutlich zu kurz waren. Es war das erste Mal in seinem Leben, dass er einen Anzug trug. Er musste Yossi bitten, die schwarze Krawatte für ihn zu binden. Uri schaute sich im Spiegel an und grinste. Ohnehin war es ein Morgen mit Ereignissen, die er wenige Stunden zuvor kaum für möglich gehalten hätte. In Sichtweite der Altstadt hatte er Soldaten der Arabischen Legion gesehen, die sich freundlich mit Soldaten der neuen israelischen Armee unterhielten. Kurz nach Eintritt des Waffenstillstandes war es noch gelegentlich zu Schießereien gekommen, aber je länger der Vormittag andauerte, desto klarer wurde, dass die Waffen tatsächlich ruhten. Händler öffneten ihre Geschäfte, holten lange gehortete Waren hervor, Cafés stellten Tische und Stühle auf, obwohl sie kaum etwas anzubieten hatten, Menschen schlenderten durch die Straßen, auf denen an vielen Stellen die Trümmer von geborstenem Mauerwerk, zerplatzte Dachziegel und Granatsplitter lagen.

Nun stand Uri, eine Kippa auf dem Kopf, unter dem Baldachin, dessen Stangen von vier Männern gehalten wurden. Der Rabbiner schaute erneut auf die Wanduhr. Als der große Zeiger endlich auf die Zwölf sprang, begann die Uhr zu schlagen. Elf Mal. Alle Blicke richteten sich auf die Tür, die zum Schlafzimmer führte. Sie öffnete sich langsam. Josef Goldsmith führte seine Schwester im Brautkleid herein.

Uri riss die Augen auf. War das die Frau, die er zu kennen glaubte? Er spürte seine Handflächen schlagartig feucht werden.

Judith stellte sich neben ihn unter den Baldachin. Uri wollte sich zu ihr hinüberbeugen und sie küssen, doch der strenge, fast ärgerliche Blick des Rabbis stoppte ihn.

Der Rabbi sprach die religiösen Formeln und hielt sich, von Uri am Tag zuvor deutlich ermahnt, mit zusätzlichen Ansprachen zurück. Uri zertrat, wie es die jüdische Tradition vorschrieb, mit dem rechten Fuß ein Glas, Zeichen der Trauer um die Zerstörung des Tempels.

Endlich ging so etwas wie ein Lächeln über das Gesicht des Rabbis, der Uri zunickte. Uri zog Judith an sich, um den Schleier zu lüften und sie zu küssen.

In diesem Moment flog die Wohnungstür auf und Shimons

Freund Menachem stürzte herein. Einen Moment blieb er stehen, verwirrt von der Anwesenheit so vieler feierlich gekleideter Menschen. Doch er ließ sich nicht beirren.

»Komm«, rief er Shimon zu. »Komm schnell, es gibt ein Fußballspiel, hörst du, ein Fußballspiel, und du stehst im Tor.«

Shimon schaute kurz zu seinem Vater auf, wartete dessen zustimmendes Kopfnicken aber nicht ab, sondern rannte zusammen mit Menachem los. Wenige Augenblicke später war nur noch das Poltern ihrer Schritte im Treppenhaus zu hören.

Nachwort

Als ich das erste Mal in Israel war, fielen sie mir gleich auf: am Rande der engen Straße nach Jerusalem lagen immer noch, so viele Jahre später, die Wracks von gepanzerten Lastwagen. Sie liegen dort bis heute, stumme Zeugen dafür, wie verzweifelt 1948 der Kampf um die Heilige Stadt der drei Religionen war, wie knapp die Juden dem Verlust ihrer Hauptstadt entgangen waren. Diese Wracks haben mich neugierig gemacht, ich wollte ihre Geschichte erfahren.

Ich kam zurück, immer wieder, so auch im Oktober 1973, als die Armeen Ägyptens und Syriens im Yom-Kippur-Krieg das Land überfielen. Ich erlebte aus der Nähe, wie dicht auch diesmal, vor allem im Norden, der Staat der Juden vor einer militärischen Niederlage stand – und den Krieg dennoch zu einem großen Sieg wenden konnte.

Es ist dieses Muster, das die Geschichte Israels prägt: immer wieder angegriffen zu werden, immer wieder auf die Drohung reagieren zu müssen, von den Arabern ins Meer zurückgetrieben zu werden, und am Ende immer wieder siegreich zu sein.

Schon die Gründung Israels begann mit einem Krieg. Er war die direkte Folge des Beschlusses der Vereinten Nationen, der das britische Mandatsgebiet 1947 zwischen Juden und Arabern aufteilte.

Die Juden pochten darauf, endlich eine eigene Heimstatt zu bekommen – heimzukehren in das biblische Land ihrer Vorväter. Ermutigt durch die (später gebrochenen) Versprechen der britischen Mandatsmacht und durch den Holocaust moralisch in diesem Anspruch vor der Weltöffentlichkeit gestärkt, hatten sie sich schon früh darangemacht, in Palästina Land zu erwerben. Dies schlug sich bald auch in Einwohnerzahlen nieder: Anfang der zwanziger Jahre lebten in Palästina rund 600 000 Araber und 80 000 Juden. In den vierziger Jahren hatte sich die Zahl der arabischen Einwohner verdoppelt, und die Juden setzten alles daran, ihren Bevölkerungsanteil durch immer neue Einwanderungswellen, legal und illegal, ebenfalls weiter zu erhöhen. Nach der Gründung des Staates Israel verließen rund 750 000 Araber das eroberte Gebiet, die Zahl der Juden betrug jetzt 650 000 – mit anderen Worten: Es hatte ein Bevölkerungswandel von riesigem Ausmaß stattgefunden. Kein Wunder, dass die Israelis den Kampf um die Vorherrschaft im damaligen Palästina als Unabhängigkeitskrieg bezeichnen, die Araber denselben Vorgang jedoch die Nakba, die »Katastrophe« nennen – eine Katastrophe, die für die Palästinenser bis zum heutigen Tag anhält.

Nichts jedoch ist bis heute heftiger umstritten als die Frage, wer die Schuld dafür trägt. Lange gehörte es zum Mythos rund um die Staatsgründung Israels, der weitaus größte Teil der Araber habe während des Krieges das angestammte Land freiwillig verlassen – angetrieben durch die Versprechen arabischer Anführer, nach wenigen Wochen wieder in ihre Häuser zurückkehren zu können, wenn die Juden von den arabischen Armeen geschlagen sein würden.

Natürlich hat kein Palästinenser sein Haus freiwillig den Israelis überlassen. Doch es sollte mehr als vierzig Jahre dauern, bis israelische und palästinensische Historiker, zum Teil gemeinsam, damit begannen, ein realistischeres Bild zu zeichnen. Sie kamen zu dem Ergebnis, dass eine Mischung aus Furcht, Gräuel-Propaganda, falschen Versprechungen und aktiver Vertreibung die Fluchtwelle auslöste, die bis heute den Kern des ungelösten Palästinenserproblems im Nahen Osten bildet.

Beide Seiten haben damals alle Mittel eingesetzt, um ihre Ziele zu erreichen: Die Zionisten unter der entschlossenen Führung von David Ben Gurion stellten sich bewusst der militärischen

Auseinandersetzung, um den UN-Beschluss und damit den Traum vom eigenen Juden-Staat umzusetzen; die zerstrittenen arabischen Führer setzten darauf, dies durch ihre zahlenmäßige Überlegenheit zu verhindern.

Jerusalem stand dabei im Zentrum der Auseinandersetzungen. Ein Staat Israel ohne Jerusalem – undenkbar. Die drittheiligste Stätte des Islam in den Händen der Juden – niemals! Umso erbitterter, zunehmend verzweifelter wurde um die Stadt gekämpft. Nachbarn wurden zu Gegnern, Freunde über Nacht zu verhassten Feinden.

Diese Auseinandersetzung ist inzwischen umfassend dokumentiert. Die Archive sind weitgehend geöffnet, sie haben zu einer Fülle neuer Bewertungen bekannt geglaubter Fakten geführt – und der Streit um die Deutungshoheit über diese Fakten dauert an.

Dieses Buch ist ein Roman. Er will sich auf keine Seite schlagen, nicht Stellung beziehen, sondern das menschliche Antlitz dieses historischen Dramas zeigen – seine vielen Gesichter. Die Hauptfiguren des Romans sind fiktiv, der Kibbuz Yardenim und das arabische Dorf Deir El Nar auf keiner Landkarte zu finden. Und dennoch spielt die Handlung in einem sehr konkreten historischen Rahmen: Sie läuft auf die zwei großen Massaker im Kampf um Jerusalem zu – den Überfall auf das arabische Dorf Deir Jassin vor den Toren der Stadt und den Überfall auf Ärzte und Krankenschwestern des Hadassah-Krankenhauses. Es waren die spektakulärsten, von der Weltöffentlichkeit wahrgenommenen Massaker in diesem blutigen Kampf; die einzigen waren es beileibe nicht. Brutale Morde, Vergewaltigungen, Plünderungen, Terrorangriffe auf Unschuldige – sie waren Teil auch dieses Krieges.

Der Friedensaktivist Uri Avneri war damals als israelischer Soldat zugegen und hat seine Erfahrungen eindrucksvoll in dem äußerst lesenswerten Buch *In den Feldern der Philister* beschrieben.

Dov Joseph, der von Ben Gurion ernannte Militärgouverneur von Jerusalem, gibt in seinen Aufzeichnungen *Die Belagerung von Jerusalem 1948* in der nüchternen Art des Rechtsanwalts, seines eigentlichen Berufs, mit Zahlen und Fakten den umfassendsten Einblick in die dramatische Lage der von der Versorgung abgeschnittenen Stadt.

The War for Palestine – Rewriting the History of 1948, ein gemeinsames Werk von britischen, israelischen und palästinensischen Historikern, erschienen in der Cambridge University Press, habe ich ebenso als hilfreich für das Verstehen des Konfliktes empfunden wie Tom Segevs Buch *One Palestine, Complete.*

Die Memoiren von Golda Meir, *Mein Leben*, und Abba Eban, *Mein Land*, schildern die kritischen Jahre von 1947/1948 aus der Sicht der unmittelbar Handelnden.

O Jerusalem von Larry Collins und Dominique Lapierre ist auf der journalistischen Seite der Klassiker unter den unzähligen Veröffentlichungen über den Kampf um die Heilige Stadt, in dem die bekannten Quellen durch eigene Recherchen spannend und umfassend ergänzt wurden.

Das Internet ist heute eine unverzichtbare Quelle. Zunehmend melden sich dort auch Palästinenser zu Wort, die ihre Geschichte erzählen. Ebenso britische Soldaten mit Hinweisen auf ihre aktive Zeit in Palästina. Höchst informativ sind z. B. die Aufzeichnungen *The British Record on Partition*, 1948 veröffentlicht von *The Nation Associates*, die im Internet abrufbar sind, wie auch viele Aufzeichnungen aus britischen Militär- und Polizeiakten.

Die Aktivitäten deutscher Wehrmachts- und SS-Angehöriger, die auf arabischer Seite an den Kämpfen oder als Ausbilder beteiligt waren, sind in einer Reihe von Quellen belegt und zeigen, dass diese Menschen trotz des Holocaust keine Probleme hatten, sich weiter an der Vernichtung der Juden zu beteiligen.

Die Schriftenreihe »Dachauer Hefte« hat wichtige Einblicke in die Zeit der Befreiung des KZ Dachau vermittelt.

Meine zahlreichen Reisen in die Region, nach Israel, in die palästinensischen Gebiete und die umliegenden Staaten, haben mir dabei geholfen, die Menschen vor Ort besser kennenzulernen und die Wurzeln des andauernden Konflikts zu verstehen – auch wenn es schwerfällt zu verstehen, warum zwei Völker einfach nicht zueinanderfinden können, obwohl Lösungen zumindest in den neunziger Jahren zum Greifen nahe zu sein schienen, Staatsmänner auf beiden Seiten sogar mit dem Friedensnobelpreis ausgezeichnet wurden, um dann doch wieder in die alten feindlichen Verhaltensmuster zurückzufallen.

In all den bitteren Auseinandersetzungen in den sechzig Jahren seit der Gründung des Staates Israel hat eine Institution gezeigt, dass es eben doch möglich sein kann, zuerst den Menschen zu sehen und die Frage nach Nationalität, Religion und ethnischer Zugehörigkeit zweitrangig zu machen.

Das Hadassah-Krankenhaus in Jerusalem, von Juden aus den USA gegründet und weitgehend unterhalten, war und ist eine Insel der Menschlichkeit in einem Meer von Misstrauen und Feindseligkeit. Ich danke Ron Kummer dafür, dass er es mir gezeigt hat.

Friedliche Koexistenz ist machbar. Das demonstrieren die arabischen und jüdischen Ärzte und Ärztinnen, Krankenschwestern und Mitarbeiter des Hadassah-Krankenhauses Tag für Tag tapfer und unbeirrt. An dieses herausragende Beispiel zu erinnern, zu zeigen, dass Hoffnung auch im Nahen Osten möglich ist, auch dazu möchte dieses Buch einen Beitrag leisten.

Werner Sonne, September 2007